TODO MUNDO VÊ FORMIGAS
TODO MUNDO TEM ALGO A DIZER

Um romance de
A. S. King

TODO MUNDO VÊ FORMIGAS
TODO MUNDO TEM ALGO A DIZER

Tradução: Marcelo Salles

GUTENBERG

Copyright © 2011 A. S. King
Copyright © 2016 Editora Gutenberg

Título original: *Everybody Sees the Ants*

Todos os direitos reservados pela Editora Gutenberg. Nenhuma parte desta publicação poderá ser reproduzida, seja por meios mecânicos, eletrônicos, seja cópia xerográfica, sem autorização prévia da Editora.

EDITORA
Silvia Tocci Masini

EDITORAS ASSISTENTES
Carol Christo
Nilce Xavier

ASSISTENTE EDITORIAL
Andresa Vidal Branco

PREPARAÇÃO
Carol Christo
Silvia Tocci Masini

REVISÃO
Andresa Vidal Branco
Lívia Martins

CAPA
Diogo Droschi

DIAGRAMAÇÃO
Larissa Carvalho Mazzoni

**Dados Internacionais de Catalogação na Publicação (CIP)
Câmara Brasileira do Livro, SP, Brasil**

King, A. S.
  Todo mundo vê formigas : todo mundo tem algo a dizer / um romance de A. S. King; tradução Marcelo Salles. -- 1. ed. -- Belo Horizonte : Editora Gutenberg, 2016.

  Título original: *Everybody Sees the Ants*.

  ISBN 978-85-8235-411-7

  1. Ficção juvenil I. Título.

16-07669   CDD-028.5

Índices para catálogo sistemático:
1. Ficção : Literatura juvenil 028.5

A **GUTENBERG** É UMA EDITORA DO **GRUPO AUTÊNTICA**

São Paulo
Av. Paulista, 2.073,
Conjunto Nacional, Horsa I
23º andar . Conj. 2301 .
Cerqueira César . 01311-940
São Paulo . SP
Tel.: (55 11) 3034 4468

Belo Horizonte
Rua Carlos Turner, 420,
Silveira . 31140-520
Belo Horizonte . MG
Tel.: (55 31) 3465 4500

Rio de Janeiro
Rua Debret, 23, sala 401
Centro . 20030-080
Rio de Janeiro . RJ
Tel.: (55 21) 3179 1975

www.editoragutenberg.com.br

*Para todos aqueles
que estão vendo as formigas.*

PARTE UM

Quem pode segurar as lágrimas?
– Robert Nesta Marley

PRÓLOGO
OPERAÇÃO NÃO SORRIA JAMAIS – 1º ANO

Uma pergunta idiota. Foi só isso o que eu fiz.

Seis meses atrás, recebi um trabalho básico do segundo semestre de Ciências Sociais no Colégio Freddy: criar uma pesquisa, avaliar os dados, colocá-los em gráficos e dizer qual a minha conclusão em um artigo de duzentas palavras. Aquilo era uma nota dez fácil. Eu pensei na pergunta e imprimi 120 cópias.

A pergunta era: *Se você fosse cometer suicídio, qual método escolheria?*

Esse era um tema comum nas conversas entre Nader (morrer com um tiro de escopeta na boca), Danny (pular na frente de um caminhão em alta velocidade) e eu (inalar fumaça de escapamento de carro). Nós fazíamos piada sobre isso o tempo todo durante os intervalos no nosso colégio, que é de regime integral. Nunca vi nada de mau naquilo. Era o tipo de coisa que fazia Nader dar risada. E Nader rindo das minhas piadas significava que talvez eu pudesse passar pelo ensino médio sem tanto sofrimento.

Quando eu disse para o diretor, naquele dia, que isso tudo era uma piada entre Danny, Nader e eu, ele revirou os olhos e me disse que Danny e Nader não tinham "problemas sociais" no Colégio Freddy.

"Mas você, sr. Linderman, *tem*."

Aparentemente, Evelyn Schwartz foi encher o saco da orientadora sobre meu questionário. Ela disse que era "mórbido" e "macabro". (Evelyn Schwartz tem uma camiseta onde está escrito ELE MORREU POR MIM, com a foto de um cara morto pregado em uma cruz. Ah, que ironia.) Realmente não acho que seja algo mórbido fazer essa pergunta. Tenho certeza de que todo mundo pensou nisso uma vez ou outra. Meu plano era fazer alguns gráficos legais em forma de pizza ou de barra – para exibir minhas habilidades no Excel escrevendo coisas como PULSO CORTADO, OVERDOSE E ARMAS DE FOGO. De qualquer maneira, só porque alguém fala em suicídio, isso não significa que a pessoa está "gritando por socorro". Mesmo que esse alguém seja meio baixinho ou nada popular, se comparado com seus supostos amigos.

Três horas depois de falar com o diretor, fui parar na sala da orientadora. Seis dias depois, acabei na sala de reunião com meus pais, cercado pelos "especialistas" do nosso distrito escolar, que ficavam observando tudo o que eu fazia e anotando coisas sobre meu comportamento. No fim, eles sugeriram remédios e mais exames realizados por profissionais para diagnosticar doenças como depressão, TDAH (Transtorno do Déficit de Atenção com Hiperatividade) e síndrome de Asperger. Exames realizados por profissionais! Tudo por ter feito a pergunta idiota sobre como você se mataria caso fosse cometer um suicídio.

É como se jamais tivessem conhecido um único adolescente na vida deles.

Com meus pais foi pior. Eles ficaram lá sentados como se os "especialistas" me conhecessem melhor do que eles. Quanto mais eu via minha mãe mexer as pernas e meu pai olhar para o relógio, mais imaginava que talvez isso fosse verdade. Talvez estranhos realmente me conhecessem melhor do que as pessoas que me puseram no mundo.

E, falando sério, se mais alguém viesse me explicar o quanto minha vida era "preciosa", eu iria vomitar. Essa foi a palavra que Evelyn usou, saída diretamente do grupo de igreja ultramegafanático... *Preciosa*. Vida preciosa.

Eu disse:

"Por que ninguém achou minha vida preciosa quando falei que Nader McMillan estava me perseguindo?". Isso foi... quando? No 2º ano? 4º ano? 7º ano? Todos os anos da minha vida?

Eu não tinha mencionado o dia anterior no vestiário, mas estava cogitando fazer isso.

"Não é preciso ficar na defensiva, Lucky", um deles disse. "Queremos só nos certificar de que você está bem."

"Pareço estar bem pra você?"

"Não é preciso ser sarcástico também", disse o Babaca Número 2. "Às vezes, na sua idade é difícil compreender o quanto a vida é *preciosa*."

Eu dei risada. Não sabia mais o que fazer.

O Babaca Número 1 perguntou:

"Você acha isso engraçado? Fazer piada sobre se matar?"

E eu disse que sim. Claro, nenhum de nós sabia que os questionários sobre suicídio iam ser respondidos. E quando os recebi de volta, com certeza não iria contar para nenhuma daquelas pessoas. Quero dizer, elas estavam ali, me perguntando se *eu* estava bem, e deixando pessoas como Nader andarem por aí sendo consideradas *normais*. Só porque ele *parece* estar bem e porque é capaz de derrubar os oponentes no tatame em menos de um minuto não significa que ele não fica perseguindo os garotos no vestiário e fazendo coisas com eles, coisas que é melhor nem pensar. Porque ele fez. Eu o vi fazendo e o vi dando risada.

Eles me pediram para esperar na sala ao lado, e fiquei sentado na poltrona de lã colorida mais próxima à porta, onde eu podia ouvi-los falando com meus pais de pernas agitadas e que não paravam de olhar o relógio. Aparentemente, sorrir e fazer piadas era mais um sinal de que eu precisava de "ajuda de verdade".

E assim dei início à *Operação Não Sorria Jamais*. Foi uma operação muito bem-sucedida e deixamos muitos inimigos perplexos.

1

A PRIMEIRA COISA QUE VOCÊ PRECISA SABER – A LULA

Minha mãe é viciada em natação. Não estou falando isso como se ela gostasse de brincar e fazer coisas bonitinhas, tipo plantar bananeira na parte mais rasa da piscina. Estou falando que ela é *viciada* – mais de duzentas voltas na piscina por dia, não importa o que aconteça. Então, estou passando essas férias de verão – assim como basicamente todas as férias de verão que consigo me lembrar – na Piscina Municipal de Frederickstown. A *Operação Não Sorria Jamais* ainda está a todo o vapor. Eu não sorrio faz seis meses.

Minha mãe uma vez me disse que ela é uma lula reencarnada. Talvez ela pense que, se for uma lula, ela não vai ser engolida pelo vazio em nossa família. Talvez ficar imersa em um milhão de litros de água o tempo todo torne o vazio mais confortável. Eu a ouvi gritando com meu pai ontem à noite.

"Você chama isso de tentar?"

"Viu só? Nada nunca é bom o bastante", meu pai disse.

"Quero ver você vir pra casa nos ver todos os dias por uma semana."

"Eu posso fazer isso."

"Começando quando?"

Após um breve momento de silêncio, ele diz:

"Sabe, se você não fosse tão chata, eu iria aparecer mais vezes".

A porta bateu com força logo depois disso, e eu fiquei feliz por meu pai ter saído. Não gosto de ouvi-lo chamando minha mãe de chata, quando todo mundo pode ver que ela sempre faz o que ele manda. *Não fale com ele sobre aquele garoto Nader, Lori. Isso só vai deixá-lo envergonhado. E não importa o que aconteça, não ligue para o diretor da escola. Isso só vai fazer nosso filho apanhar ainda mais.*

🍂

A piscina da cidade não é tão ruim – pelo menos quando Nader McMillan não está por perto. Mesmo quando ele está por perto, fazendo bico como salva-vidas uma ou duas vezes por semana, ele normalmente fica ocupado demais com a namorada gostosa e salva-vidas para prestar atenção em mim. Então, na maior parte do tempo, a piscina da vizinhança é uma experiência tranquila e amigável.

Minha mãe e eu saímos de casa às 10 horas, comemos um lanche na sombra às 13 horas e voltamos para casa às 18 horas, onde há 92% de chance de jantarmos sem meu pai, e 8% de chance de que ele resolva dar um tempo do restaurante chique e ir para casa comer com a gente. E dizer coisas como: *"Vocês acham que essa compota de frutas vermelhas combina com frango?".* Minha mãe diz que está feliz por meu pai ser *chef* de cozinha, porque isso o deixa feliz. Ela só diz isso para que eu me sinta melhor por não vê-lo nunca. E dá um jeito de sentir-se melhor nadando sem parar.

Enquanto ela está idolatrando seu deus-piscina, eu fico jogando basquete ou *box hockey*, lendo um livro debaixo da sombra ou jogando cartas com Lara Jones. Ou então, comendo alguma coisa. Os palitinhos de muçarela da lanchonete são muito bons, desde que Danny Hoffman não esteja trabalhando lá, porque ele é um idiota e aumenta a temperatura da fritadeira para a comida ficar pronta mais rápido, o que faz os palitinhos ficarem congelados por dentro.

Danny sabe ser um cara legal fora da lanchonete, e às vezes joga basquete comigo na quadra. Ele ainda anda com Nader McMillan, mas só porque seria morto se não continuasse fazendo uns agrados para ele.

Às vezes eu também costumava andar com Nader, por causa do Danny, mesmo depois de toda aquela merda que Nader fez comigo. Mas isso foi antes do meu famoso rolo com os questionários sobre suicídio no 1º ano, quando ele decidiu tornar minha vida um inferno novamente.

Hoje eu não trouxe um livro e não estou com vontade de jogar basquete ou hóquei. Minha mãe está lá nadando. Vez ou outra olhando para as nuvens ameaçadoras que estão se aproximando do oeste.

Estou aqui deitado na sombra, na nossa toalha de praia, sonhando acordado. Às vezes, pego no sono e começo a sonhar de verdade enquanto estou devaneando. Simplesmente fecho os olhos e finjo ser um franco-atirador, como meu avô Harry foi no Vietnã. Imagino Nader no meu campo de visão e miro na testa dele. Todo dia eu o mato.

🍃

Minha mãe seria capaz de continuar nadando mesmo debaixo de uma trovoada, mas eles não permitem que ela faça isso.

"Vamos ficar lá debaixo do coreto até a chuva passar", ela diz.

Sento na mesa de piquenique diante de Lara Jones, uma colega da escola. Ela também tem 15 anos e está quase no 2º ano. Lara tem uma sutil acne solar no rosto. Um relâmpago brilha sobre a quadra de basquete, e nós nos preparamos para o barulho do trovão. Ele faz o teto do coreto chacoalhar, e Lara estremece.

"Quer jogar cartas?", ela me pergunta.

"Claro."

"*Gin rummy?*"

"Sim. Dez cartas. Sem invenções", eu digo, porque odeio todas essas regras extras idiotas.

"Vou ganhar do mesmo jeito", ela diz.

"Ganhar não é tudo", eu retruco.

Ela sorri para mim.

"Com certeza não."

Começa a chover forte enquanto jogamos. Ela ganha duas partidas de três, até que a chuva para e eu volto à lanchonete.

"O que você quer?", Danny pergunta. Peço um pacote pequeno de balinhas de goma.

"Você quer as coloridas ou as vermelhas?"

"Vermelhas, por favor."

Ele me zoa.

"*Vermelhas, por favor.* Meu Deus, Linderman, você é mesmo um filhinho da mamãe."

Eu o cumprimentei no shopping na semana passada e ele me disse a mesma coisa: "*Pare de ser tão filhinho da mamãe, Linderman*". Eu gostava mais do Danny de antigamente – aquele Danny que costumava brincar de Transformers comigo no quintal de casa. Aquele Danny que não estava tentando provar nada para ninguém.

Ele me entrega o saquinho plástico de balinhas, fechado com arame.

"E aí, você vai chamar ela pra sair?"

Eu finjo uma expressão de nojo.

"Lara Jones?"

"Se você não vai convidar, eu vou."

"Por quê?", pergunto. Sei que Danny não gosta da Lara Jones.

"Meu irmão diz que as garotas feias dão mais rápido."

A verdade é que eu chamaria Lara para sair se soubesse como. Mas eu não sei.

🍃

Meu pai está em casa quando voltamos da piscina. Ele diz para minha mãe:

"Viu só? Estou *aqui*."

Depois de um jantar quase totalmente silencioso (lombo de porco com framboesas e batatas ao alho), meu pai pergunta se quero ver TV com ele, e então liga no Food Channel, o único canal que ele assiste.

O programa da noite é sobre comida *cajun*, seguido por dois episódios de DCM, que é *O Desafio de Cinco Minutos*. Cinco *chefs* precisam escolher cinco ingredientes (de 10 disponíveis) e inventar uma refeição em 5 minutos. Os pratos precisam ser servidos 20 minutos após o relógio começar a contagem. Meu pai não me deixa falar durante o programa. Eu posso falar nos intervalos, mas nunca faço isso.

Ele senta na poltrona de veludo verde dele e deixa o controle remoto apoiado no braço. Eu fico deitado no sofá, com as mãos atrás da cabeça. Meus olhos ficam pesados e não consigo passar do primeiro episódio do DCM. Tenho sonhos estranhos sobre sorvete sabor de quiabo e Lara Jones jogando *gin rummy*, até que escuto a porta se fechar. Meu pai saiu para voltar ao restaurante assim que achou que eu estava dormindo.

2

A SEGUNDA COISA QUE VOCÊ
PRECISA SABER – NADER MCMILLAN

A trovoada de ontem não diminuiu a umidade do ar como o previsto. Petra Simmons, a namorada do Nader McMillan neste verão, está sentada na cadeira de salva-vidas da piscina com trampolim, usando um biquíni azul-escuro. A pele dela tem cor de pasta de amendoim e ela está segurando uma boia vermelha sobre suas pernas perfeitas. Normalmente, eu não consigo olhar para ela sem ficar de pau duro na mesma hora, mas hoje o clima está úmido demais até para se ficar de pau duro.

Eu mergulho, fazendo uma bomba, e tento espirrar água nela. Quando volto para a superfície, ela diz:

"Que delícia! Faz mais uma!"

Eu miro minha próxima bomba na cadeira dela e, quando olho, vejo Petra passando a mão nas pernas e nos braços para tirar as gotas de água. Isso provavelmente é a coisa mais sexy que já aconteceu comigo em relação a uma garota. Então eu subo mais uma vez no trampolim.

Fico observando a piscina municipal. Minha mãe está na terceira raia, e suas braçadas parecem agitadas e irritadas pela quantidade cada vez maior de pessoas que surgem no caminho dela. Duas delas estão tão focadas em se beijar que minha mãe precisa parar no meio da braçada para esperar que os dois boiem até a segunda raia. O casal empolgado é Charlotte Dent, uma garota que irá para o 3º ano e está usando um biquíni minúsculo, e seu novo namorado, um caipira de 20 anos chamado Ronald. Ele tem bigode e um falcão-de-cauda-vermelha tatuado no peito. A ave vai de um ombro a outro, e ele é bem musculoso. Ronald trabalha na fábrica de baterias seis dias por semana. Hoje deve ser o dia de folga dele, o que significa que daqui a pouco ele vai sair para almoçar e vai voltar com umas cervejas, para ficar bebendo no estacionamento com Charlotte. Hoje ela está com um fio-dental de oncinha, e eu preciso me virar quando ela sai da piscina, para evitar ficar pensando demais nos peitos dela.

Depois de fazer mais duas bombas no trampolim, eu preciso tomar fôlego, e Nader McMillan está sentado na beira da piscina, perto da escada.

Ele se inclina e fala no meu ouvido, que está cheio d'água.

"Então você quer enfiar sua piroquinha mole na minha namorada, não é?"

"Não."

"Por que você não vai até sua mãe e enfia nela?"

Olho para a piscina. Minha mãe está fazendo nado de peito, com um olho em mim. Enquanto minha cabeça está virada para o outro lado, Nader empurra minha nuca de um jeito brincalhão, mas com força o bastante para fazer minha cabeça virar para a frente e bater no corrimão da escada. Eu nado até a outra escada, a uns 3 metros dali, saio da água e vou até a toalha.

Dois minutos depois, estou deitado na toalha e abro o livro que estou lendo. Então a gritaria começa. Vejo Nader e seus amigos parados perto do trampolim. Petra está na cadeira. Nader está gritando e apontando para algo. Há movimento na água, mas não consigo ver quem ou o que é, então me levanto e vou caminhando lentamente até a beira da piscina.

"Não ajuda ela!", Nader diz.

Petra está em pé no degrau da cadeira agora, com o apito na boca, apontando para Nader.

"Deixa que ela mesma pega!", ele grita.

Petra apita para Nader e olha para ele como quem diz *o que você está fazendo?*, com as mãos e a cabeça inclinada. Ele a ignora totalmente.

Ela apita mais uma vez. De um jeito tímido.

"Vamos lá. Pare com isso."

Nader a ignora de novo e começa a rir de quem quer que estivesse se debatendo na água. Eu chego perto o bastante e vejo que é Charlotte – ela perdeu a parte de cima de seu biquíni de oncinha.

"Pode sair daí", Nader provoca. "Sua vadiazinha."

Olho para a piscina do trampolim, de 4 metros de profundidade, e vejo vagamente um objeto no fundo dela.

"Se um de vocês não for pegar, eu vou", Petra diz, agora apontando para outro salva-vidas ir ajudar. Eu olho em volta procurando o Ronald tatuado. O carro dele não está no estacionamento.

"Relaxa, Pet. Nós só estamos nos divertindo. Ela é uma vadia, não é? Ela provavelmente *quer* que a gente veja os peitos dela", Nader diz.

Essa é a última coisa que escuto antes de mergulhar na piscina e nadar em direção à área dos saltos. Petra não está ajudando porque Nader é o namorado dela. Nenhum dos outros salva-vidas está ajudando porque têm medo dele, assim como todo mundo nessa cidade. Charlotte está com uma mão agarrada à calha de concreto da piscina enquanto a outra cobre os peitos.

"Ei!", Nader grita, um pouco antes de eu mergulhar até o fundo da piscina.

É escuro aqui embaixo, e há algo nisso que me traz calma. Há algo nessa pressão nos meus ouvidos e nessa sensação na garganta. Há algo nesse azul lindo da piscina aqui embaixo que faz eu me sentir bem-vindo. É como se eu ficasse mais confortável 4 metros embaixo d'água do que na superfície, especialmente depois dos últimos seis meses horríveis e idiotas da minha vida.

Subo com a peça do biquíni na mão e entrego para Charlotte. Ela o coloca por cima da cabeça e mergulha debaixo das cordas até as raias mais rasas, onde eu a ajudo a amarrar o biquíni atrás das costas.

"Obrigada", ela diz. "Espero que isso não traga problemas para você com aqueles babacas." Olho em volta e vejo Nader de pé ali, olhando para mim. "Ronald tem procurado um motivo para encher o Nader de porrada já faz meses."

"Eu gostaria de ver isso acontecer", digo.

Ela balança a cabeça, dizendo não.

"Sempre que o Ronald briga, tem sangue. Eu odeio sangue."

Nader ainda está me encarando enquanto converso com Charlotte. Petra está tentando convencer os outros dois salva-vidas a parar de anotar a violação de Nader na prancheta de relatório.

"Me promete que não vai contar nada pra ele?", Charlotte pergunta.

Eu nunca falei com Ronald na vida. O cara é totalmente intimidador, sem falar que tem 20 anos.

"Sim, claro."

Kim, a administradora da piscina, voltou do almoço e, depois de ler o relatório da prancheta e conversar com alguns membros da equipe, expulsou Nader da piscina pelo resto do dia, chamando bastante a atenção de todos. De um jeito meio brincalhão, até. Eles são amigos porque Nader trabalha aqui e está ficando com Petra, então Kim só está mesmo fazendo isso para mostrar aos outros. Ela inclusive vai batendo nele com a toalha até o portão. Então, Nader se vira para mim antes de subir na bicicleta e diz:

"Você é meu, Linderman!".

Eu odeio essa palavra: *Linderman*. Não importa o que eu faça, nunca consigo fugir dela. É como se fôssemos amaldiçoados.

3
LUCKY LINDERMAN ESTÁ SOB DISCIPLINA RÍGIDA

Minha avó Janice Linderman morreu quando eu tinha 7 anos. Ela teve câncer de cólon. Eu me lembro daquele dia com clareza – estava com medo de arrancar um dente de leite frouxo e tinha ganhado dois Transformers novos. Estava brincando no canto da sala de estar, onde minha avó viveu seu último mês de vida. Ela passava o tempo deitada em uma cama de hospital, acompanhada pela enfermeira que estivesse encarregada dela no momento, enquanto minha mãe e meu pai se revezavam falando carinhosamente com vovó Janice, dizendo que ela podia partir.

"Não se preocupe conosco", meu pai disse com a voz mais carinhosa que já ouvi saindo de sua boca. Acho que ele estava chorando.

"Vamos cuidar de tudo", minha mãe completou, fazendo um sinal para que eu viesse até a cama me despedir dela.

O hálito da vovó Janice em seus momentos finais cheirava a ostra estragada com mais de uma semana. Ela tinha tomado muita morfina e estava falando sozinha. Eu não sabia o que dizer, então segurei a mão dela com firmeza e disse:

"Adeus, vovó. Eu te amo".

Ela arregalou os olhos e pegou meu braço com tanta força que deixou uma marca, que ficou até depois de sua morte. Ela disse:

"Lucky, você precisa resgatar o meu Harry! Ele ainda está na selva sendo torturado por aqueles malditos japorongas!".

"Japorongas?", eu perguntei.

"É o remédio, Lucky", minha mãe sussurrou para mim.

"Você precisa encontrá-lo e trazê-lo de volta! Você precisa de um pai!", vovó exclamou.

Em seguida, ela morreu.

Minha mãe me mandou sair, e eu fui, mas ela não conseguiu apagar aquelas palavras da minha memória. Se vovó Janice precisava que eu fizesse algo, então eu iria fazer, mesmo que não tivesse entendido bem as ordens dela.

Até o câncer aparecer, vovó era meu pai e minha mãe, acho. Quando eu era pequeno, ela ficava me observando brincar enquanto meus pais trabalhavam. Ficava sentada na mesa da cozinha telefonando para as pessoas e cuidando da papelada o dia todo enquanto eu brincava com todos aqueles brinquedos velhos e legais que estavam na caixa de brinquedos dela. Uma vez ela me disse que queria que eu morasse com ela. Me lembro de ter achado boa a ideia. Antes de ela ter câncer, o ônibus da escola me deixava na porta da casa dela. Vovó me ajudava com a lição de casa e fazia o meu jantar até minha mãe vir me pegar às 18 horas. Era assim que as coisas funcionavam, e eu gostava que fossem assim.

Os olhos do meu pai estavam vermelhos, e ele apoiou o rosto nas mãos. Eu peguei meus Transformers e fui para o solário. Enquanto meus pais ligavam para as pessoas, arregacei as mangas e comecei a trabalhar.

Mudei o nome do Optimus Prime para *Japoronga* e levei um vaso de plantas bem grande até o canto para fazer uma selva. Fui até a caixa de brinquedos da vovó e peguei um pequeno boneco que vinha junto com uma fazendinha. Era um fazendeiro de chapéu, que ficou só com uma perna depois que eu entortei demais a outra no Natal anterior. Eu o enterrei até a cintura no vaso da planta e dei a ele o nome de *Harry*. Enquanto o legista se preparava para levar o corpo e ajudava meus pais a preencher os papéis, eu resgatei Harry do Japoronga umas vinte vezes (por helicóptero, barco, emboscada na cachoeira), até finalmente ser hora de sair dali.

A caminho de casa, nós paramos em uma pequena lanchonete e comemos hambúrgueres em silêncio. Meu pai estava só tentando comer o que conseguia, o que não era muito. A única coisa que minha mãe fez foi ficar apontando para um trenzinho pendurado no meio do salão, como se eu ainda tivesse 5 anos. Juro que ela quase se referiu ao trenzinho como *piuí*. Eu decidi ir ao banheiro para escapar daquilo tudo.

Não estava com vontade de fazer xixi, mas fiquei na frente do mictório mesmo assim. Cerca de um minuto depois que eu estava ali, Nader McMillan entrou e foi para o mictório ao lado. Ele tinha 7 anos de idade como eu, mas era bem mais alto (embora isso não fosse muito difícil). Ele mijou como se estivesse se segurando fazia uma semana. A urina espirrou no mictório e naquele disco em forma de limão que fica no fundo. Eu senti espirrar umas gotinhas no meu braço, mas não falei nada porque eu já conhecia Nader dos recreios do primeiro ano e sabia que ele era malvado. Eu simplesmente fiquei parado ali, segurando meu pequeno pênis, mas sem urinar e torcendo para que ele não me notasse.

"O que você está olhando?", ele perguntou, apesar de eu não ter movido meus olhos. Ele se virou para mim e começou a urinar nas minhas sandálias. Nos meus pés. Nas minhas canelas.

Eu não falei nada, nem ele. Ele chacoalhou, subiu o zíper, e não lavou as mãos antes de sair. Eu fiquei lá totalmente imóvel, cutucando nervoso meu dente frouxo com a língua até Nader sair. Em seguida, subi o zíper e fui correndo para a pia. Meus pés estavam nojentos, e eu estava pensando se devia tirar minhas sandálias para lavá-las, quando meu pai e o gerente entraram. Eles olharam para a poça de xixi no chão de piso de cerâmica.

"Meu Deus, Lucky", meu pai disse.

O gerente disse:

"Isso não está parecendo um acidente para mim, cara". Ele abriu um pequeno armário que ficava à direita dos mictórios e pegou um esfregão, um balde e aquele cavalete de plástico onde está escrito CHÃO MOLHADO.

"Não fui eu. Foi o moleque do Nader."

Meu pai olhou para o gerente e disse:

"De verdade... ele é um bom garoto".

"Tenho certeza que sim. Mas o sr. McMillan é um cliente regular aqui e o filho dele disse que viu seu filho fazendo isso."

Eu chacoalhei a cabeça e comecei a chorar.

Cinco minutos depois estávamos no carro voltando para casa, em silêncio, com o restante da comida em caixinhas de isopor. Enquanto meu pai dirigia por Frederickstown em direção à nossa pequena casa no subúrbio, eu olhava para as casonas na rua principal. Foi quando girei meu dente frouxo até arrancá-lo de minha boca. Olhando para trás, acho que foi esse o dia que mudou tudo.

SONHO NA SELVA #1

Eu estava caminhando sozinho por uma trilha. Usava meu pijama do Homem-Aranha e chinelos vermelhos. A selva era barulhenta, com o som dos pássaros e o *zum-zum-zum* dos insetos. Eu olhava para baixo o tempo todo, como um garoto faz em um lugar grande. Focava nos insetos e nas folhas caídas, em vez de olhar para as enormes copas das árvores, as plantas trepadeiras e a imensidão de tudo aquilo.

Quando cheguei a um córrego, procurei pelas pedras, para que pudesse cruzá-lo. Vi meu chinelo vermelho pisar na primeira pedra plana e escorregar. Senti que perdi o equilíbrio e fiquei molhado, depois de cair de bunda.

"Aqui, meu filho", alguém disse com uma voz calma e rouca. Olhei e vi um homem magro com uma grande barba grisalha, estendendo a mão para mim. "Vamos lá. Não precisa chorar. Você vai ficar seco já, já."

Eu peguei a mão dele e ele me ajudou a cruzar até o outro lado do córrego. Quando cheguei lá, o homem me olhou de cima a baixo.

"Mas esse é um pijama muito legal. Queria que Frankie me arranjasse um com o Homem-Aranha na frente." Ele estava usando calças de pijama pretas que acabavam na metade da canela, e estava descalço. O pé dele estava cheio de machucados e cicatrizes.

"Quem é você?", eu perguntei. "E quem é Frankie?"

O homem inclinou a cabeça para o lado e me analisou um pouco, alisando a barba com a mão direita e sorrindo.

"Não se preocupe com isso", ele disse. "Siga-me e vamos secar seu pijama." Ele caminhou até uma clareira onde os raios de sol brilhavam, e eu fui atrás, com água saindo por entre meus dedos no chinelo.

A meio caminho de lá, um homem asiático de uniforme, que aparentava ser bem mau, saiu de uma cabana de bambu. Ele apontou o rifle para mim e gritou:

"Lindo-man, quem é o moleque?".

Acordei na mesma hora, ainda molhado e gritando. Minha mãe estava na minha frente, me fazendo acordar.

"Foi só um sonho ruim", ela disse. "Foi só um sonho ruim."

Eram duas da manhã. Minha mãe estava andando na ponta dos pés porque não queria acordar meu pai, que precisava se levantar em poucas horas para ir trabalhar em seu novo emprego como *chef*. Ela disse, ao me entregar um pijama seco:

"Vista esse aqui. Não se preocupe, acidentes acontecem".

Eu ainda estava meio dentro do sonho, escutando as palavras finais que me acordaram. *Lindo-man, quem é o moleque?*

Linderman.

Linderman.

Era meu avô. O homem que eu devia resgatar. Eu o tinha encontrado.

MISSÃO DE RESGATE #1
UMA SEMANA DEPOIS

Desta vez, enquanto andava em direção ao córrego, notei outras coisas na trilha. Vi pequenas armadilhas – buracos cobertos com folhas para fazer alguém cair e torcer o tornozelo. Antes de eu chegar à clareira onde ficava o córrego, encontrei umas pontas no chão e as cutuquei com um pedaço de madeira. Fiquei empurrando até o pedaço quadrado de madeira ficar de lado, revelando nele pregos de 15 centímetros de comprimento. Não tinha certeza, mas havia algo espalhado sobre os pregos, e acho que era cocô.

Cruzei o córrego sem cair nele e fui até a cabana de bambu que ficava do lado de fora da área cercada. Os sons da selva estavam ensurdecedores desta vez. Como quando as cigarras aparecem na Pensilvânia, só que o som não era familiar. Era tudo muito selvagem e assustador.

"Psiu."

Eu olhei ao redor mas não consegui ver quem estava fazendo o som.

"Garoto! Olhe pra cima!"

Olhei para cima e lá estava o homem magro de barba, sentado em um galho comprido de uma árvore. Ele estava de pernas cruzadas, embora parecesse fisicamente impossível que alguém pudesse se sentar dessa maneira sobre um galho de árvore. Ele acenou para mim.

Fiquei olhando para o tronco da árvore. Não havia a menor chance de eu subir nela.

"Como você subiu aí em cima?", perguntei.

"É um sonho, filho. Você pode ir aonde quiser."

Então fechei os olhos e me coloquei em cima da árvore, ao lado dele. Ficamos olhando um para o outro. Ele estava sentado com as costas eretas e sorriu.

"Por que você está em cima de uma árvore?", perguntei.

"Porque é melhor que *não* ficar em cima de uma árvore."

"Eu vi as pontas", eu disse, pensando que era isso que ele estava falando – que ficar em uma árvore era mais seguro que ficar no chão.

"O quê?"

"As pontas. Você sabe... os pregos no chão?"

Ele entendeu o que eu queria dizer.

"Ah! As armadilhas dos Charlies! Saquei."

"Quem é Charlie?"

Ele estendeu o braço e me deu um tapinha na mão.

"Não importa, filho. Não é nada com que você precise se preocupar."

De alguma forma, naquela hora eu soube que ele era realmente meu avô. Olhei para ele e conseguia ver o rosto do meu pai no dele. Conseguia ver o meu rosto também. Era um rosto confiável.

"Vô?"

"Sim?"

"O que eu faço com Nader McMillan?"

"Quem é esse?", ele perguntou.

"O garoto que mijou nos meus pés. Ele é mau com todo mundo."
"Um valentão?"
"Sim", eu disse. "Dos grandes."
O velho pensou por um minuto.
"Sabe o que minha mãe me disse para fazer com os valentões?"
"Não."
"Ela me disse para ignorá-los. Acho que você devia ignorar esse garoto também."
"Mas ele mijou em mim."
Ele alisou o queixo por cima da barba.
"Ele pode ter mijado nos seus pés, mas ninguém pode mijar na sua alma sem sua permissão."
Eu não fazia ideia do que aquilo significava.
"E se ignorar ele não der certo?"
"Então volte aqui para falar comigo. Vamos pensar em algo juntos."
"Está bem", eu disse e olhei para o campo abaixo. Notei as cabanas, algumas abandonadas e outras sendo usadas. "Isso aqui é um acampamento?", perguntei.
"É um campo de prisioneiros."
Meus olhos se dirigiram para a cerca de arame farpado em volta de uma cabana com cobertura de palha.
"Campo de prisioneiros?"
Ele assentiu.
"Então você é um bandido? Um ladrão ou coisa assim?"
Ele bufou e permitiu que suas costas, até então eretas, se curvassem.
"Não, filho. Não sou um bandido."
Eu olhei ao redor da selva e para o campo de prisioneiros.
"Então por que você está aqui?"
Ele riu como se eu fosse louco ou estivesse feliz ou coisa do tipo. Quando parou de rir, ele disse:
"Meu número apareceu".
Eu balancei a cabeça.
"A loteria Lucky. Eles pegaram meu número e fui convocado. Um ano depois, eu estava no Vietnã lutando numa guerra. Um ano depois, eu era um prisioneiro de guerra, e um ano depois, eles começaram a me jogar para lá e para cá, sempre em lugares como este."

"Por causa de um número?" Isso não combinava com a ideia que eu tinha de loteria. Eu costumava assistir aqueles programas de 5 minutos do sorteio da loteria com minha mãe. Com certeza ninguém ia para a guerra por causa de bolas de pingue-pongue numeradas.

"Sim. Número catorze." Ele enfiou um pequeno ramo verde na boca e limpou cada um dos dentes que ainda tinha. "Cada dia do ano recebia um número. Primeiro de março, meu aniversário, era o número catorze. Entendeu?"

Eu não tinha entendido. Não mesmo.

"Bem, não chore, filho. Não há nada que possamos fazer sobre isso agora." Ele colocou o braço ao meu redor e nós dois trocamos de posição. Estávamos sentados no galho, abraçando um ao outro, com as pernas balançando no ar, e eu chorando no peito dele.

Um minuto depois disso, a voz da minha avó veio até mim, e eu me lembrei por que estava lá. Enxuguei as lágrimas na camiseta dele e o olhei direto nos olhos.

"Vou tirar você daqui, vovô", eu disse. "Vou te levar pra casa."

4
A TERCEIRA COISA QUE VOCÊ PRECISA SABER – A TARTARUGA

Ao voltar para casa depois da piscina, ainda estou totalmente preocupado com o incidente do biquíni de Charlotte Dent e com a última coisa que Nader disse para mim: *Você é meu, Linderman*. Meu Deus, que imbecil.

Nós entramos pela porta dos fundos e meu pai está na cozinha, misturando açúcar em um jarro de chá gelado e assobiando uma música do Bruce Springsteen.

"Você quer duas ou três espigas de milho?" Ele pergunta isso como se a cena toda fosse normal. Ele ali, fazendo o jantar, sendo meu pai. Estando *presente*.

"Duas, por favor."

Vou para o meu quarto e tiro as roupas de piscina. Fico sentado na cama pensando em Nader McMillan e no que vou fazer. Será que devo ignorá-lo, enfrentá-lo, evitá-lo, ser "durão"? Penso nas coisas que meu pai me disse ao longo dos anos e como ele acabou desistindo. *Por que você está me perguntando essas coisas? Eu nunca aprendi a lidar com os valentões da minha época. Como vou saber o que você deve fazer com os seus valentões?*

Tentei todas as ideias dele. Até mesmo algumas que ele nunca sugeriu. Tentei puxar o saco de Nader e ser amigo dele, o que só funcionou por um tempo no 1º ano do ensino médio, até ele se encrencar por causa do questionário. Tentei conversar com um dos orientadores janeiro passado, só para ouvir que Nader é um pé no saco, sim, mas o melhor a fazer é ficar fora do caminho dele.

"No fundo, ele provavelmente é um bom garoto", o orientador me disse. O que não é verdade. Mas isso significava que Nader podia continuar tratando os garotos daquele jeito, continuar encantando todos os professores com seu sorriso perfeito de dentes clareados, e ainda continuar jogando basquete na primavera. E isso significava que o pai dele, que adorava processar todo mundo, não ia causar problemas para a escola.

"Lori, você está pronta pra comer?", meu pai grita.

"Dois minutos!"

"Lucky! Vá fazer *suas coisas* e não esqueça de lavar as mãos", ele diz. Parece que desde que meu pai começou a trabalhar no Lê Restaurantê Chiquê, ele acha que parei de crescer. Não tenho mais 7 anos. Sei quando preciso mijar.

Quando me sento à mesa, os dois estão sorrindo para mim e eu fecho a cara. Meu pai começa a servir porções de frango marinado com mel e ervas frescas e milho picante assado. Ele aponta para um pote de batatinhas em molho de manteiga e salsinha e diz:

"Sirvam-se".

Esta é uma refeição simples, considerando que nosso jantar normalmente consiste em medalhões de frango levemente selados com molho de amora ou recheados com *foie gras*. Ou então bistecas de porco empanadas com pó de cogumelos orgânicos e servidas com ervilhas *petit pois* cobertas com alho e pasta de amêndoas, com um toque de limão. Juro que não sei de onde ele tira essas coisas. Vovó Janice gostava de apresuntado e macarrão com queijo de caixinha, e sanduíches de queijo quente.

Enquanto estou na metade da segunda espiga de milho, minha mãe diz:

"Lucky ajudou uma garota na piscina hoje. Achei bem bonitinho".

Meu pai olha para mim e acena com a cabeça.

"Estou orgulhoso de você."

"Você quer contar para seu pai o que mais aconteceu?"

"Não." Não sei bem do que ela está falando, mas acho que de Nader agindo feito um babaca. Desde quando isso é alguma novidade?

"O que aconteceu?", ele pergunta.

"Não foi nada", eu digo e me volto para minha espiga de milho.

"Ele foi provocado por aquele moleque do McMillan de novo", ela diz.

"Também melhorei minhas bombas na água. Você precisava ver."

"Você reagiu?"

Eu fingi que não estávamos falando sobre aquilo.

"Como assim?"

"Sobre o McMillan. Seu pai quer saber se você reagiu."

"Não."

"Muito bem. Brigar é coisa de maricas", ele diz.

Eu queria poder dizer o quanto discordo dele. Eu queria que ele mesmo entrasse em uma briga e me convencesse disso. Mas aí é que está, não? Essa coisa sobre meu pai? Não faz sentido discordar dele porque ele já faz tudo por si mesmo. Eis aqui um exemplo.

Já viu uma dessas bandeiras POW/MIA, sobre prisioneiros de guerra e soldados desaparecidos? Aquelas bandeiras pretas, com o soldado e a torre de vigia, onde está escrito embaixo VOCÊ NÃO FOI ESQUECIDO, como essa aqui?

Nós temos essas bandeiras aqui nos nossos carros, nas janelas, em nossas coisas – no meu boné de beisebol e nos pratos de comida de passarinho da minha mãe. Temos um mastro de bandeira na frente da nossa casa onde hasteamos a maior POW/MIA que cabe nele. Meu pai costura um bordado com essa bandeira no meu casaco de inverno todo ano. E faz o mesmo nos meus shorts de natação. E o mesmo no meu uniforme de educação física. Tenho exatamente catorze camisetas POW/MIA diferentes. Meu pai tem a bandeira tatuada em seu braço direito, tem o suporte da placa do carro com ela e também um jogo de porta-copos, canecas e cartas de baralho todos com a bandeira.

Em nossa casa, o slogan é verdadeiro. Não há a menor chance de esquecermos nossos heróis desaparecidos aqui. Sem chance. Mas nós nunca conversamos sobre isso.

E aí ele vem e me diz: *"Brigar é coisa de maricas"*.

Tem dias que quero amarrar os dois no sofá e dizer o que eu realmente penso. Dizer as coisas, dizer umas verdades. E também perguntar as coisas que preciso perguntar. *Como é que a gente desistiu do vovô depois que a vovó Janice morreu? Por que ela me pediu para resgatá-lo? Por que ela não pediu isso para você? E por que não estávamos fazendo algo? Por que não estamos fazendo nada?*

A única coisa *verdadeira* que ouvi meu pai dizer foi: "Teria sido melhor se meu pai tivesse voltado dentro de um saco, porque aí pelo menos iríamos saber o que aconteceu com ele." E então meu pai se transforma em uma tartaruga.

Claro, a casca é a maior parte da tartaruga.

E nós nunca conversamos sobre isso.

OPERAÇÃO NÃO SORRIA JAMAIS – 1º ANO

Um dia depois de Evelyn Schwartz ir tagarelar na sala da orientadora sobre minha pesquisa dos suicídios, Danny e Nader tomaram uma bronca do diretor. Sei disso porque Danny me contou no ônibus que nos levava para casa na volta da escola.

"Por que você tinha que arruinar nossa piada?"

"Não achei que isso ia dar um rolo tão grande", eu disse.

"O Peixe disse que vai falar com meu pai, cara." Nós chamamos o diretor, sr. Temms, de *Peixe* porque ele tem os olhos saltados para fora do rosto e a cabeça achatada.

"Mas por quê?"

"Você sabe por quê. Eles são todos retardados, é por isso."

"É mesmo", eu disse.

"E Nader está *puto*", ele acrescentou.

"Ele também?"

"Nós fomos chamados juntos", ele disse. "Pra confirmar sua historinha idiota."

"Que merda."

"É, que merda. O pai do Nader também vai ficar maluco com isso."

"Foi mal", eu disse. "Não achei que isso ia ser nada de mais."

"Quando Nader te encontrar, você vai sentir muito mais."

"Você acha?"

"O cara é louco."

"É, mas nós... somos meio que amigos agora, não somos?"

Danny riu e balançou a cabeça.

"Agora você não é mais, não."

Tentei agir como se não estivesse nem aí.

"Que se dane. Já tenho problemas demais. Meus pais foram chamados para uma reunião na semana que vem. Eles vão fazer uns testes comigo ou coisa assim."

"O quê? Fazer testes pra ver se você é um idiota?"

Dei um cutucão no braço dele.

"Pois é, né?"

"Por que já posso confirmar pra eles que você é", ele disse.

A reunião seria em uma terça-feira, mas Nader me encontrou na segunda, no vestiário, depois da aula de Educação Física.

"Ei, Linderman! Preste atenção!", ele gritou.

Então ele pegou o garoto mais baixinho e magrelo do vestiário e o jogou no banco da parede do canto. Os amigos de Nader seguraram o garoto, arrancaram sua roupa e o vendaram com o uniforme suado e fedido dele. Quanto mais o garoto gritava e chutava, mais os *escravos* de Nader o prendiam no banco, de pernas abertas. Eu podia ver o garoto se esforçando para libertar as mãos, tentando fechar as pernas. Eu podia vê-lo estremecendo, arfando pesado. Ele estava em pânico. Ele estava engasgando.

Enquanto os outros garotos gritavam *"Não vai vomitar, viadinho!"*, Nader pegou uma banana do armário dele, foi até as privadas, mergulhou a banana lá e disse:

"Olha bem, Linderman, porque é isso que acontece com os dedos-duros".

E naquela noite eu fiz minha primeira armadilha...

MISSÃO DE RESGATE #49
ARMADILHA

Eu estava em um fosso, com água até o joelho. Estava chovendo sapos. Caíam gotas grandes, gordas e verdes com pernas, que saíam pulando assim que chegavam no chão. Os sapos estavam nos meus shorts também, na minha camiseta. Eles estavam no meu cérebro. Havia sanguessugas me sugando nos tornozelos e nas panturrilhas.

Os sapos estavam tentando arrancar as sanguessugas com seus dentes afiados de sapo. A coisa toda era agoniante.

Aquela era minha quadragésima-nona missão de resgate do meu avô, então não foi a primeira vez que vi chuva de sapos ou sanguessugas na selva. Até hoje, nós nunca conseguimos escapar de lá. Obviamente.

Em nossos diversos percursos juntos, vovô me mostrou como fazer armadilhas, mas eu mesmo nunca tinha feito uma antes. Eu peguei o facão e cortei o bambuzal para fazer pontas de lança. Uma centena de pontas. Ninguém conseguia me ver, porque o fosso estava a mais de um quilômetro e meio fora da trilha da selva e oculto pela mata. Era impossível vê-lo.

Vovô estava dormindo a uns três metros dali. Eu o ajudei a escapar do campo de prisioneiros de Frankie na noite anterior, e estivemos abrindo caminho pela vasta selva o dia todo. Fiquei no fosso à noite, entalhando as pontas de lança até que elas estivessem afiadas o suficiente para perfurar pedra. Testei uma das pontas no meu dedo indicador esquerdo e mal precisei tocar para tirar sangue. Ajustei as pontas na armadilha e cobri o buraco ao meu redor.

Estava me sentindo tão cansado que peguei no sono em pé mesmo, apoiando a cabeça no lado barrento do fosso cheio de sapos, ainda coberto de sanguessugas até os joelhos.

Vovô Harry me acordou dentro do sonho.

"Você está pronto?"

Ele me tirou do buraco e me colocou ao lado. Havia tantas sanguessugas, que acho que eu preferia amputar logo as pernas do que tirar uma por uma. A chuva tinha parado, mas não por muito tempo. O céu ainda estava nublado, e aquela pausa era uma piada cruel na estação das chuvas – um momento para fingir que você não estava encharcado até a alma e sendo comido vivo pela selva.

Vovô me arrastou até o abrigo que ele tinha feito com lona e três hastes de bambu.

"Preciso cobrir o fosso. Preciso terminar o trabalho", eu disse.

Ele achou que eu estava delirando, e eu provavelmente estava mesmo. Minhas pernas eram só sangue, picadas, animais e dentes. Desmaiei quando ele arrancou a quarta sanguessuga. Ainda havia pelo menos mais cem delas para tirar.

Quando acordei, encolhido sob a lona, estava chovendo sapos novamente. Olhei para minha armadilha e ela estava perfeita. Minhas pernas doíam como se eu tivesse sido atingido por tiros de sal. Até os ossos estavam doendo. Quando olhei para baixo, e meus olhos se adaptaram à luz fraca da lua, vi que minhas pernas pareciam ter sido atacadas por um tigre.

"Você precisa curar essas pernas, filho", meu avô disse.

"Ughhh." Era para eu falar alguma coisa, mas não consegui. Simplesmente emiti um som qualquer.

"Volte a dormir. Vou tentar encontrar um hospital pra gente."

Eu sabia que ele estava mentindo. Como é que um prisioneiro de guerra, fugitivo da Guerra do Vietnã, podia entrar em um hospital com seu neto ferido e delirante e receber ajuda? Era impossível. Eu ia morrer ali. Mas se eu fosse morrer, então morreria com honra. Eu tinha resgatado meu avô, que estava desaparecido havia muito tempo, e queria que ele conseguisse escapar pelo resto do caminho sem mim.

"Iiiihiiiiiii", eu disse.

Se eu fosse morrer, então queria morrer sem segredos. Tentei contar para o vovô sobre o caso da banana e o que Nader fazia com quem era dedo-duro.

"Truuuuuuuuuu." Nenhuma palavra saiu direito. As sanguessugas comeram meu cérebro. E minha língua.

Vovô Harry acariciou minha cabeça e me deu um charuto.

"Parabéns por ter feito sua primeira armadilha, filho. Agora volte pra casa e descanse um pouco."

Quando acordei, sem fôlego e completamente apavorado, tentei me acalmar com as palavras que minha mãe sempre dizia antes, quando eu acordava dos meus sonhos na selva:

"Foi só um pesadelo, Lucky. Foi só um pesadelo".

Mas não tinha sido só um sonho. Eu ainda estava com o charuto na minha mão.

6
......

LUCKY LINDERMAN ESCONDE COISAS
DEBAIXO DA CAMA

Na noite passada, depois do jantar e de dizer que *brigar é coisa de maricas*, meu pai apareceu na porta do meu quarto.

"Você me ajuda a tirar a bandeira?", ele pediu.

Eu o segui até o jardim da frente da casa, onde ele tirou a bandeira dos POW/MIA e depois a bandeira dos Estados Unidos. Normalmente, ele faz isso sozinho, então foi legal poder ajudá-lo a dobrar as bandeiras em triângulos perfeitos.

Depois disso, ele voltou para o trabalho e eu voltei para o meu quarto para continuar a ler meu livro. O título é *Um tiro, um a menos*, e conta a história dos franco-atiradores norte-americanos em diferentes guerras. Lara Jones nunca deixa de comentar que ficar lendo sobre guerras me torna um cara estranho, mas até aí eu também não consigo entender o fascínio dela com livros de fadas e magos. Então acho que estamos empatados nessa.

Depois que os sonhos passaram a acontecer mais ou menos todo mês – quando eu tinha 9 anos –, comecei a ler o máximo que podia sobre guerra. Na biblioteca da minha escola do ensino fundamental havia uma enciclopédia do mundo. Um dia eu peguei o volume U-V. Encontrei lá o tópico *Guerra do Vietnã*, na página 372, e comecei a ler sobre ela, embora não tivesse nenhuma ideia real do que fosse aquilo. Havia um monte de nomes e lugares que eu nunca tinha escutado antes (*Golfo de Tonkin, Laos, Camboja, vietcongue, Indochina, Ho Chi Minh*). Havia datas (*1957, 1964, 1973, 1975*) e números (*aproximadamente 9 milhões de militares americanos serviram no Vietnã; 58 mil morreram; 300 mil ficaram feridos; 2.300 estavam desaparecidos ao final da guerra).* E na enciclopédia havia três fotos: uma de um helicóptero planando a poucos centímetros de uma clareira na selva, e três soldados garantindo cobertura; uma de pessoas protestando no Capitólio em Washington, DC; e outra de um monte de vietnamitas enfiados em um helicóptero durante a evacuação de Saigon em 1975.

Toda vez que eu ia para a biblioteca, relia a página 372 para ver se conseguia entender um pouco mais da história. Isso continuou durante a segunda metade do ensino fundamental, quando comecei a ler outros livros sobre o Vietnã também. Descobri que *Charlie* era só o apelido que davam para o inimigo, o vietcongue: soldados comunistas lutando para que o Vietnã do Norte conquistasse nossos aliados do Vietnã do Sul.

Então, quando eu tinha 12 anos, subi até o sótão para encontrar um antigo boné de beisebol e acabei descobrindo *a caixa* – que veio da casa da vovó Janice e que estava cheia de lembranças, documentos, livros e cartas sobre o caso do vovô Harry. Embora fosse um dia quente de final de primavera e o sótão estivesse muito abafado, eu conferi tudo o que havia na caixa, papel por papel. Foi lá que encontrei o livro *Um tiro, um a menos.* Foi lá que encontrei todas as cartas de vovó Janice e o governo. Foi aí que descobri que ela era um membro bastante importante do movimento POW/MIA, que discursava nos encontros e nas reuniões nacionais e que também trabalhava com as famílias dos desaparecidos. Havia recortes de jornais, incluindo um grande sobre como o governo decidiu classificar todos os desaparecidos como *supostamente mortos* e como vovó Janice se recusava a concordar com aquilo.

O recorte de jornal trazia uma citação dela: *"Ninguém me provou que meu marido ainda não está vivo em algum lugar no Sudeste Asiático. Então, da forma como entendo, se um único homem estiver vivo, nós devemos a ele mais do que isso – do que dá-lo como morto só para facilitar a burocracia."*

Havia mais de vinte recortes, de lugares do país inteiro onde ela foi convidada para falar. Alguns traziam fotos. Havia, inclusive, um com uma foto dela na Casa Branca. Isso me fez perceber que vovó Janice era uma heroína, tanto quanto meu avô.

No fundo da caixa, encontrei uma caixa de sapatos cheia de cartas de amor entre ela e vovô Harry, desde quando ele estava em treinamento até ser capturado. Peguei aquela caixa e escondi debaixo da minha cama, dentro de uma velha caixa de Transformers.

Há uma carta lá que eu leio quase todo dia.

    Querida Janice,

        Sinto muito por fazer tanto tempo desde a última vez que escrevi. Em agosto, eles me retiraram de meu pelotão e me enviaram para um treinamento nas montanhas próximas a Long Binh. Agora sou um franco-atirador do exército norte-americano.

        Semana passada fiquei sentado em uma árvore por vinte e quatro horas observando um espião vietcongue com sua família em uma vila. Quando o matei, vi sua esposa e os filhos se jogarem sobre o cadáver. Janice, Deus sabe que se alguém fizesse isso com você, eu iria atrás dessa pessoa até o inferno fazê-la se arrepender disso. Quando eu caçava cervos com meu pai, nunca senti o que senti semana passada.

        Mas não quero que você fique sabendo dessas coisas. Você é uma mulher linda que merece escutar coisas bonitas. Isto aqui vai fazê-la rir: eles me deram um apelido. Como sou muito bom no que faço (vinte mortes confirmadas), o inimigo colocou um prêmio pela minha cabeça, mas até agora Charlie nenhum conseguiu me pegar. Então o líder do meu pelotão me chamou de Lucky. Lucky Linderman. Até que é legal, não acha?

        Às vezes sonho com você, com sua pele. Sonho com seu cheiro. E sei que tudo isso vai acabar em breve e que vamos poder fazer amor novamente. Os rapazes no fronte tinham revistas com mulheres e ficavam falando sobre como um dia eles iam pegar uma mulher daquelas. Mas eles são garotos. Eles não sabem o que é o amor. Aqui eles aprendem o que é o ódio, e eu fico triste por eles talvez jamais descobrirem o amor, porque o ódio veio primeiro. Talvez eles jamais conheçam uma mulher como você e fico triste por eles.

        Mal posso esperar para ser um ótimo pai para Victor e um marido exemplar para você. Janice, você merece. Desde aquele dia em que a vi na aula de Química com a saia amarela, tive vontade de transformar todo dia em um dia de Natal para você. Sei que esperar por mim deve ser difícil. Por favor, lembre-se do quanto eu te amo.

    Com todo meu amor,
    Harry

Esta carta foi a última que vovó Janice recebeu do meu avô. Em seguida, ele desapareceu... Ninguém foi capaz de explicar. Na caixa do sótão, há um monte de cartas do governo solicitando permissão para mudar o status de Harry para *supostamente morto*. Mas eles nunca tiveram provas disso. Não encontraram ossos, identificação, nada. Ninguém jamais devolveu o anel de casamento dele ou seus dentes. No fim, eles mudaram o status sem a permissão da minha avó, mas aquilo era uma mentira.

A última coisa que ela ouviu era que meu avô estava vivo em um campo de prisioneiros no Laos em 1987, 14 anos depois do fim da guerra. Essa informação veio de quinze fontes diferentes – a maioria refugiados e marinheiros, e isso graças à organização civil POW/MIA em que ela tinha trabalhado. O Pathet Lao (Laos comunista) devolveu muito poucos prisioneiros americanos depois da guerra do Vietnã. Menos de uma dúzia.

Tudo bem, porque tecnicamente nós não tivemos uma guerra com o Laos. Tudo bem, porque nosso governo queria que a nação entrasse em uma fase política mais positiva. Mas isso não estava nada bem com as mais de seiscentas famílias que perderam o rastro de seus entes queridos no Laos.

Claro, é fácil *supor* que esses homens que jamais retornaram da guerra morreram por causa de doenças da selva, que são dureza. Tem disenteria, que funciona mais ou menos assim: diarreia hemorrágica o tempo todo até você morrer. E malária, que funciona mais ou menos assim: febre, dor no corpo, vômitos e convulsões até você morrer. Também tem beribéri, que até parece nome de fruta, mas na verdade envolve: perda de peso, dores no corpo, demência, membros inchados, paralisia e problemas cardíacos até você morrer.

Também era fácil *supor* que os homens desaparecidos morreram por uma variedade de ferimentos causados pela guerra – desde estilhaços pontiagudos a ferimentos recebidos em sessões de tortura, passando por infecções causadas por armadilhas, graças à prática de cobrir as pontas de lanças com materiais infecciosos. Mas alguns homens conseguem sobreviver a todas essas maluquices, e naquela época, era sabido que os comunistas costumavam manter prisioneiros vivos para usá-los como moeda de troca política ou uma forma de escapar de seus países instáveis.

Então, toda vez que o governo tentava fazer vovó Janice assinar um pedaço de papel declarando Harry morto, ela resistia. Eu consigo vê-la dizendo: *"Vá se ferrar! O meu Harry não está morto!"*, porque vovó Janice sabia que Harry era capaz de sobreviver a qualquer coisa para vê-la uma última vez.

Claro, agora eu sei disso também.

MISSÃO DE RESGATE #101
JOGANDO *GIN RUMMY* COM FRANKIE

Vovô, seu guarda Frankie e eu estamos jogando *gin* encobertos pela selva. Eu estou ganhando. Meu avô não está prestando muita atenção no jogo, porque está mais ocupado em tirar as formigas vermelhas dos tornozelos. Estão faltando três dedos na mão esquerda dele.

"Vocês não estão sendo comidos vivos aqui?"

Olho para meus tornozelos. Nada de formigas.

"Não."

Frankie nos ignora e continua concentrado em suas cartas. Meu avô se levanta e percebe que sua cadeira estava em cima de um formigueiro, então ele vai para outra parte da mesa de jogo e nós continuamos.

Frankie se vira para mim e diz:

"Como você está lidando com aquele babaca da escola, Lucky Lindo-man?".

Dou de ombros.

"Está tudo sob controle", eu digo. Faz anos que não falo sobre Nader com vovô. Como é que eu poderia reclamar de um cara beliscando meus mamilos no recreio com alguém que estava sem dedos, sem dente, que tinha perdido toda sua vida? Eu sei que vovô me disse para falar com ele, caso ignorar Nader não funcionasse. E eu até queria fazer isso, mas parei de contar qualquer coisa sobre esse assunto para os adultos na vida real, e aqui na selva me parecia muito dramático.

E eu não estava lá para ficar de chororô. Estava lá para enganar Frankie, matá-lo se fosse necessário, e então resgatar vovô Harry.

"Gin!", eu digo e mostro minha sequência de ouros e quatro rainhas.

Frankie pega seu rifle e o aponta para minha cabeça.

"Por que você não conta a verdade pra gente, garoto?"

Vovô está em pé agora.

"Frankie, abaixe essa arma."

"Mas ele não conta a verdade pra você, Harry. Ele mente."

Eu me agacho, dou um soco na barriga de Frankie e tomo o rifle dele. Em seguida o derrubo com um chute e apoio meu pé descalço sobre o pescoço dele. Vovô senta sobre o corpo de Frankie e eu aponto a arma para a cabeça dele.

"A minha vida não é da sua conta, droga", eu digo. "Entendeu?"

Ele assente rapidamente. Meu dedo treme sobre o gatilho.

"Não me mate! Por favor!", ele diz.

Eu dou risada. Mas meu dedo trava e não consigo puxar o gatilho. Meu avô diz:

"Não faça isso, Lucky".

"Vou tirar você daqui, vovô. Pra sempre. De uma vez por todas."

"Eu deixo vocês irem", Frankie diz. "Vocês vão e eu nunca mais os vejo de novo."

Eu chuto o rosto dele. O nariz de Frankie começa a sangrar na mesma hora.

"Lucky, pare", vovô diz.

"Por que você está defendendo ele? Ele te torturou a vida toda!"

"Ele me alimentou também."

Fico olhando para o vovô e acho que ele deve estar sofrendo de algum tipo de síndrome de Estocolmo, onde você cria uma ligação com seu sequestrador.

"Ele fez uma merda de uma lavagem cerebral em você", eu digo. Aponto o rifle para a têmpora de Frankie. "Vou levar você pra casa."

Quando sinto que meu dedo vai puxar o gatilho, eu acordo.

🍂

Ao lado do meu travesseiro está uma mão ganhadora de *gin*. Um ás, dois, três, quatro, cinco e seis de ouros e quatro rainhas. As cartas estão cobertas com quatro décadas de poeira da selva.

Pego a caixa de Transformers que está debaixo da cama e coloco as cartas lá dentro, junto das minhas outras lembrancinhas da selva que fui pegando ao longo dos anos: o primeiríssimo – um pequeno parafuso enferrujado que achei quando tinha 10 anos, o charuto que ganhei ao fazer minha primeira armadilha, um pequeno bloco de madeira com pregos, um sapo petrificado, duas pedras, um mapa, uma lata vazia de ração para soldados, diversas peças de metal...

Fico deitado por um tempo, me sentindo como um herói da selva. Mas então escuto meus pais conversando na sala de estar, e então me lembro que sou na verdade a porcaria de um fracassado do subúrbio.

LUCKY LINDERMAN *NÃO* VAI FAZER OVOS MEXIDOS

O Le Smorgasbord fica fechado às segundas-feiras, então para nós esse dia da semana no verão têm a mesma importância que os domingos para as outras pessoas. Nós exigimos que meu pai fique com a gente o dia todo se possível, embora normalmente ele não consiga passar do meio da tarde. Sempre acabamos fazendo alguma coisa que o deixa irritado. Lá pelas 10 horas da manhã, minha mãe aparece na porta do meu quarto e diz:

"Lucky? Você quer tomar café da manhã?"

Eu solto um grunhido e digo que vou sair em uns 10 minutos. Por um olho semiaberto, vejo minha mãe colocar uma bermuda de praia no meu guarda-roupa.

"Comprei essa aqui no ano passado, mas era um tamanho maior que o seu. Acho que ela vai servir bem agora."

Quando chego na cozinha, percebo que caí numa armadilha. Os ovos ainda estão na cartela ao lado de uma tigela. O batedor de ovos está no balcão da pia ao lado da tigela. Há pão de forma perto da geladeira e uma frigideira vazia sobre o fogão. *Ah, meu Deus. De novo não... uma vez por mês, aquela tentativa de mostrar que se importa comigo por meio da culinária.*

Antes que eu possa me virar e voltar para o quarto, meu pai aparece do meu lado e minha mãe já está na porta da cozinha.

"Rabanadas ou ovos mexidos? Você decide", ele diz.

"Tanto faz. Faço o que vocês quiserem", eu respondo.

"Não", minha mãe diz. "A escolha é sua!"

Vou até a despensa, onde estão os cereais matinais, e tiro uma caixa de cereal. Pego uma tigela e vou procurar uma colher na gaveta, mas meu pai me impede.

"Vamos lá, cara. Só por diversão. Vamos fazer café da manhã juntos."

"Por quê?", pergunto.

"Por que não? Por que você não quer mais cozinhar com seu pai?"

"Sei lá, acho que não sou bom o bastante nisso", digo.

"Você já foi muito bom antes. Não era você a única pessoa na família capaz de quebrar um ovo sem deixar pedaço de casca cair na tigela?"

"Duvido que ainda consiga fazer isso..."

"Essas coisas precisam de prática. Lembra quando nós fazíamos panquecas e waffles juntos?"

Eu tinha 7 anos. Isso significa que foi algo que aconteceu mais da metade da minha vida, lá atrás. Não falo isso para ele.

"Quero comer cereal. Não estou com tanta fome."

"Não acho que esse seja o verdadeiro motivo", meu pai diz.

Estou cansado demais e mal-humorado demais para lidar com isso. Assim, se meu pai quer conversar sobre os *verdadeiros motivos*, então vou falar. Coloco a caixa de cereal na mesa e olho nos olhos do meu pai.

"Não quero mais ficar conversando sobre comida. Você só fala nisso. Não quero cozinhar com você e não quero ficar assistindo aquele canal idiota de comida com você também."

Ele fica ali parado, só olhando para mim. Minha mãe diz:

"Seu pai conversa sobre outras coisas além de comida".

Traidora!

Meu pai murmura algo baixinho, como se a gente não fosse escutar. Ele diz algo sobre como nada que ele faz nunca é bom o bastante.

"Não, porque se você tentasse, isso seria bom o bastante", eu digo. "Mas você nunca tenta."

Ele olha para minha mãe e ela dá de ombros. Ela baixa o rosto, como se estivesse concordando comigo. Minha mãe é uma agente dupla muito louca.

"Acho que vocês não precisam de mim aqui", ele diz e vai pegar as chaves do carro no balcão.

"Na verdade, pai, aí é que está o problema. Nós precisamos de *você* aqui. *Preciso* de um pai, sabia?"

Ele bate as chaves no balcão.

"Mas que *droga*! Você não faz a menor ideia do que é *não* ter pai. Você não tem noção de como é privilegiado!"

Meu pai sai andando pela porta da frente e vai até o carro dele, entra, sai de marcha ré e vai embora.

Minha mãe suspira. Um longo suspiro. Depois, ela senta na mesa da copa e suspira novamente. Mais um longo suspiro. Ela massageia a testa com a ponta dos dedos até pensar em algo para dizer. Em seguida ela se levanta, coloca o batedor de ovos na gaveta e diz:

"Por que você não podia se divertir um pouco e fazer uns ovos? Seu pai precisa disso."

"Bem, eu também preciso de algumas coisas, mas quando precisei, ele não estava por perto, estava?", respondo. "Eu desisti de tentar depois do meu aniversário de 13 anos. Lembra disso?"

Na semana que fiz 13 anos, eu estava tão de saco cheio por meu pai só se importar com comida que parei de comer até minha mãe me levar ao médico. Acho que isso durou uns 6 dias. O médico me examinou e me fez um monte de perguntas gastronômicas – a maioria sobre cocô e qualquer dor que eu pudesse estar sentindo.

"Você parece bem", ele disse.

"Eu estou bem."

Ele olhou para minha mãe, que estava sentada na cadeira ao lado da mesa de exames.

"Lori, você pode nos dar um minuto?"

Ela saiu e o médico se virou para mim.

"Você quer me contar o que realmente está acontecendo?"

"Eu odeio meu pai", eu disse.

"Por quê?"

"Ele trabalha o tempo todo e não está nem aí pra nós. Ele mal fala com a gente."

"Meu pai raramente falava comigo também", o médico disse. "Mas não parei de comer por causa disso."

"O que você fez?"

O tom de voz dele mudou.

"Eu cresci e percebi que estava agindo como um bobo."

De volta para casa, perguntei para minha mãe:

"Você já se pegou pensando que, se você fosse uma bisteca ou uma paleta de cordeiro, o papai ia prestar mais atenção em você?".

Ela deu risada.

"Sim, Lucky. Já me senti assim."

"E o que você fez em relação a isso?"

"Não sei", ela respondeu. Mas eu sabia. Ela começou a nadar mais e mais.

A QUARTA COISA QUE VOCÊ PRECISA SABER – AS FORMIGAS

A piscina da cidade está especialmente convidativa hoje. Minha mãe está comentando com Kim, a gerente do lugar, sobre a fantástica qualidade da água. Kim menciona algo sobre os níveis de cálcio. É um papo *superempolgante* aqui nessa manhã ensolarada de uma terça-feira de julho. Fala sério. Tem como conversar sobre algo mais chato que isso?

Vou para o vestiário me trocar e fico feliz por descobrir que a nova bermuda de praia que minha mãe me deu não é uma daquelas coisas gigantes. Essa bermuda aqui é meio gay, mais justinha, mas pelo menos ela não fica caindo da cintura e mostrando meu cofrinho quando estou saindo da piscina. E tenho quase certeza que essa aqui vai me ajudar a dar umas bombas melhores na água.

Quando saio do vestiário masculino, Nader me pega de surpresa. Ele puxa meu braço e o torce com tanta força que acho que ele vai deslocar meu ombro. Nader me empurra de cara no chão e coloca o joelho no meio das minhas costas, igual os policiais fazem na TV. Ele vira meu rosto para o lado e aperta minha bochecha no cimento quente. Sinto minha pele queimar.

Olhando o chão de perto, vejo vários pontinhos brilhantes. Consigo ver o minúsculo mundo que as formigas enxergam. Os morros e os vales de concreto – migalhas que vieram da lanchonete, a trilha de água que pingou dos canos que ficam sob o bebedouro entre os dois vestiários.

Nader começa a esfregar meu rosto no chão, me arrastando lentamente naquela lixa. Ele diz:

"Viu o que acontece quando você me fode, Linderman?".

Não digo nada. Meu rosto está ardendo e contraio meu corpo. Ele me arrasta ainda mais, me apertando com tanta força no chão que parece que minha bochecha vai se esmigalhar. Sinto a pele saindo do meu rosto. Estranhamente, me sinto feliz, em paz. Como se estivesse ficando louco. As formigas aparecem no chão de concreto diante de mim. Elas estão dançando e sorrindo. As formigas estão fazendo uma festa. Uma delas diz para eu aguentar firme. *Não se preocupe, garoto!*, ela diz, segurando uma taça de martini. *Isso vai acabar em um minutinho!*

"Me responda!", Nader diz.

O tempo começou a passar mais devagar, era uma maluquice total. Não consigo dizer nada. Acho que Nader não sabe o quanto ele está apertando meu rosto no concreto. E ainda assim, o cheiro do concreto é agradável. As formigas continuam dançando.

Danny coloca a cabeça ao lado da parede.

"Viu o que acontece quando você me fode, cara?", Nader diz.

"Para com isso, cara. Ele é legal", diz Danny.

"Me responda!", Nader diz novamente.

Eu não sei o que dizer, então respondo:

"O que foi que eu fiz?".

Ele dá risada.

"Você fodeu comigo. Lembra? Quando ajudou aquela vadiazinha? Viu o que acontece? Isso é carma, amigão! Repete! Coisas ruins acontecem!" Ele dá um empurrão a mais no meu rosto ao pronunciar cada palavra.

Fico concentrado na sensação da minha pele saindo do rosto. Fico imaginando se as formigas vão comê-la depois que tudo isso acabar. Será que as formigas comem pele?

"Repita, Linderman! Coisas. Ruins. Acontecem."

"Coisas ruins acontecem."

"Agora é bom você ficar de bico fechado", ele diz no meu ouvido. Nader está tão perto de mim que consigo sentir o aroma da pasta de dente que ele usou de manhã.

Ele se levanta e caminha rapidamente por trás dos vestiários até a bicicleta dele e vai embora.

Enquanto fico deitado lá por um tempo, tenho um daqueles sonhos acordados com os Transformers, que eu costumava ter quando tinha 7 anos. Eu sou Optimus Prime e fico do tamanho da piscina. Eu esmago Nader com um pisão. Depois o reconstruo, como se ele fosse batatas desidratadas, e o coloco no meu campo de prisioneiros. Há um monte de lanças de bambu por lá. Eu o obrigo a comer merda de rato. As formigas todas dão risada.

Eu me sento e fico recostado no batente da porta do vestiário, e Kim, a gerente da piscina, está olhando estranho para meu rosto.

"Meu Deus, Lucky!"

Eu pisco os olhos.

"Você está bem?"

Eu aceno debilmente com a cabeça. Ao mesmo tempo, preciso segurar a risada insana, abafando o louco que habita dentro de mim, que ainda está vendo as formigas dançarem. Uma delas está abrindo uma garrafa de champanhe. A outra está preparando uma corda para fazer a dança da cordinha.

"Quem fez isso com você?", ela pergunta, olhando ao redor. Olho para Danny, que agora está em seu posto de trabalho, atrás do balcão da lanchonete, esticando o pescoço para que possa nos ver.

Kim pergunta a Danny:

"Quem fez isso com ele?".

Ele faz um gesto como quem não sabe o que houve. Desgraçado.

"Vamos lá. Preciso limpar isso", ela diz e me ajuda a ficar em pé. Kim acena para o salva-vidas de plantão para ir avisar minha mãe. Eu levanto o braço e toco meu rosto, na bochecha direita. Está pegajosa e sangrando, e dói tanto quanto no dia em que me esfolei no asfalto ao bater minha bicicleta, aos 8 anos.

"Se prepara porque vai doer. Mas é só água, está bem?" Kim segura uma garrafinha de água destilada da mesma maneira que eu seguro um pote de mostarda quando estou prestes apertá-lo sobre meu cachorro-quente. Ela limpa o ferimento, que cobre todo o meu rosto. Minha mãe aparece na sala da administração da piscina com uma toalha enrolada no corpo.

"Lucky? O que aconteceu?"

"Eu... hã... fui... hã...", não consigo terminar a frase, porque ela coloca o braço sobre meu ombro e olha com atenção para o estrago. A expressão no rosto dela é uma mistura intensa de preocupação e raiva. Embora ela esteja sendo carinhosa comigo, posso ver que a lula interna dela está jorrando tinta para todos os lados.

"Ele não quer me dizer quem fez isso", Kim, a gerente, diz.

"Nós vamos pra casa." Minha mãe se vira e sai batendo os pés para pegar nossas coisas.

Kim, a gerente, se agacha e olha para mim enquanto passa um antisséptico.

"Isso aqui vai curar mais rápido se você não cobrir." Eu aceno com a cabeça quando ela diz isso, e em seguida ela coloca a mão no meu braço. Conheço Kim há praticamente minha vida inteira. Ela colocou band-aids nos meus dedos esfolados e cuidou das picadas de abelha nas solas dos meus pés.

"Você precisa me dizer quem fez isso, para que eu possa expulsar esse cara da piscina, meu amigo", ela diz.

Eu a olho nos olhos, do jeito mais sério que posso.

"Nader", eu sussurro.

Kim olha para mim com desconfiança.

"McMillan? Ele ainda nem está aqui", ela diz. Ela coloca a cabeça para fora, para olhar o estacionamento vazio das bicicletas, onde Nader normalmente guarda a bicicleta dele.

"Danny viu tudo o que aconteceu", eu digo. "Pergunte pra ele."

"Por que Nader fez isso com você?"

"Ele disse que era carma", respondo.

"Aquele bocó não sabe nem o significado da palavra carma", ela diz, tentando me fazer rir, mas eu não rio.

Kim me explica que está com um problema. Ela sabe que deveria demitir Nader, mas se fizer isso, vai perder um salva-vidas e é difícil arrumar um em julho.

As formigas dizem: *blá blá blá blá blá*.

Vejo minha mãe gesticulando consigo mesma lá longe. Ela vai murmurando algo até pegar nossa toalha de praia, junta todas as nossas coisas e em seguida volta para a administração da piscina. Quando ela chega, estou sentado vendo as formigas dançarem limbo, e Kim está escrevendo um relatório na prancheta. Ela e minha mãe conversam sobre o que aconteceu, e elas decidem deixar o conselho administrativo da piscina lidar com isso, porque Kim promete tomar *ações disciplinares*.

Quando estamos saindo, minha mãe joga as sacolas com tanta força no porta-malas, que as coisas saem todas de dentro. Ela coloca uma toalha no banco do motorista e sai fritando os pneus do estacionamento. Nunca vi minha mãe daquele jeito antes.

No entroncamento onde ela deveria pegar a esquerda, ela pega a direita. Minha mãe dirige até o grande shopping center que fica a 20 minutos da piscina e para no estacionamento. Ela deixa o carro ligado por causa do ar-condicionado e se vira para mim, no banco de trás.

"Fique aqui. Eu volto em um minuto."

Ela abre o porta-malas, pega a saída de praia e a veste sobre o maiô de natação. Em seguida pega o celular da bolsa, se encosta no para-choques e disca um número. Eu a escuto falar, e sei que está conversando com meu pai. Não consigo pegar todas as palavras, mas escuto minha mãe dizer:

"Bem, você estava *errado*!". Ela olha para mim, e eu evito o contato visual.

A última coisa que escuto enquanto ela segue caminhando para entrar no shopping é:

"Eu não aguento mais isso!"

Minha vontade é sair correndo dali. Só queria poder começar tudo do zero. Não quero ter que explicar isso para meu pai. Eu me sinto um fracassado, um perdedor. Mais uma baixa na família Linderman. Eu só queria poder dormir e encontrar vovô Harry, para ficar lá com ele para sempre.

MISSÃO DE RESGATE #102
FAZER UMA ARMADILHA NA PISCINA

Estou no fosso novamente, mas desta vez não está chovendo sapos. Na verdade, não está chovendo nada. É de noite e não há lua. O fosso está seco, e o ar está quente e seco. Eu tenho minhas lanças de bambu e uma faca *bowie*. Também tenho um par de luvas de borracha e um pote de plástico fechado com tampa. Dentro do pote há algo marrom.

Enfio cada uma das lanças de bambu na terra e martelo as pontas para que elas fiquem bem cravadas no chão. Em seguida, afio novamente as lanças com minha faca, uma a uma, até que todas as lanças estejam lá, apontando para cima – feito uma cama de pregos para um gigante.

Paro e procuro por vovô Harry, e percebo que não estou na praia. Estou na piscina municipal de Frederickstown, perto das portas dos vestiários que ficam próximos à cerca de arame. Estou naquele local secreto onde Ronald e os outros viciados em nicotina vão para fumar. As formigas estão lá, fumando cigarros e usando chapéus de festinha de aniversário. Eu não quero estar aqui. Quero estar com meu avô, na selva.

"Vovô!", eu sussurro-gritando. "Psiu!"

Ninguém me responde. As formigas também me ignoram.

Meus olhos se ajustam à escuridão da noite e vejo os elementos familiares na piscina: o trampolim, o escorregador e a grande árvore de carvalho. Olho para meu corpo. Sou o meu musculoso *eu-do-sonho*, o que é um alívio. Se não consigo fugir da piscina municipal, pelo menos posso escapar do meu *eu-real* na piscina da cidade. Decido que vou dar um mergulho noturno. Escolho fazer um salto mortal frontal perfeito, algo que jamais consegui fazer na vida real. Vou para o trampolim e pulo várias vezes antes de dar um perfeito salto mortal para frente com uma pirueta e meia.

Na piscina, debaixo d'água, sinto como se *pertencesse* àquele lugar. Como se essa fosse a *minha* piscina. Faço uma volta em nado livre e algumas em nado estilo peito. Imagino que, já que estou em um sonho e acabei de conseguir dar um mortal para a frente com uma pirueta e meia, posso muito bem tentar o nado borboleta também. Faço uma volta em nado borboleta de um jeito que deixaria minha mãe orgulhosa.

Quando chego na parte rasa da piscina e paro para tomar fôlego, escuto aplausos. É meu avô. Ele está sem a perna esquerda desta vez. Isso me faz lembrar que estou em guerra. Toco meu rosto e sinto meu próprio ferimento, pegajoso e úmido, e saio da piscina. Eu me seco e volto para o fosso. Esta armadilha com certeza não faz parte do meu objetivo principal, mas agora vai ser ataque de guerrilha. Fodam-se as regras. Foda-se a estratégia. Foda-se o resgate. Nader vai morrer.

Meu avô aponta para o fosso.

"Você está planejando derrubar alguém com a armadilha?"
Confirmo com a cabeça.
"Você sabe que isso provavelmente não vai pegar bem aqui, né?" Quando ele diz isso, está cutucando um dente podre, e então o arranca da gengiva e o joga na estrada, do outro lado da cerca.

"Estou só fazendo meu trabalho". Então vou até o rolo de grama fina que preparei para cobrir o buraco e o arrasto até o lugar certo.

Nessa hora, vovô desaparece. Olho para o pote de plástico e para o fosso. Quando entro nele pela última vez, penso no que vovô me disse. Isso aqui é um sonho, certo? Não estou realmente fazendo uma armadilha na piscina para Nader cair e morrer aqui, estou? Será que vovô sumiu porque está com vergonha de mim?

Coloco as luvas e pego o pote de plástico. Tiro a tampa e o cheiro que vem de lá é horrível. Engasgo e tenho ânsia de vômito. Espalho um pouco em cada ponta, e então deixo o pote e as luvas no fundo do fosso. Saio de lá e rolo o gramado por cima, assentando-o com cuidado sobre o buraco. Digo para as formigas na grama saírem correndo, ou então elas vão se afogar. Elas saem e voltam a fumar no chão de concreto. Pego a mangueira que eles usam para encher a piscina dos bebês e molho a grama, para que ela não fique seca e chame a atenção.

Enquanto volto para casa no escuro, vejo meu avô pulando em sua única perna a uns 100 metros na minha frente, mas eu não consigo chegar perto dele, por mais rápido que eu corra.

🐜 🐜 🐜

"Lucky?"
É minha mãe. Ela está me acordando. Estamos em casa.
"Está quente demais para dormir no carro. Venha. Vamos entrar."
Quando ela sai, continuo no banco de trás por mais um minuto. Meu cabelo ainda está molhado por causa da natação que fiz no sonho. Minhas mãos estão com cheiro de borracha. Eu me sento e olho para meu rosto no espelho retrovisor, e estremeço quando me vejo.

Quando entro em casa, meu pai não fala nada sobre o que aconteceu. Ele também não olha para mim quando minha mãe mostra alguns papéis para ele. Passagens de avião.

"Nós vamos para Tempe passar algumas semanas lá. Vamos afastar Lucky daquele garoto, e enquanto estivermos fora, você vai fazer algo sobre isso."

"Tempe? No Arizona? Em julho? A gente não pode ficar aqui, não?", digo.

"Eu não tirei essa ideia do nada", minha mãe diz. "Eu queria ver meu irmão e sair daqui por um tempo. Além disso, acho que vai ser bom para você." Ela quer dizer que não conhecemos mais ninguém que tenha uma piscina no quintal para a lula ficar nadando.

"Acho que vai fazer bem para vocês dois", meu pai diz.

Minha mãe olha para ele de um jeito que o faz baixar o rosto e ficar calado. Isso aqui não tem a ver só comigo. Ou com Nader, ou com ela querendo ver o irmão. Isso aqui tem a ver com os dois... só que sou eu que estou levando a culpa.

"Sei que é meio de última hora, mas estamos indo, então vamos arrumar as malas", ela diz para mim.

Meu pai bufa.

Eu bufo.

Minha mãe bufa.

As formigas bufam.

Eu digo a coisa mais positiva que consigo dizer naquela hora, apesar de fazer uma careta enquanto estou falando.

"Acho que isso pode ser bom mesmo. Sempre quis conhecer o tio Dave."

PARTE DOIS

Uma companhia agradável em uma viagem
é tão importante quanto o transporte.
– Publílio Siro

9

A QUINTA COISA QUE VOCÊ PRECISA SABER – ISSO VAI SER UM SACO

Minha mãe e eu chegamos ao aeroporto Phoenix Sky Harbor, e ela não me deixa ir pelas esteiras rolantes.

"Não há por que correr. Nossa mala ainda não vai estar lá", ela diz. Nós despachamos apenas uma bagagem porque só temos uma mala e não tivemos tempo de comprar outra antes dessa viagem. Minha mãe colocou um grande X com fita crepe amarela na mala, para sabermos que ela era a nossa quando desembarcássemos.

Descobrimos qual seria a esteira das bagagens do nosso voo e minha mãe me colocou em um bom lugar para pegar nossa mala. Ela ficou de olho na esteira rolante. Nós observávamos mala após mala passar, sem dizer nada. Minha mãe parecia cansada.

"Lori! Lori! Lori!"

Aquela voz parecia vir de um pássaro que foi atropelado por um caminhão. Era esganiçada, insuportável. Minha mãe se contraiu um pouco quando ouviu aquilo.

"Jodi! Oi!"

Elas se abraçam. Tia Jodi assente para mim. A papada que ela tem no pescoço fica enorme quando ela faz isso. Eu aceno de volta. Estou de cara fechada, como de costume – além disso, é bem difícil mexer o rosto quando você está com uma casca de ferida do tamanho de uma panqueca. Tia Jodi olha feio para a crosta no meu rosto, como se eu tivesse colocado aquilo só para irritá-la. Ela não diz *"Prazer em conhecê-lo"* da forma como a maioria das pessoas diz quando conhece alguém – como um sobrinho que você nunca viu antes.

"Ali está", minha mãe diz, olhando e apontando para a mala com o X amarelo. (O X amarelo é completamente desnecessário, considerando que nossa mala é de 1985 e as malas evoluíram muito desde aquela época.)

"Você só trouxe uma mala?", Jodi pergunta enquanto eu tiro a mala da esteira. "Meu Deus, quando Dave e eu fomos para o México no ano passado, eu levei uma mala só para meus sapatos!"

"Não sou uma mulher fanática por sapatos", minha mãe responde, sem alterar o tom de voz.

"Bem, é mesmo. Isso é óbvio."

Minha mãe está usando o único par de sandálias que ela tem: pretas da Birkenstock com as fivelas enferrujadas. De repente, sinto bastante orgulho dela por não ser fanática por sapatos.

Tia Jodi está olhando para meu machucado. Sei disso porque consigo sentir, apesar de eu não estar olhando para ela. Ela sussurra para minha mãe:

"Ele está bem? Aquilo está terrível!"

Minha mãe simplesmente a ignorou – um sinal de que lá dentro ela já está nadando na piscina do quintal de Jodi.

Quando saímos do aeroporto, é como se tivéssemos entrado em um forno de pizza. Eu me sinto como uma torta sendo assada. É insano. Não consigo nem mesmo suar. Meus olhos estão quentes e secos. Meus lábios racham antes mesmo de chegarmos ao estacionamento. A casca da minha ferida começa a coçar.

Assim que entramos no carro com o ar-condicionado ligado, tia Jodi começa a falar de um jeito irritante sobre as atrações turísticas dali, como se essa fosse a razão para nossa visita, quando todos sabemos que não é. Na metade do caminho até a casa dela, ela liga o noticiário do rádio e cala a boca. Quando chegamos lá, tio Dave me abraça e depois, me segurando com os braços esticados, lança um olhar maligno para a casca da ferida.

Só encontrei Dave uma vez antes, há 3 anos. Ele e minha mãe não têm mais irmãos e os dois se parecem muito – mesmo tipo de cabelo e rosto. Ele veio nos ver quando estava viajando a negócios em Harrisburg por uma semana, mas eu tinha 12 anos e passei a maior parte do tempo no meu quarto. Agora ele está dizendo: *"Mal posso esperar pra te mostrar minha sala de musculação"* e *"Você gosta de beisebol?"*. Comentários desse tipo me dão confiança de que as próximas três semanas talvez não sejam tão ruins quanto pensei que seriam lá no aeroporto. Pelo menos não estamos falando de besteiras como o lindo pôr do sol do deserto ou a infinidade de atrações turísticas que o garoto machucado lá no banco de trás ia adorar.

Após rápidas boas-vindas, tia Jodi nos mostra a casa. É uma casa térrea com um longo corredor que leva até o quarto de Jodi e Dave. A sala de estar está lotada com coisas de hobby – uma máquina de costura, uma esteira ergométrica, uma mesa de fazer *scrapbooks* e o computador de Jodi, que é tão velho que deve ter dois megas de RAM, no máximo. O chão está cheio de pilhas de revistas, a maioria dessas de fofocas, como a *People* e *Us*. Nosso quarto – o quarto de visitas, com duas camas de solteiro, um armário e um banheiro – está logo à direita da sala de estar/cozinha.

"Por favor, não mexam os móveis", Jodi diz. "Está tudo no lugar para deixar a energia positiva fluir pela casa. E se tem algo que vocês dois precisam neste momento, é de energia positiva, certo?". Ela fala isso como uma professora do jardim de infância. Como se aquela tentativa malfeita de *feng shui* dela fosse ser capaz de reconstruir nossa família, de curar a tartaruguice do meu pai e talvez até de curar a ferida no meu rosto. Minha mãe pede licença e entra no banheiro.

Coloco a mala sobre a cama da minha mãe e fico encarando tia Jodi até ela captar a mensagem.

"Vou deixar você à vontade", ela murmura e sai pelo corredor. Fecho a porta gentilmente após ela sair e me jogo na cama.

Minha mãe sai do banheiro de maiô e com uma toalha enrolada no braço direito. Enquanto ela nada e conversa com tia Jodi, que fica sentada na borda da piscina mexendo os pés na água, eu ligo a TV na sala e confiro se Jodi e Dave tem o Food Channel, mas eles não têm. Então eu volto para o quarto e tiro um cochilo rápido, tomando o cuidado de não me virar para o lado direito, para não ficar grudado no travesseiro.

Posso chamar aquilo de cochilo se eu não dormi de verdade? Posso chamar aquilo de cochilo se tudo o que eu fiz foi ficar deitado ouvindo as formigas dentro da minha cabeça dizerem coisas como:

Cara, esse lugar é uma droga. Vocês dois combinam perfeitamente. Talvez você devesse se mudar para cá. Nós podemos chamar aqui de Mansão do Covardão só para você.

É difícil acreditar que, tecnicamente, apenas algumas horas atrás, eu estava sendo surrado por Nader McMillan ao lado do vestiário masculino na piscina municipal de Freddy. Depois de um tempo, me levanto para ir conferir o machucado pela primeira vez no banheiro do quarto de visitas. A ferida secou e parece mais um planalto feio, dolorido e amarrotado. Algumas partes estão com um corte mais profundo do que outras. Juro que ele quase arrancou minha bochecha inteira. Sem dúvida, vou ficar com uma cicatriz e me lembrar de Nader todos os dias da minha vida quando me olhar no espelho.

Falando um pouco menos sério agora, o machucado está exatamente com o formato do estado de Ohio. Tipo – formato idêntico. Meu olho está boiando tranquilo no Lago Erie. Ele está pensando em fazer esqui aquático mais tarde.

No jantar, comemos algo que parece ter vindo da casa de um casal de velhos. As ervilhas estão pastosas, o frango foi coberto com sopa em pó e está com sabor totalmente artificial. O leite é desnatado e azulado. De repente, sinto saudades do meu pai. Ele pode não falar muito nem ficar por perto quando precisamos dele, mas o cara sabe cozinhar.

"Mal podemos esperar para levar vocês dois ao Grand Canyon!", Jodi diz.

"Você vai adorar, Lucky", Dave acrescenta. "É um lugar que transforma a vida das pessoas."

Que ótimo. Sem pressão, pessoal.

A conversa – ou devo dizer monólogo – passa de lugares turísticos à rotina maluca de trabalho do Dave, então à Jodi e suas sete novas dietas, que não estão funcionando. Ela fica falando de como não consegue fazer exercícios por causa de problemas de saúde – dor nas costas e nos joelhos, dificuldade de respirar –, tudo causado pelo excesso de peso dela. Ela diz que leu em uma de suas revistas que pessoas como ela morrem jovens. Jodi também leu em outra revista que pessoas como ela se aposentam por invalidez e podem usar vagas de estacionamento para deficientes. Ela leu na revista *Us* sobre a dieta da limonada, onde você não come nada e só pode tomar limonada por duas semanas.

"Como se isso fosse possível", Jodi diz.

Minha mãe entra na conversa:

"Uma das garotas com quem nado no inverno faz a dieta da limonada uma vez por ano."

Jodi olha para ela.

"E?"

"Hã. Não sei. Quero dizer, a dieta funciona pra ela, mas você sabe, não é todo mundo que consegue seguir essa dieta. Quero dizer, hã." Eu nunca vi minha mãe tão sem graça assim. "Eu não conseguiria, com certeza."

As coisas ficam em silêncio por um zilhão de segundos. Ninguém fala sobre meu machucado no formato do estado de Ohio ou sobre a incrível braçada de borboleta da minha mãe. Ninguém fala sobre comida.

Uma hora Jodi diz:

"Lucky, vi que você colocou suas roupas no chão, embaixo da janela. Deixei aquela mesinha ao lado do armário para isso."

"Obrigado. Mas por mim tudo bem deixar no chão embaixo da janela."

"Mas isso vai bagunçar a energia", Jodi diz, com uma protuberância de ervilhas pastosas do tamanho de uma bola de golfe dentro da bochecha.

Apesar de saber tudo sobre *feng shui* depois de ler um livro que minha mãe tinha, decido me fazer de bobo.

"Que energia?"

"O chi", ela diz mastigando.

"O quê?", pergunto.

"Chi!", ela diz, com a boca tão cheia que precisa inclinar a cabeça para trás para conseguir falar. Minha mãe e eu nos contorcemos com a cena. Na casa dos Linderman, falar com a boca cheia é o mesmo que mijar na comida.

Para evitar ver o jantar semimastigado de tia Jodi novamente, não falamos mais nada. Tento colocar mais uma garfada na boca, mas sinto dor a cada mastigada.

Limpo a boca e os agradeço pelo jantar.

"Espero que vocês não se importem, mas preciso ir me deitar", eu digo.

Minha mãe sorri para mim com compaixão.

"Seu rosto está doendo, Lucky?"

Percebo que meu rosto inteiro está contraído de dor, e eu pareço ainda mais infeliz que de costume.

"Sim. Estou morrendo de dor, na verdade."

Jodi se levanta e volta com dois comprimidos desses analgésicos que se compra sem receita, e os coloca no meu prato.

Dave coloca seu prato na pia e diz:

"Preciso voltar para o escritório para fazer umas coisas. Estarei de volta mais tarde". Em seguida, ele coloca a mão no meu ombro enquanto caminha em direção à porta. "Amanhã vou te colocar naquele banco de supino, cara. Em duas semanas, você vai ficar grande e pronto para encher aquele moleque de porrada."

Jodi responde:

"Não o encoraje a fazer isso".

10

LUCKY LINDERMAN NÃO VAI DEIXAR UMA MANCHA DE SANGUE NO SEU CARPETE

A primeira coisa que escuto no dia seguinte é tia Jodi me diagnosticando no quarto ao lado.

"Mas ele está mostrando todos os sinais, Lori!"

"Você só o conheceu ontem."

"Ainda assim... ele está com depressão."

"Ele está cansado da viagem e é um adolescente. Ele está bem."

"Ele está sempre de cara fechada!"

"Isso é uma coisa *dele*. Você vai entender quando conhecê-lo melhor."

Escuto uma delas bufar. Em seguida, Jodi diz:

"Você nunca pensou que seus problemas no casamento podem estar afetando seu filho? Além do bullying que ele está sofrendo, esse tipo de coisa mexe muito com a cabeça de um garoto".

"Não há problemas no casamento", minha mãe insiste. "Só estávamos precisando de um tempo."

"Para mim parece que você só está ignorando todos os problemas da sua vida. Dave faz isso também, você sabe. Só não acho que seja saudável. Tanto para você como para Vic *ou* Lucky. Quero dizer..."

"Por favor, pare. Já tenho problemas demais me atormentando agora", minha mãe diz.

"Ele pode estar correndo risco!"

Eu posso praticamente ouvir minha mãe revirando os olhos.

"Ele não está correndo risco."

"É um fato comprovado que garotos que sofrem bullying tem mais chances de ficar em depressão que garotos que não passam por isso."

"Ele não está sofrendo bullying."

"Não foi ele que apanhou? Não é isso o que aconteceu com o rosto dele? Não é por isso que vocês estão aqui?"

"Olha. Vou falar isso do jeito mais legal que posso, Jodi, mas, por favor, você pode cuidar da própria vida?"

Escuto Dave pigarrear.

"Não vou fechar os olhos para um adolescente suicida", Jodi diz. "E se ele se matar aqui? Dentro da nossa casa?"

"Ah, meu *Deus*", minha mãe diz. Escuto ela andar batendo os pés. A porta se abre. Ela se senta em minha cama.

"Luck, saia da cama e comece a ficar feliz. Sua tia Jodi está achando que você vai se matar."

Depois que Dave sai para trabalhar, às 8 horas, pego o livro que trouxe comigo, *Ardil-22*, de Joseph Heller, e vou me sentar na sala de estar. Minha mãe vai nadar e Jodi fica sentada na frente da TV, vendo programas de entrevistas e noticiários enquanto folheia suas revistas de fofocas com artigos sobre estrelas de cinema com celulite. Ela se endireita e fica atenta o tempo inteiro quando passa o programa do Dr. Phil. Dois universitários estão explicando por que eles tratam suas namoradas como lixo, e quando o Dr. Phil dá uma dura neles, Jodi vibra como se ela estivesse assistindo um jogo ou coisa assim.

Depois de nadar, minha mãe recebe de Jodi um pote de aloe vera pura, e ela espalha sobre minha bochecha machucada. Admito que a sensação é boa – é geladinho e refrescante –, mas quando me olho no espelho, vejo o estado de Ohio coberto por ectoplasma ou ovas de sapo. Pareço um ser bizarro.

O *jet lag* da viagem me pega no meio da tarde, e eu cogito nadar para dar uma acordada, mas quando saio, está quente demais para fazer qualquer coisa que não seja voltar para dentro. Como é que isso pode ser melhor que a nossa vida lá em casa? Para qualquer um de nós dois? Decido dar uma cochilada, apesar de isso fazer Jodi olhar para minha mãe com uma cara suspeita.

MISSÃO DE RESGATE #103
OPERAÇÃO RESGATAR LUCKY

Estou preso em uma cabana de palha cheio de energia. Há um espelho perto da porta e duas cadeiras voltadas para o leste. Esta é uma prisão de *feng shui*. Há câmeras de vigilância e Dr. Phil está aqui. Ele está me perguntando há quanto tempo venho sofrendo bullying de Nader McMillan.

"Desde sempre", eu respondo.

"Você pode ser mais específico?", ele pergunta. A plateia aprova acenando com a cabeça.

Eu suspiro.

"Isso começou quando ele mijou em mim no banheiro de um restaurante, quando eu tinha 7 anos." A plateia se espanta. "Desde então nunca mais parou. Nunca."

Dr. Phil se inclina para a frente.

"Para quem você contou sobre isso, filho? Você contou para seus pais, para seus professores?"

Eu aceno com a cabeça.

"Sei que é difícil falar sobre esse assunto, Lucky, mas preciso que você fale. Para quem você contou sobre a primeira vez? Sobre a urina em você?"

Eu meneio a cabeça.

"Não falei para ninguém. Meus pais estavam comigo. O que eu poderia dizer? Quero dizer – claro que eu não mijei em mim mesmo, certo? Quem faria isso?"

"E ninguém veio te defender?"

Fico em silêncio. Olho para cima. A plateia está fazendo anotações em caderninhos feitos de folhas da selva. As formigas estão vestindo minúsculos jalecos de médico e estão usando os óculos quase na ponta do nariz.

"Como isso faz você se sentir?"

"Não sei."

"Posso lhe dizer como *eu* me sentiria se fosse comigo?", Dr. Phil pergunta.

Aceno com a cabeça, porque sinto lágrimas quentes enchendo meus olhos.

"Eu ia me sentir muito cansado. E ia achar que alguém devia ter ficado do meu lado", ele diz. Em seguida, ele para por um segundo, coloca a mão no queixo e olha para a câmera. "Você sabe o que eu quero saber?"

Não sei dizer se ele está falando comigo ou com a plateia. Os insetos da selva fazem *zum-zum-zum*, e um estranho roedor corre apressado de um canto para outro na cabana de *feng shui*.

"Quero saber: onde estão os pais desse valentão? Como é que eles não sabem que Nader vem aterrorizando Lucky já faz 8 longos anos?"

A plateia escuta atenta cada palavra que ele diz. Ele olha para uma câmera diferente, que está suspensa em uma grua à esquerda da cabana.

"Mas o pior de tudo? É que os pais dele *sabem*." A música do Dr. Phil toca suave ao fundo. "Quando voltarmos do intervalo, teremos uma conversa séria com o senhor e a senhora McMillan, e vamos conversar com os pais de Lucky também, para que Lucky possa sair do nosso estúdio hoje sabendo que se importam com ele."

A música fica mais alta e Dr. Phil fala comigo fora das câmeras.

"Filho, você precisa dar um jeito de tirar isso daí", ele diz e me cutuca gentilmente no coração. "Você não pode guardar tudo aí dentro."

Tudo o que consigo ouvir é o que ele acabou de dizer para a plateia. *Conversa séria com o senhor e a senhora McMillan, e vamos conversar com os pais de Lucky também.*

Envio um comboio de formigas-lava-pés em uma manobra de emergência, para que subam na perna do Dr. Phil. Ordeno que elas o piquem assim que ele começa a falar, para que eu possa fugir dali. Depois, vovô Harry entra balançando em um cipó, me arranca do banquinho *feng shui* do Dr. Phil e nos leva de volta para o galho de nossa tranquila árvore, onde ficamos sentados lado a lado, balançando as pernas, exceto que vovô está sem a perna direita do joelho para baixo.

"Eu amo este lugar", eu digo.

Ele me olha preocupado.

"Sério?"

Gesticulo mostrando meu corpo dos sonhos. Estou bombado, usando camiseta regata, e os músculos dos meus ombros são dois pequenos melões firmes.

"Ah, isso", meu avô diz. "Você abriria mão da vida real e da liberdade *por isso*?" Ele me olha como se estivesse irritado.

"Para que serve minha vida real? Ela é uma droga."

"Hmm", ele grunhe. Percebo que essa pode ter sido uma das coisas mais idiotas que eu já disse na vida. Quero dizer, sim, minha vida é uma droga. Mas a vida dele é muito pior. Então eu mudo de assunto.

"Andei lendo sobre você", digo.

"Estou em um livro?"

"Andei lendo os arquivos que vovó Janice guardou", digo. E acrescento, meio envergonhado: "E suas cartas também".

Ele assente e diz:

"Você leu aquelas cartas?" De repente, me sinto bem mal por ter feito isso. "Algumas noites eu sonho com ela, quando nós nos conhecemos no colégio. Costumávamos sair com nossos amigos para uma pequena lanchonete toda sexta-feira à noite. A gente ficava exibindo nossos carros, comíamos hambúrgueres e batatas fritas, e tentávamos comprar uma garrafa de cerveja." Ele dá risada. "Éramos um bando de moleques que não sabiam nada da vida, sem perceber o que poderia acontecer conosco."

"Você está falando da guerra? De ser convocado?"

Meu avô assente.

"Janice me escreveu e disse que perdemos Smitty e Caruso nos três primeiros meses. Eles tinham se alistado voluntariamente, sabia? Caruso foi despedaçado por uma mina e Smitty morreu atingido por fogo amigo. Depois, eu. A única pessoa que sobrou da nossa turma de sexta-feira à noite foi Thompson, que escapou desse pesadelo por ter problemas nas costas e pé chato."

"Eu tenho pé chato", eu digo porque meu avô parece ter ficado tão triste lembrando de seus amigos mortos.

"Rapaz, a gente se divertia! Costumávamos caçar e acampar nos fins de semana, fumávamos charuto e roubávamos bebida dos nossos pais." Ele para e olha para mim. "Você faz esse tipo de coisa, não, Lucky?"

"Tentei fumar uma vez, porque Danny queria. Mas odiei."

"Não sai para caçar?"

"Não."

"Nem para acampar?"

"Não."

"Não sai com meninas?"

"Não."

Meu avô parece preocupado.

"Você tem amigos?"

"Mais ou menos. Não muito. Eu tinha o Danny."

"O que aconteceu com ele?"

"Nader fez ele ficar contra mim."

"Mas esse Nader realmente está garantindo o lugar dele no inferno", meu avô diz. "Você já falou com algum adulto sobre esse moleque?"

"Todo mundo tem medo do pai dele."

"Mas por quê? O pai dele é um louco ou coisa assim?"

"É um advogado."

"Hmm." Ele bufa. "E o seu pai? Ele não pode conversar com esse tal advogado?"

Tenho até vergonha de responder essa pergunta.

11

OPERAÇÃO NÃO SORRIA JAMAIS – 1º ANO

Um mês depois de Evelyn Schwartz ir chorando até o departamento de orientação reclamando da minha pesquisa "mórbida", meus pais foram chamados para uma segunda reunião. Todos os meus professores estavam lá, incluindo o sr. Potter, o professor de Ciências Sociais.

"Ele não apresenta problema nenhum na minha aula", diz sr. Gunther, o professor de Álgebra II. "Eu até ia perguntar se ele não quer fazer plantão de dúvidas após a aula para ganhar um dinheiro extra." Minha mãe e meu pai levantam as sobrancelhas e assentem. Claro que eu ia recusar essa coisa do plantão de dúvidas porque não quero ficar até mais tarde na escola, quando os Naders da vida ficam rondando os corredores em grupo (também conhecido como treino de luta livre).

"Ele está indo bem na minha aula também", diz sra. Wadner – a melhor professora de Biologia do mundo. Se eu ficar com média B na aula dela, vou ficar feliz, porque ela é durona.

Cada um dos meus professores relatou a mesma conclusão. Eu estava indo bem na escola. Eu quase sorri, mas permaneci fiel à Operação Não Sorria Jamais e simplesmente assenti.

Mas então chegou a vez da *Megera* falar. A Megera é a professora de Educação Física do semestre, e ela também não sorri nunca. Ela é baixinha, tem coxas da grossura de um totem indígena e um rosto que combina com o apelido. Ela usa o mesmo tipo de roupa todo dia, só muda as cores – agasalho clássico com as listras, e uma camiseta que tem a ver com algum esporte praticado pelas garotas da escola.

"Lucky tem faltado bastante às minhas aulas este mês. Se ele continuar assim, vai acabar reprovado."

É verdade, eu andei me escondendo no auditório vazio durante algumas aulas de Educação Física desde o incidente da banana no vestiário.

Meu pai olhou para mim e disse:

"E aí?".

"Eu só não quero entrar no vestiário. Vocês sabem... Os boatos?"

Todo mundo ficou olhando para mim. Ninguém me confirmou com um aceno de cabeça ou fez uma cara que indicava que eles sabiam do que eu estava falando.

O último professor a falar foi Potter. Ele disse que, como minha primeira ideia para o projeto de Ciências Sociais *não era a mais apropriada*, eu deveria pensar em outra coisa.

Peguei minha mochila e tirei uma tabela de lá.

"Vou fazer um projeto sobre a loteria do alistamento na Guerra do Vietnã e descobrir quantas pessoas na minha classe seriam convocadas se fosse em 1970."

Todos eles assentiram. Olhei para o Peixe. Ele parecia ter 70 anos. Eu disse:

"Você nasceu em 1951?".

Ele levantou as sobrancelhas.

"Quase. 1955."

"Qual dia você nasceu?"

"Vinte e sete de fevereiro", ele disse.

Olhei para a tabela e disse:

"Seu número é 66."

Eu me virei para sr. Gunther, que me falou sem eu precisar perguntar.

"Trinta e um de agosto."

"Sortudo", eu disse. "Seu número é 265. Você escapou."

Sr. Potter parecia impressionado. Minha mãe e meu pai pareciam até mesmo orgulhosos. O projeto precisava de conhecimentos simples para um aluno do primeiro ano de Ciências Sociais: completar a pesquisa, fazer gráficos, escrever um artigo e apresentar em sala de aula. Eu podia tranquilamente contar o número de alunos que usavam azul um dia, ou a proporção de alunos que comia batata frita contra os que pediam salada no almoço. Mas queria que meu trabalho causasse um efeito maior. Eu queria fazer as pessoas pensarem.

Não que minha primeira pesquisa *não* fizesse as pessoas pensarem. Ela fazia. Com toda a certeza. Sei disso porque começaram a aparecer no meu armário alguns questionários preenchidos do meu primeiro projeto. Na verdade, apareceu um monte deles. Alguns eram claramente piadas (dois disseram que iriam se masturbar até a morte, um disse que gostaria de se matar com animais raivosos) e outros não eram. Alguns falavam em se matar com a arma do pai ou em se cortar para fugir da dor. Apesar dos armários na escola não terem nenhum tipo de personalização por fora, as pessoas de alguma forma conseguiam enfiar os papeis com resposta dentro do meu por meio das fendas de ventilação. Pensei em jogá-los fora, achando que Nader estava fazendo seus amigos tirarem uma com a minha cara, mas em vez disso eu guardei as respostas que recebi no fundo do meu fichário de Ciências Sociais.

Então um dia, quando eu estava voltando para minha aula depois de ir ao banheiro, vi alguém perto do meu armário com um pedaço de papel dobrado na mão. Era Charlotte Dent, uma aluna popular do 2º ano. (Popular no sentido mais infame da palavra, não popular como uma líder de torcida. Se havia algum boato ruim circulando, havia uma boa chance de Charlotte estar no meio.) A única coisa que eu sabia ser verdadeiro era o fato de Charlotte gostar de testar os limites do código de vestimenta dos alunos, usando ocasionalmente saias curtas demais, saltos altos demais e blusinhas apertadas demais. Naquele dia, ela estava usando calça jeans e uma camiseta do time de softball do Hooters. Eu a vi enfiar um papel no meu armário e sair andando. Fiquei me sentindo meio honrado por ela saber onde ficava meu armário. Claro que peguei a resposta dela antes de voltar para minha aula.

A pergunta era: *se você fosse cometer suicídio, qual método escolheria?* A resposta dela, escrita à mão com caneta rosa e uma letra feminina e bonita: *Eu me suicidaria com um tiro, mas mataria Nader McMillan primeiro.*

12

LUCKY LINDERMAN FAZ SUPINO COM 20kg

Saio do quarto com o *Ardil-22* debaixo do braço quando tio Dave chega do trabalho.

"Deixa o livro aí e vem comigo", ele diz.

Tio Dave transformou a metade *dele* da garagem em uma sala de musculação. Ele tem um grande pedaço de lona dividindo a garagem ao meio, porque tia Jodi insiste que o lado dela da garagem deve ficar reservado para seu carro, já que é para isso que servem as garagens, e faz uma careta sempre que fala do hábito de puxar ferro do Dave.

Dave vai me mostrando seus halteres e anilhas.

"Você ganhou isso recentemente", ele pergunta, olhando para o Ohio no meu rosto.

"Foi ontem."

"Ontem?"

Confirmo com a cabeça.

"Sério mesmo?"

Aceno com a cabeça de novo. Não sei dizer se ele já sabia que é por isso que meus pais estão brigando ou se só agora ele está percebendo que o machucado pode ter alguma coisa a ver com isso.

"Foi alguém em particular, ou só um babaca qualquer?"

"Foi um babaca da pesada. Ele vem me atormentando faz anos."

"Você acertou ele também?"

"Não."

"Por que não?"

"Ele me pegou de surpresa."

"Que droga. Na próxima vez, você devia dar umas nele também."

"Acha mesmo?"

Ele assentiu, contando mentalmente suas 10 últimas repetições de rosca para bíceps.

"Não sei. Meu pai sempre me ensinou que se afastar é o melhor", eu digo.

"Isso fez esse moleque parar de te perseguir?"

Eu balanço a cabeça.

"Não."

"Então não consigo entender como isso pode ajudar", Dave diz. "Você entende?"

"Não mesmo."

Faço algumas roscas e a sensação é boa. Em seguida ele me ensina alguns exercícios para o tríceps e os deltoides. Os halteres dele são pesados demais para mim, então Dave pega um par de halteres de plástico pink.

"São da Jodi", ele explica. "Não que ela vá usá-los algum dia."

Ele não parece perceber o quanto fico afeminado usando halteres rosa-choque, mas ignoro isso. Fico pensando que, depois de alguns dias treinando com esses, vou ser capaz de usar os pesos de macho.

Depois de fazer duas séries de 12 repetições, Dave me fala para deitar no banco de supino, então me concentro e me preparo para isso. Eu meio que tenho medo de pesos livres, já que só treinei em máquinas na sala de musculação da escola. Ele tira algumas anilhas da barra, para que eu possa aguentá-la. Quando ele termina de tirar os pesos, a barra fica parecendo um halter de criança, com dois pesinhos pequenos de cada lado. Acho que o total dá uns 20kg.

Estamos na metade da minha série de oito repetições no supino quando ele me pergunta:

"Você fica de cara fechada assim o tempo todo mesmo?".

"Acho que sim", eu digo.

"Por quê?"

"Por que não posso?"

"Isso é meio deprê, pra começo de conversa. E como é que as meninas vão gostar de você se ficar emburrado o tempo todo?"

Dou risada quando expiro.

"Heh. Garotas. Tá bom."

"O quê? Vai me dizer que não tem meninas na Pensilvânia?"
"Não muitas."
"Mas e aí? Você não quer arrumar uma namorada?"
"Nem."
"Por que não?"
"É complicado", eu respondo.
"Vai vendo. Quando você voltar e elas virem essa cicatriz no seu rosto, você vai poder escolher com quem quer ficar."

Isso é tão engraçado que preciso travar meus braços e pedir para ele pegar a barra.

"Posso te garantir que as meninas onde moro não vão querer saber de um cara que tem o estado de Ohio marcado na bochecha."
"Ohio?"
"É", eu aponto. "Olha só. Tem o formato exato do estado de Ohio."

Ele olha para o machucado e fica impressionado.

"Uau. E não é que tem mesmo?"

Dois minutos depois, ele está me ajudando a fazer mais três repetições de supino com 20kg para eu *sentir queimar*. Nessa hora, tia Jodi aparece na porta. Ela range quando abre.

"O jantar fica pronto em 5 minutos."
"Tá bom."
"Não entrem aqui com o corpo todo suado."
"Tá bom."

※ ※ ※

Quando vejo tia Jodi pela primeira vez na manhã seguinte, ela está na pia, engolindo uma sequência de pílulas. Eu aceno de leve na direção dela e sento no sofá com meu livro, enquanto espero minha mãe terminar a natação matinal dela.

"Vitaminas", Jodi diz depois de engolir a última. "E também remédio pra minhas costas."

Aceno com a cabeça e abro o livro.

"Fique grato por ser jovem. Quando for velho como eu, tudo vai começar a ir ladeira abaixo."

Sei que tia Jodi é mais nova que minha mãe e meu pai, mas continuo lendo e torço para ela parar de falar comigo.

"Ainda por cima, não é só meu corpo. Meus nervos estão péssimos. Nunca achei que isso fosse acontecer. Não depois de tantos anos engolindo tanto sapo", ela diz. "Sabe, você não é o único garoto que sofreu bullying na vida. Experimente ser gorda e cheia de espinhas a vida toda."

Não sei se ela consegue me ver ficar corado, mas eu fico e isso faz a casca da ferida coçar. Continuo fingindo que estou lendo o livro, mas isso é algo impossível de fazer com as formigas ali, tirando sarro da tia Jodi. Elas dizem: *Experimente ser gorda e cheia de espinhas a vida toda? Que tal se ela tentasse subir na esteira pelo menos uma vez?*

Ela some por um tempo e minha mãe sai da piscina. Depois de tomar banho, ela se junta a mim no sofá. Jodi aparece logo em seguida e se joga no sofá de dois lugares.

"Como está indo o seu livro?", ela pergunta.

"Até agora está bom. É estranho."

"Por que estranho?", minha mãe pergunta.

"Bem, ainda estou no primeiro capítulo, mas até agora tudo o que entendi é que há um monte de soldados no hospital porque eles não querem lutar, e então um cara do Texas aparece, e ele é tão legal que todos os outros personagens querem voltar para a guerra."

"Hmm. Parece engraçado."

"Acho que sim." Eu coloco um travesseiro atrás da minha cabeça e fecho o livro.

"Parece mórbido", Jodi diz.

"Depende da perspectiva com que você olha", digo. "Eu chamo de história."

"Acho que é mesmo história", Jodi diz. "E sua família tem a sua cota de história."

"Isso é verdade", minha mãe diz.

"É uma pena", Jodi diz.

"Por quê?", eu pergunto.

Jodi contrai o lábio inferior, como se estivesse pensando seriamente.

"É uma pena por causa do que isso fez com sua família, pra começar."

Minha mãe pega alguma revista qualquer da mesa de centro e abre em qualquer página que não seja sobre nossa família.

"Eu gosto de ler sobre esse assunto. Me ajuda a entender as coisas um pouco melhor", eu digo. O que eu não falo: *Isso faz com que eu sinta que alguém em nossa família está se importando com o que aconteceu ao vovô.*

"Tudo bem, desde que isso não deixe você com depressão", Jodi diz.

"Ele não tem depressão", minha mãe diz. Ela revira os olhos para mim.

O telefone toca e Jodi olha para o número que está ligando.

"É Vic", ela diz.

Minha mãe pede:

"Diga a ele que não estou aqui". E vai para o quarto de visitas e fecha a porta.

Jodi deixa o telefone tocando.

"Eu não minto para as pessoas", ela comenta e me lança um olhar.

🐜 🐜 🐜

Minha mãe e eu alternamos cochilos e leitura (natação, no caso dela) o dia inteiro até Dave voltar para casa. Então nós dois vamos para a garagem.

"Hoje é dia de pernas e costas", ele diz. "Você está dolorido de ontem?"

"Estou."

"Está doendo demais? Tentei pegar leve com você."

"Não, não é nada demais. Só estou um pouco travado."

"E como está Ohio?"

Quase sorrio. Quase. Consigo disfarçar o sorriso e digo:

"Está coçando pra caramba".

Nós ficamos puxando ferro por 40 minutos, nos alternando no colchonete com os pesos para calcanhar e fazendo agachamento com a barra nas costas. Jodi coloca a cabeça na porta quando estamos nos alongando, ao final do treino.

"O jantar fica pronto em 5 minutos."

"Tá bom."

"Não entrem aqui com o corpo todo suado."

"Tá bom."

Depois do jantar (frango à kiev congelado, batatas assadas no micro-ondas e palitinhos de cenoura frios), Dave e eu nos jogamos no sofá e ficamos assistindo beisebol. Eu posso falar a qualquer hora que me der vontade, não só durante os comerciais, ou posso não falar nada também.

Tia Jodi e minha mãe ficam sentadas à mesa da cozinha, quase atrás de nós, conversando. Jodi menciona novamente que eu posso *estar correndo risco*, que ela conhece um bom psicólogo na região e que pode tentar me encaixar em um horário. As formigas ficam pulando no sofá gritando: *Ele consegue te ouvir! Ele está sentado bem aqui!*

13
A SEXTA COISA QUE VOCÊ PRECISA SABER – A NINJA

Tia Jodi está passando o aspirador na sala já faz uma eternidade. Mesmo depois de eu sair do quarto de visitas e me sentar à mesa, ela continua aspirando. Ela não para de ficar batendo o aparelho nas pernas da poltrona, o que significa que ela provavelmente está olhando para mim em vez de fazer o que deveria estar fazendo.

Ela organizou as caixas de cereais matinais na mesa em ordem, da maior para a menor. As formigas estão enfileiradas diante delas, seguindo a mesma ordem, da maior para a menor. Elas estão de braços cruzados, parecendo duronas. Eu olho para elas, que acenam para mim. *Bom dia, Lucky Linderman. Dormiu bem essa noite? Ainda está usando aqueles pesinhos rosa?*

Fico pensando se as formigas um dia vão sumir. Lembro que também ficava pensando se meus sonhos iriam parar. Claro que não pararam. Talvez as formigas sejam o segundo passo no caminho da loucura total dos Linderman.

Pego uma caixa de cereal e coloco na única tigela que ainda há na mesa. Pego o leite na geladeira e, quando retorno, vejo Jodi ali parada me observando, com o aspirador ligado, mas imóvel, sugando as fibras do carpete.

Quando me sento, reparo no comprimido. Assim que reparo nele, o ignoro. Assim que o ignoro, Jodi desliga o aspirador barulhento.

"Você dormiu bem?", ela pergunta.

Aceno com a cabeça para mostrar que ouvi a pergunta.

"Eu esperava mais trânsito por aqui", respondo, e enfio um pouco de cereal na boca. Cada mordida faz a minha ferida coçar ainda mais. Mastigo de um jeito que me faz parecer um maluco – mexendo minha bochecha machucada com movimentos grandiosos, para dar um jeito de coçá-la sem coçar.

"Sim, é bem tranquilo", Jodi diz. "E seguro também. Dave e eu às vezes saímos para caminhar à noite e nunca vemos nenhuma atividade suspeita."

Atividade suspeita. Parece que ela quer ser velha ou coisa assim.

"Você devia experimentar isso", ela diz.

Eu aceno com a cabeça, concordando.

"Vou dar uma volta hoje à noite – talvez minha mãe queira vir comigo."

"Estava falando disso", ela diz, apontando para o comprimido.

"Não tomo remédios."

"Talvez ajude", ela diz.

Eu me levanto, levo a tigela do cereal para a pia e jogo um pouco de água nela.

"Talvez não ajude."

Quando vou colocar a tigela no lava-louças, Jodi me interrompe.

"Eu faço isso."

Ela puxa o escorredor de cima e posso ver que ela organiza os pratos em uma espécie de *feng shui* de lava-louças.

Nadar é o único jeito de ficar lá fora durante o dia, embora o cloro da água vá ressecar o meu machucado. Ficar dentro de casa, acompanhando a maratona matinal de TV de Jodi, está fora de questão. A piscina é curta e só consigo dar cinco braçadas de nado livre antes de precisar me virar. Não é preciso usar toalha, porque o sol seca sua pele em cerca de 15 segundos... e depois você precisa pular na piscina de novo para não ficar fritando. Como é que as pessoas conseguem viver assim?

Ainda há um comprimido no meu prato na hora do almoço, mas desta vez é minha mãe quem o vê primeiro.

"Este é o lugar de Jodi, Lucky", ela diz e gesticula para que eu sente em outro lugar.

"Não, ele está certo", Jodi diz vindo da cozinha, trazendo uma variedade de comida de cheiro estranho que passou tempo demais no micro-ondas. Ela coloca aqueles nuggets de frango engordurados na minha frente cheia de orgulho e acrescenta: "Que molho você gosta?".

Eu não como nuggets, mas sei que não devo ser mal-educado.

"Vou querer mel, por favor."

Minha mãe está olhando para o comprimido.

"Mel? Ugh! Todo esse açúcar vai fazer mal para você!", diz Jodi.

Eu apenas concordo acenando com a cabeça, porque não tenho energia para explicar a Jodi que, se ela está me dando a porcaria de nuggets de frango, que provavelmente foram feitos com as partes mais nojentas dos esfíncteres de frangos maltratados e cheios de hormônios, então algumas colheres de mel é o menor de nossos problemas.

"O que é isso?", minha mãe finalmente pergunta.

Eu respondo:

"Um comprimido."

Ela me lança aquele olhar. O olhar que quer dizer: *Eu sei que é um comprimido, Lucky. Não estava perguntando para você.*

Jodi coloca algumas fatias daquele rosbife artificial em um pedaço de pão junto com algum tipo de queijo branco industrializado por cima, e põe tudo no micro-ondas para esquentar. Depois ela joga algum tipo de molho pronto direto de uma jarra. Só de ver aquilo, meu estômago revira.

"Jodi?", minha mãe diz e minha tia olha para ela. "O que é isso?" Ela está apontando para o comprimido.

"Isso o quê?"

Minha mãe se inclina sobre a mesa, pega o comprimido e o segura com o dedão e o dedo indicador.

"Isso."

"É só uma coisinha para ele se sentir melhor."

"Eu estou me sentindo bem", digo.

Minha mãe está encarando Jodi, que não tira os olhos do sanduíche. Ela o corta no meio, coloca uma metade no prato da minha mãe e senta. Em seguida, ela pega a sua metade, mergulha na meleca do molho solidificado, enfia na boca e morde um pedaço. Enquanto Jodi está mastigando o lanche, ela enfim levanta o rosto e olha para minha mãe.

"Ele só tem 15 anos", minha mãe diz, com uma expressão dura. "Guarde seus comprimidos longe dele."

"Só estava tentando ajudar." Enquanto Jodi fala, um pedaço de comida sai de sua boca e cai no meu prato, perto dos nuggets de frango mornos e nojentos que eu não estou comendo. "É só Prozac."

"Ele não precisa de Prozac."

Jodi estica a mão na direção da minha mãe.

"Me dá aqui." Quando minha mãe entrega o remédio para ela, Jodi enfia o comprimido na boca e o engole.

Minha mãe deixa o almoço dela no prato e volta a nadar.

Alguns minutos depois que ela saiu, Jodi diz:

"Ela sempre nada tanto assim?"

"Sim. Ela adora isso."

"Hmm. Será que ela não vai enjoar?"

"Ainda não enjoou", digo.

"Que estranho", ela diz, engolindo o último pedaço do sanduíche e terminando o almoço bebendo coca zero.

"Não é estranho pra nossa família", eu comento. Isso faz Jodi rir, e quando ela se levanta para limpar o resto da mesa, ela bagunça um pouco meus cabelos com sua mão livre.

※ ※ ※

No meio da tarde, dou um tempo do meu livro e vou para o quarto de visitas usar o banheiro. Lá encontro minha mãe na cama, engolindo um saco de granola. Como estou morrendo de fome, como um pouco também. Entre as mordidas crocantes na boca cheia de cereal, minha mãe diz:

"Não acho que você precisa de remédios. Quero dizer – estou preocupada com você, mas não tanto assim".

"Eu sei."

"Ela não tinha que fazer isso com você", ela diz. "Jodi simplesmente não pensa nas coisas."

"Não se preocupe, eu não ia tomar aquilo."

"Que bom. Mas quero que você saiba que não a mandei fazer aquilo."

"Ah, sim."

"Claro – estou preocupada com você, mas não tão preocupada assim."

"Você já falou isso", digo. As formigas falam: *Ei! Não dê uma de espertinho.*

"Quero que você entenda isso. Você está me entendendo?", ela pergunta.

"Sim."

"Que bom."

Depois, minha mãe olha para mim, com a testa franzida.

"Tem certeza? Eu não devia estar preocupada *preocupaaada*, né?"

"Claro. Não há nada com que se preocupar. Estou bem."

Agora. Estou bem *agora*.

🐜 🐜 🐜

Quando Dave volta para casa, eu puxo ferro com ele. Treinamos grupos de músculos diferentes novamente, para que eu não me machuque. Quando fico suado, Ohio começa a arder, mas eu não ligo.

"Você está curtindo isso, não?", Dave pergunta.

"Estou."

"Só estamos treinando há três dias e você já está se sentindo muito bem, estou certo?"

"Opa."

É mesmo muito boa a sensação de poder liberar toda a energia ruim acumulada nos meus últimos oito anos de vida. E é muito bom passar tempo com um cara legal. Dave não tem medo do que eu posso dizer. Ele não tem medo de me dar conselhos. Já estou sentindo que algo bom vai sair disso tudo. E me pego pensando como seria se eu pudesse trocar meu pai por Dave.

As formigas dizem: *Cuidado com o que você deseja.*

Quando falta uns 10 minutos para terminarmos nosso treino, Dave vai até a bancada que fica perto da porta e desliga o rádio. Em seguida a porta abre, chiando, e tia Jodi coloca a cabeça para fora.

"Cinco minutos."

"Tá bom."

"Não entrem aqui com o corpo todo suado."

"Tá bom."

Quando trancamos a garagem para a noite, Dave me chama no canto para me mostrar um escorpião escondido atrás de um saco de cascalho. Ele é bem pequeno.

"É um filhote?", eu pergunto.

"Não. Esse aí é o tamanho de um adulto."

"Um bichinho pequeno assim pode me matar?"

"Bem, ele pode te machucar feio, mas provavelmente não vai matá-lo. Mas temos viúvas-negras e cascavéis aqui também. E *elas* sim podem te matar."

"Hmm."

Penso naquelas coisas microscópicas que mataram tantos soldados no Sudeste Asiático. Os parasitas, as bactérias e a malária. Decido que, se for para morrer, eu gostaria de ser comido por um tigre ou algo assim. Pelo menos eu saberia que minha hora tinha chegado.

Dez minutos depois, estou olhando para um prato de suposta lasanha, que ressecou tanto de ficar congelada que a camada de cima da massa ainda está quebradiça e coberta por uma camada fina de gelo. Decido compartilhar minha história do acabei-de-ver-um-escorpião e, embora Dave tenha me falado que ele não seria capaz de me matar, eu digo:

"Falando sério, eu preferia ser comido por um tigre do que ser morto por uma coisinha tão pequena".

"Viu só?", tia Jodi diz para minha mãe. "Você precisa levá-lo num médico."

"Estou sentado bem aqui", digo. "Posso te ouvir."

"Que bom. Então assim talvez você pare de assustar sua mãe com esse papo de suicídio."

Eu dou risada. Rio porque o que mais eu posso fazer? Não consigo acompanhar essas mudanças bizarras no humor de tia Jodi. Não sei quando eu posso fazer uma piada ou ser sarcástico. Está bem, certo, não. Sei que hoje não posso fazer piada sobre ser comido por um tigre. Tarde demais. Jodi parece apavorada por eu estar rindo.

"Lucky, pare de rir", minha mãe diz, sem alterar o tom de voz.

Paro de rir e volto a ficar de cara amarrada. Aperto a casca de ferida onde ela está coçando mais. Nunca senti nada parecido com a vontade de arrancar a casca. Minha mãe me falou que eu provavelmente vou ficar com uma cicatriz, mas que se eu ficar cutucando, metade do meu rosto vai ficar manchado. E eu acho que já sou estranho o bastante sem ter o rosto manchado.

"Eu achei que a piada foi boa, Luck", tio Dave diz.

Jodi lança um olhar torto para ele.

"O quê? O garoto não pode fazer uma piada? Uma hora você diz para ele ficar feliz, e assim que ele fica feliz, você diz que isso é sinal de que ele está mal? Meu Deus, é bom se decidir", ele diz. As formigas ficam rodando em círculo sobre a cabeça de Dave, como uma auréola. Elas cantam aquelas notas agudas que os anjos cantam.

Depois do jantar, faço minha primeira caminhada noturna no Arizona. A temperatura está suportável. Não consegui convencer minha mãe a me acompanhar, mas estou feliz assim. Ela estava querendo ler seu livro, e eu precisava de um tempo sozinho depois daquela conversa infernal no jantar.

Toda as ruas do bairro são muito bem iluminadas. As únicas sombras que podemos ver ficam perto das casas, embaixo dos carros e ao redor de uma ou outra árvore ou cacto. Eu caminho até achar que já virei esquinas demais, então dou meia-volta para não me perder, e decido explorar um caminho diferente na volta. Faço isso até entrar em três ruas sem saída, e percebo que o que estou fazendo é entediante demais. As formigas dizem: *Você é mesmo um filhinho da mamãe, Linderman.* Eu confiro meu relógio, e vejo que só se passaram 15 minutos.

Decido me aventurar um pouco e começo a caminhar sem me preocupar se vou me perder ou não. Depois de 15 minutos, estou de volta à avenida que passa atrás da casa de Jodi e Dave. É ali que vejo a ninja. Ela está quase invisível, toda de preto, se movendo entre os quintais de cascalho atrás das casas que estão do outro lado da avenida, pulando de uma sombra para outra. Ela para às vezes para olhar se está sendo seguida. Quando vira a cabeça, o cabelo dela – tão longo e liso que chega a tocar o asfalto quando está agachada – balança feito a saia de uma garota rodopiando.

Começo a andar mais devagar para acompanhar os próximos passos dela. Ela sai correndo detrás de um carro parado até o canto da casa seguinte, e então desaparece atrás dela.

Ando ainda mais devagar. E paro. Espero para ela aparecer novamente do outro lado da casa, mas ela sumiu.

MISSÃO DE RESGATE #104
NINJAS DA SELVA

Estou na escuridão da selva, escondido atrás de uma árvore. Estou com uma dúzia de nuggets de frango gordurentos pelando de quente nos meus bolsos. Sinto a gordura escorrendo e queimando minhas coxas. Meu avô está sentado sob um pequeno pórtico dentro do perímetro do campo de prisioneiros. Os portões estão abertos.

Depois de eu estar lá por alguns minutos, meu avô sussurra:
"Você pode sair daí agora, Lucky. Frankie está dormindo".

Sento no chão lamacento com ele e lhe ofereço os nuggets. Não digo a meu avô que eles provavelmente foram feitos com o cu dos frangos. Eu o observo comer os nuggets lentamente – ao contrário de como você imagina que um homem faminto comeria. Coloco um na boca e mastigo umas 100 vezes até minha garganta se abrir o suficiente para eu engolir aquilo.

Na selva ao redor desse pequeno campo de prisioneiros, há algum movimento. Sempre há movimento. Pássaros voando à noite. Cobras. Ratos. Predadores. Presas.

"Não se preocupe com eles. Provavelmente estão transportando comida, água ou munição. Devem estar cavando túneis aqui debaixo de nós. Eles são como ninjas."

Será que ele não sabe que a guerra acabou? Eu dou a meu avô mais um nugget, e ele come.

"Espero que você esteja comendo coisa melhor que isso em casa, Luck."

Quero contar a ele como o Nader me bateu de novo. Quero contar a ele sobre a tia Jodi achar que eu preciso tomar Prozac. Quero contar a ele sobre as formigas, porque acho que ele me compreenderia. Meu avô tem Frankie. Eu tenho Nader. Talvez ele veja formigas também.

Bem nessa hora escuto as folhas ao meu redor se mexerem, e vejo a vaga silhueta de uma pessoa agachada se movendo rapidamente em meio às sombras da selva. Seus longos cabelos lisos balançam para lá e para cá enquanto ela corre. Coloco minha M16 em posição de tiro, digo para meu avô se levantar e me seguir. Fico de olho em Frankie, o guarda adormecido. Pessoalmente, quero matá-lo para que ele não venha atrás de nós, mas sei que meu avô tem algum tipo de ligação estranha com o cara, então desta vez vou escapar de fininho enquanto ele dorme.

Dou uma conferida rápida nos membros do meu avô, e ele está com todos, então é capaz de caminhar atrás de mim enquanto nos levo até nosso caminho para a liberdade. Caminhamos por uma hora até que eu ouço uma conversa adiante. Nós nos escondemos em uma moita e ficamos escutando. Depois de alguns minutos de silêncio, continuamos andando. E vamos direto para uma emboscada.

Dois soldados ninjas, usando pijamas iguais aos do vovô, nos pegam pelas costas. Um deles derruba o vovô. Antes que o outro consiga me derrubar, viro a M16 e cravo a baioneta do fuzil no seu corpo magro. O amigo dele está com o braço sobre a garganta do meu avô. Nesta hora percebo que nenhum deles está carregando arma. Ele está dizendo algo para mim em uma língua asiática. Não sei dizer que língua é essa. Não me importo. Enfio a baioneta na parte mais próxima do corpo do meu inimigo, sua perna, até ele soltar meu avô. Então digo a ele para fugir, se quiser.

Quando apoio o rifle no ombro para matá-lo pelas costas, meu avô diz:

"Não faça isso."

"Por que não? Ele ia matar você."

"Mas ele não matou."

Olho para vovô e balanço a cabeça:

"Não entendo. Como é que vou poder te resgatar se você não me deixa fazer isso?".

Minha mãe está roncando, algo que acho que nunca a ouvi fazer antes. Até que é bonitinho. Em seguida, percebo que há nuggets frios e sebosos na minha cama. Estou segurando um também. Devo tê-lo esmagado durante minha luta com os ninjas, porque ele virou um purê agora. Pego os nuggets, jogo tudo na privada e dou descarga.

14

A SÉTIMA COISA QUE VOCÊ PRECISA SABER – JODI FICA AINDA MAIS BIZARRA NOS FINS DE SEMANA

Dave e eu passamos o dia todo na garagem. Aparentemente, é isso o que homens normais fazem aos sábados. Ele lava o carro dele no quintal, depois fica arrumando umas coisas na garagem e em seguida lava o carro de Jodi. Dave ainda tem mais umas caixas que ele está enchendo com tranqueiras – coisas que ele não quer mais, como livros, latas de cerveja e fitas cassete que ele diz serem da época da faculdade. Agora, estou fazendo alguns exercícios com os halteres. Precisei tirar um pouco de peso, mas pelo menos não estou mais usando os halteres rosa.

"Posso te perguntar uma coisa?", Dave diz.

"Claro."

"Lembra quando você me disse que não fica pensando em meninas?"

"Não foi bem assim", eu respondi. "Disse que elas não querem saber de mim. Eu penso em garotas o tempo todo."

"Você está certo, me desculpe. Então... você não acha que ia chamar mais a atenção das meninas se sorrisse e parecesse mais feliz?"

"Garotas são um pé no saco. Tudo o que elas fazem é ficar rindo uma das outras e fofocar."

Dave ri.

"Não são todas assim."

Não estou com vontade de me aprofundar no assunto, então continuo puxando ferro e contando as repetições.

Ele senta no banco e fica olhando distraído para a garagem por mais ou menos um minuto. Em seguida ele diz:

"Sua mãe está preocupada com você, Lucky. Ela quer que eu descubra se você está bem. Quero dizer, ela não acha que você está para pular do alto de um prédio ou coisa assim, mas ela é sua mãe, sabe? Ela está com um monte de preocupações nesse momento".

"É."

"E então?"

"Então o quê?"

"Você está bem?"

Olho para ele e mantenho a cara séria.

"Estou bem, dada a situação. Considerando que ainda moro com meus pais."

"Sim, me lembro de não gostar dos meus pais na sua idade também."

"Eu gosto dos meus pais, mas queria que eles fizessem o trabalho deles, sabe?"

Dave balança a cabeça, morde o lábio inferior e fica olhando para mim. Isso me diz que ele realmente não sabe do que estou falando.

"Meu pai não conversa sobre nada. Assim... ele vai falar sobre comida, mas em casa, quando tentamos conversar sobre qualquer assunto que importa, ele simplesmente se levanta e vai embora."

"Eu nunca vi seu pai fugir de qualquer conversa, em todo esse tempo que o conheço."

"Sim. Na frente das outras pessoas, ele é perfeito. Mas, de verdade, ultimamente ele anda perdendo a paciência com a gente com mais frequência do que nunca."

Tio Dave dá um suspiro.

"Hmm. Por que você acha que isso acontece?"

"Sei lá. Provavelmente porque ele ainda está mal com o que aconteceu com o pai dele. Tipo, isso é óbvio, né?" Eu aponto para minha camiseta POW/MIA.

"Não sei, Luck. Entendo que ele esteja mal com isso, mas estava falando mais dessas coisas acontecendo na escola com o filho dele. Quando você é pai, precisa saber lidar com umas paradas mais sérias quando seus filhos vão crescendo. Acho que ele não sabe bem o que fazer. Ele não teve um pai para mostrar a ele como agir, sabe?"

"Sim, mas não sei por que isso seria um problema meu e não dele. Quero dizer, foi escolha *deles* terem um filho. Ele devia ter mais atitude."

Dave assente e fica mexendo os lábios.

"E a sua mãe?", ele pergunta.

"Ela basicamente faz o que meu pai manda fazer. Ele também não é muito legal com ela. Assim, digo quando eu estou envolvido. Acho que os dois se davam bem antes de eu nascer."

"Quer que eu converse com ela?", Dave enfim pergunta.

"Não. Nós nos entendemos."

"Então..."

"Então o quê?"

"Quer que eu converse com seu pai sobre isso?"

"Eu não quero que você converse com ninguém sobre isso. Você me perguntou por que eu não sorrio e eu te disse." Claro que essa não é a verdadeira resposta. As formigas dizem: *Você é um mentiroso, Lucky Linderman. Diga a ele sobre o vestiário. Diga a ele o que Nader faz com quem é dedo-duro.*

"Mas eu quero ajudar."

"Você já está ajudando."

"Mesmo?"

"Você está me ajudando muito mais que qualquer um até agora."

Eu aponto para o banco. Apesar de saber que eu devia esperar até amanhã para fazer supino novamente, só quero fazer algumas repetições. Meu peito está dolorido, mas isso faz eu sentir como se estivesse fazendo algo. *Alguma coisa.* O que já é mais do que fiz na minha vida inteira.

🐜 🐜 🐜

No domingo, somos despertados à força por tia Jodi, que abre as cortinas e diz:

"Hora de ir para a igreja!"

Minha mãe diz:

"Para nós não é, não". E se vira para a parede.

Jodi diz:

"Sinto muito, minha filha, mas todo mundo que está ficando aqui nessa casa vai para a igreja aos domingos. Ponto."

Fico pensando qual remédio fez isso com ela. Depois de alguns dias aqui, já sei que os comprimidos azuis a deixam chorosa, e os brancos, em forma de losango, a deixam mais afável. Queria saber qual deles torna Jodi uma carola devota, porque até agora eu jamais cogitaria que ela era do tipo que não perde a igreja nas manhãs de domingo.

Minha mãe está sentada agora, irritada:

"Não me chame de minha filha".

"Está bem. Lori. Cunhadinha. Qualquer que seja o nome que você preferir. Nós vamos sair em uma hora para ir à igreja", Jodi diz com a voz alegre mais assustadora que já ouvi na vida. E antes de sair do quarto, ela endireita o espelho pendurado na parede e finge dar uma polida nele com a manga da camisa.

Minha mãe está fervilhando de raiva. Isso me distrai do fato de que eu também estou irritado, porque, quando Jodi entrou, virei minha cabeça rápido demais e deixei uma parte da minha casca de ferida cheia de aloe vera no travesseiro. Eu me levanto e vou conferir Ohio. Agora ele está com o formato exato da Virgínia Ocidental. (O que significa que a casquinha que ficou na fronha do travesseiro é um pedaço que ia de Toledo a Cincinnati, passando direto por Dayton.)

"Você está bem?", eu pergunto enquanto aperto um lenço na antiga Ohio, que está sangrando.

"É, acho que sim", minha mãe responde. "Pode ir primeiro lá tomar banho. Eu vou nadar antes, porque o *meu* Deus vive nas piscinas."

Depois do banho eu percebo que, a menos que eu use uma bermuda militar camuflada, estou ferrado e sem roupa de igreja. Jodi me disse que todo lugar no Arizona é casual, mas duvido que ela quisesse dizer com isso que eu poderia ir para a igreja vestido como um manequim da lojinha do exército.

Acho que talvez Dave possa ter algo que sirva em mim, então coloco uma camiseta lisa, enrolo a toalha branca e peluda na cintura e saio em busca de calças decentes.

Encontro Jodi na cozinha.

"Você acha que o tio Dave tem alguma calça velha que possa servir em mim?"

Ela está atônita. Imagino que Jodi esteja feliz por eu ter tomado banho e já estar me aprontando para a igreja. Imagino que ela esteja orgulhosa por eu ter vindo pedir roupas mais dignas. O problema é que bem nessa hora eu a peguei engolindo um punhado de comprimidos.

Um punhado bem grande. Mais de 10 comprimidos. Suponho que ela não devia estar tomando tudo isso, porque, 10 segundos depois, ela ainda continua parada olhando para mim, sem saber o que fazer.

"Dave!", ela grita – tipo, *grita mesmo*. Em seguida ela protege os olhos de mim com as mãos, como se eu estivesse pelado ali. Jodi exagera tanto que eu dou uma olhada para baixo, para me certificar de que o sr. Lucky não está colocando a cabeça para fora ou algo assim. É claro que não está. A toalha deu duas voltas na minha cintura.

Tio Dave aparece e ela diz:

"Acho que Lucky estava para me mostrar o... o... pênis dele!" Ela respira de um jeito dramático, simulando taquicardia, com a mão (a mesma mão que ela usou para enfiar todos aqueles remédios na garganta) no peito.

Olho para Dave e dou de ombros.

"Eu não tenho nenhuma calça boa. Achei que você podia ter algo que servisse em mim."

Enquanto estamos vasculhando o closet dele, ele pergunta:

"Você não ia mesmo se exibir para minha esposa, ia?"

"Hã, sem chance. Por que eu faria isso?"

"É, eu sei", Dave diz. Ele encontra uma calça meio comprida demais, mas pequena o bastante para quase servir bem na minha cintura. "Ela tem uma imaginação do caramba." As formigas dizem: *Imaginação? A mulher é louca de pedra.*

Não sei se agora é a hora certa para isso, porque só faz 5 dias que estou aqui, mas digo mesmo assim:

"Estou preocupado com os remédios que ela toma."

Dave assente, ainda olhando para a calça.

"É."

"Tem um cinto?", pergunto.

Ele encontra um e me dá.

Minha mãe entra no nosso quarto enquanto estou prendendo o cinto.

"Bem legal de sua parte fazer esse esforço, Lucky. É mais do que eu consigo fazer."

Vamos para a igreja dentro do carro de Jodi, e o ambiente lá dentro está estranho. Dave não diz nada, e é como se ele estivesse indo contra a vontade, assim como nós. Minha mãe e Dave trocam olhares algumas vezes enquanto Jodi fala sobre o Grand Canyon. É como se eles tivessem algum tipo de telepatia fraternal, porque sei que estão se comunicando sem dizer uma palavra. Notei que, quando estão na mesma sala, eles não falam muito, mas trocam esses olhares. Por ser filho único, não faço ideia do que estão dizendo ou como isso funciona, mas é bem legal.

A igreja é um grande e amplo armazém com bancos. Não se parece com nenhuma outra igreja que eu já tenha visitado antes. Não que ela não seja bonita, é sim. As janelas são enormes e têm vitrais, e as paredes são cobertas por tapeçarias, pinturas e castiçais. Os bancos são desconfortáveis. Nós conseguimos lugar em um banco mais ou menos na metade da ala central. Enquanto Jodi conversa com as pessoas ao redor dela, minha mãe, Dave e eu ficamos sentados folheando o programa que pegamos na entrada. Jodi não nos apresenta nem menciona a seus amigos da igreja que somos hóspedes na casa dela. Ela está com uma energia lascada, talvez aqueles comprimidos que ela engoliu de manhã fossem anfetaminas ou coisa do tipo.

Uma hora a música começa a tocar, o pastor sobe e começa a falar. Minha mãe e eu nos reclinamos no banco e aguentamos firme. As notícias locais sobre mortes e doenças entre os membros da congregação são interessantes. O papo sobre os jovens – sobre abstinência e sobre como o rap promove uma linguagem vulgar – é ok também. Mas o sermão se prolonga eternamente. Eu começo a devanear. Uma hora estou olhando para os vitrais, em seguida estou na selva.

Missão de resgate #105
Uma isca para a armadilha

Estou com Jodi, Dave e minha mãe, que está com uma vestimenta ninja completa – toda preta e justinha. Ela está usando máscara também, então só vejo os olhos dela. Jodi está mais gorda aqui – a selva está zombando dela. Ela não consegue andar sem tropeçar, porque não enxerga os pés. Ela também está sendo comida viva pelos mosquitos e outros insetos voadores que picam. Jodi está usando suas roupas de sempre do Arizona – shorts e uma blusa de alcinha. Isso não funciona na selva.

Ela fica xingando e dando tapas nos mosquitos em seus braços.

"Que droga! Eu devia ter trazido aqueles repelentes!"

Minha mãe corre atrás de uma árvore, mexe em sua roupa de ninja e tira de lá um repelente. Ela o entrega para Jodi, que encharca os braços com ele.

Dave está indo na frente comigo. Nós somos os batedores. A cada passo olho para baixo, para evitar armadilhas, e depois olho para cima, esperando meu avô aparecer em cima de um galho de árvore ou se balançando em um cipó. Mas até agora não há evidências de um campo de prisioneiro ou de meu avô por aqui.

Jodi grita:

"Esperem!". E todos nós fazemos *"shhh!"* para ela.

Dave continua andando na frente, agachado. Então ele para e aponta para algum lugar. Eu me aproximo dele e olho. Nós encontramos o campo de prisioneiros principal. Ficamos deitados no chão.

"Qual é o plano?", Dave me pergunta.

Não tenho nenhum... Venho tentando resgatar meu avô há oito anos, e ainda não tenho nenhum plano de verdade.

"Sugiro usarmos Jodi como isca", eu digo.

"Estava pensando *exatamente* nisso", Dave responde.

Nós falamos para Jodi ir andando na frente e agir como se fosse uma turista americana perdida. Ela não vê problema nenhum nisso e ainda comenta:

"Talvez eles tenham uma máquina de refrigerantes ali. Eu sou capaz de matar por uma coca zero".

Minha mãe não está à vista em lugar algum. Ela é uma ninja das boas.

Dave e eu observamos Jodi caminhar aos trancos e barrancos até a entrada do campo de prisioneiros. Quando está para chegar ao portão, ela é engolida por um buraco no chão e começa a soltar gritos agudos, de um jeito selvagem e animalesco. Dave estremece. Eu seguro o braço dele, para que ele se mantenha parado, e vemos todos os guardas do campo saírem para fora do portão para conferir o que capturaram em sua armadilha.

O efeito curiosidade de uma mulher norte-americana gorda e de classe média é demais para os guardas. Enquanto ela está gritando, eles apontam para ela e ficam rindo. Um deles coloca o braço lá no buraco, rouba a mochila dela e começa a fuçar dentro.

Dave e eu passamos escondido e entramos pelo fundo do campo.

"Lucky!", meu avô diz. "Você trouxe um amigo!"

"Vamos sair daqui, vovô. Vamos lá!"

Ele aponta para os pés, que não existem mais dos calcanhares para baixo. Meu avô diz:

"Você sabia que no Vietnã o número de soldados que ficaram aleijados ou sofreram amputação dos membros inferiores foi 300% maior que na Segunda Guerra Mundial?".

Acordo com a cantoria e as palmas. Há um mosquito no meu antebraço e eu rapidamente o cubro e o esmago.

O coral dos jovens está no palco agora, e todos estão vestindo beca branca e cantando algo em um tom de arrepiar. Para parecer mais normal e menos como um garoto que estava na selva a 20 mil quilômetros longe dali, fico em pé, como todos os demais, e começo a mexer o corpo e a bater palmas também, embora me sinta totalmente desajeitado. Preciso até mesmo olhar para as outras pessoas para saber quando bater palmas. As formigas dizem: *Cara, você precisa imitar as pessoas para bater palma? Qual é o seu problema, moleque?*

É nessa hora que eu vejo o cabelo. Aquele cabelo comprido, liso, perfeito e cheio de movimento. É a garota das sombras – minha ninja da vida real. Ela canta no coral da igreja.

Quando o culto acaba, tia Jodi sai tagarelando. Ela está insuportavelmente empolgada e alerta. Está até mesmo determinada. Ela faz questão de dizer a cada um dos cantores do coral que o desempenho deles foi maravilhoso. Ela diz para os pais que seus filhos "se comportaram tão bem!", mesmo que as crianças não tenham parado quietas em nenhum momento. Dave, minha mãe e eu ficamos sentados no banco, os dois jogando conversa fora.

Então Jodi aborda os pais da minha garota ninja.

A família está em um pequeno círculo fechado. Jodi vai até eles, toca no ombro do marido e diz:

"Virginia está cada vez melhor! Você deve estar tão orgulhoso!". Enquanto diz isso, ela estica a mão para pegar a mão de tio Dave e o faz ficar em pé.

A Mamãe Ninja diz:

"Ah, olá, Jodi. Que bom ver você."

A garota ninja tem olhos verdes enormes. Eles são tão verdes que consigo vê-los daqui. E o cabelo dela é ainda mais incrível visto de perto. Ela é tipo a menina dos comerciais.

Ela percebe que estou olhando, então dou um meio-sorriso, só para ela não me achar um tarado. Ela fica olhando para mim. Não consigo decifrar o que se passa na cabeça dela. Parece estar curiosa com algo, mas não está sorrindo para mim. As formigas dizem: *Ela é tanta areia para seu caminhãozinho que você vai precisar fazer várias viagens.*

Jodi continua apertando a mão de Dave, embora ele esteja espremido em uma posição desconfortável entre ela e a parte de trás do banco mais próximo e olhando para a esquerda, para o púlpito.

"Ela não foi incrível, Dave?"

"Com certeza", ele diz. "Ela foi simplesmente incrível." Acho que concordei com a cabeça quando ele disse isso.

A família ninja começa a caminhar pela ala central, e Jodi continua seguindo-os. Ela soltou a mão de Dave e continua falando com eles, embora a família esteja usando todas as formas possíveis de rejeição por meio de linguagem corporal para tentar fazê-la ir embora.

Eu nem mesmo finjo que não estou olhando para a Garota Ninja quando ela passa por mim seguindo em frente. Ela vai deslizando em sua beca de coral – ela tem no mínimo 1,75m altura, o que me torna um anão perto dela, mas quem se importa? Acho que nunca vi uma pessoa tão misteriosa e linda em toda a minha vida.

Não sei bem o que Jodi disse para fazer todos olharem para mim e minha mãe, mas quando eles fizeram isso, eu cruzei olhares com a Garota Ninja, que me lançou um olhar estranho. Não sei bem descrevê-lo. É um olhar de dó ou algo assim. Ela olha para minha calça e vê o tanto que precisei enrolar a barra. Ela olha para os meus tênis. Em seguida, olha para meu machucado e faz uma cara como se estivesse me achando curioso novamente.

"Venham aqui, vocês dois. Quero que conheçam esse povo!"

Não faço ideia qual remédio a faz usar a palavra *povo* desse jeito, mas quero garantir que jamais vou usá-lo na vida.

Minha mãe está irritada agora. Está com a mesma cara que fez durante aquelas reuniões idiotas com os "especialistas" da escola. A mesma cara que ela faz quando meu pai diz todas aquelas coisas que ele sempre diz. *Pare de ficar perguntando se ele está bem. Você só vai fazê-lo ficar mal com isso.*

"Oi", eu digo. A família é bem-educada e me perguntam se estou gostando da viagem. "Sim", eu respondo.

Em seguida o Pai Ninja diz:

"Precisamos levar Virginia para o próximo compromisso dela. Com licença". Então eles vão até o pastor, que está na entrada principal, e começam a falar com ele. Em vez de aguardar na fila atrás deles, Jodi se vira para nós e pede para sairmos com ela pela porta lateral, por onde entramos. Eu olho para a Garota Ninja, e ela ainda está olhando para mim.

Quando minha mãe pergunta a Jodi por que não saímos pela entrada principal, ela responde:

"Essa aqui fica mais perto do carro". Mas reparei que ela não doou nenhum dinheiro na hora das oferendas. E notei também que ela não cantou nenhum dos hinos religiosos. Ela está saindo pela porta lateral porque não quer ver o pastor.

Ela não está aqui por Deus. Ela está aqui por algum outro motivo...

🐜 🐜 🐜

Para o jantar de domingo, decido que, já que vou continuar preso aqui por mais duas semanas, então vou comer melhor, mesmo que eu mesmo tenha de preparar as refeições. Ensino Jodi e Dave como fazer e grelhar hambúrgueres caseiros feitos com um pouco de carne moída que ela tinha comprado para fazer um chili com aqueles temperos prontos que vêm em pacote. Ensino Jodi a picar uma cebola corretamente. Explico também a proporção correta de carne com farinha de rosca. É como se todos esses anos que passei assistindo ao Food Channel realmente tenham me ensinado alguma coisa. Quero dizer, ensinado algo além do fato de que o Food Channel não é uma fórmula mágica para criar vínculos entre pais e filhos.

Dave aprende a esquentar os pães direito na grelha superior da churrasqueira. Eu também o ensino a limpar gordura torrada das grelhas antes de desligar o fogo. E, quando ele ia colocar hambúrgueres prontos no mesmo prato onde estavam os crus, eu salvo o dia: pego um prato novo e explico a ele o basicão de carne crua e cozida, e como as duas jamais podem compartilhar o mesmo prato.

Durante o jantar, Jodi diz:

"Na minha família, os meninos não podiam nem chegar perto da cozinha".

Minha mãe rosna:

"Que pena".

"Sabe, é uma pena mesmo." Ela olha para Dave e diz: "Sem ofensas".

"Eu queria ter aprendido a cozinhar também", Dave diz. "Fico feliz em ser o provedor da casa, mas se alguma coisa um dia acontecer com Jodi, vou acabar comendo só comida congelada."

Jodi ri.

"Dave... você *já está* comendo só comida congelada."

Uau. Autoconsciência. Que remédio será que ela tomou para isso?

Dave ri.

"Acho que já mesmo."

Jodi morde mais um pedaço do hambúrguer e diz:

"Sabe, talvez Deus tenha enviado Lori e Lucky porque ele sabe que precisamos aprender a cuidar melhor de nós mesmos".

Ah, saquei tudo agora. Deus fez Nader bater em mim e fez minha mãe largar meu pai, só para Jodi aprender a picar cebola e a usar uma churrasqueira de gás. Que ótimo. Sensacional. As formigas fazem um protesto no lado da mesa de Dave e Jodi, e elas tinham até cartazes onde estava escrito: TIO E TIA FRACASSADOS. ESSAS PESSOAS SÃO UM LIXO. AQUI SÓ TEM IDIOTAS.

Enquanto Jodi e minha mãe lavam a louça, Dave e eu puxamos ferro e ficamos escutando o rádio. Cada músculo dolorido do meu corpo quer perguntar a ele sobre a garota ninja, mas não faço isso. E bem quando estou quase criando coragem para dizer algo, ele vem e diz:

"Tenho uma reunião importante amanhã, e acho que preciso ir até o escritório hoje à noite, só para garantir que está tudo em ordem". Então, ainda suado, ele entra no carro e vai embora.

Eu não consigo entendê-lo. Uma hora ele é o único homem normal na minha família; logo em seguida ele desaparece, assim como meu pai.

Já está escuro faz tempo, e não vejo ninguém caminhando hoje à noite. Talvez domingo seja um dia proibido. E talvez minha garota ninja vá se deitar mais cedo para dar um tempo para aqueles lindos cabelos esvoaçantes dela. Fico pensando aonde é que ela vai para se esconder. Fico pensando se ela não tem um namorado secreto ou algum lugar favorito só dela. As formigas dizem: *Mas que raios você está fazendo consigo mesmo? Você nunca mais vai vê-la de novo. Ela mora a 3.000 quilômetros da sua casa!*

Então eu lembro do meu avô e fico pensando por que será que sonho com um homem que está a quase 20.000 quilômetros longe de mim. Isso faz eu me perguntar: por que eu me importo tanto com pessoas que estão tão longe de mim?

15

OPERAÇÃO NÃO SORRIA JAMAIS – 1º ANO

Meus gráficos da loteria do alistamento ficaram ótimos. 36% das pessoas que responderam nasceram em dias que lhes dariam números sorteados na loteria de 1970. Isso ajudou a reforçar meu argumento, que era: muitas pessoas foram obrigadas a se alistar há poucas décadas. Eu planejava dizer algo assim na minha apresentação:

"Olhe ao redor desta sala de aula. Imagine um terço de nós indo embora."

Quem seria obrigado a se alistar?

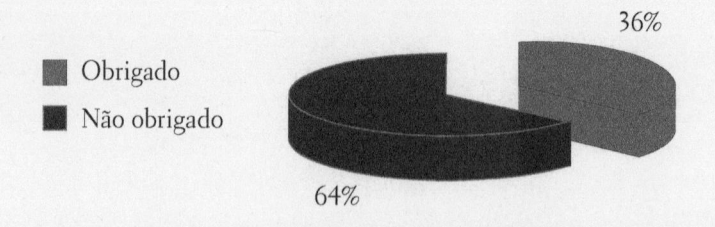

■ Obrigado
■ Não obrigado

36%
64%

Os dois gráficos extras que fiz provaram que minha geração não compreende mesmo a loteria do alistamento. Apenas 16% das pessoas que responderam afirmaram que sabiam do que se tratava a loteria do alistamento. Infelizmente, 70% desses 16% não sabiam do que estavam falando. A maioria achou que a loteria do alistamento "tinha algo a ver com ganhar dinheiro".

■ Você sabe o que é a loteria do alistamento?

	Não	Sim
	84	16

■ Aqueles que responderam sim estavam:

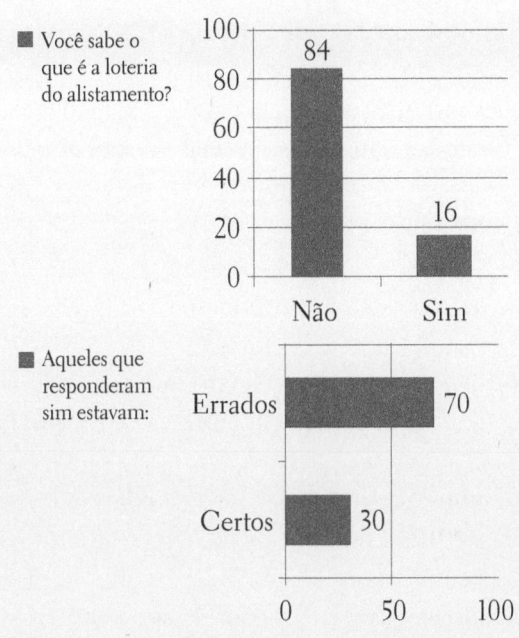

Errados	70
Certos	30

A última coisa que ficou faltando era preparar minha apresentação. A maioria do pessoal da minha turma já tinha apresentado seus trabalhos. Desde o início do semestre, toda sexta-feira as pessoas contavam o resultado de suas pesquisas e eu sempre aprendia alguma coisa interessante sobre meus colegas de sala. Descobri que 87% deles não lava as mãos depois de ir ao banheiro. 54% não usa cinto de segurança quando não precisa. 76% acha que precisa emagrecer. 67% não gosta de matemática. 52% não leu Romeu e Julieta, o livro da aula de literatura do primeiro ano. (Desses, 78% assistiu ao filme.) Só 24% já acampou pelo menos uma vez. E apenas 21% achava que tinha uma boa relação com os pais.

Pode me colocar entre os 79% que não acha que tem.

Tentei manter meu pai atualizado sobre as coisas do meu trabalho de Ciências Sociais porque ele parecia ter gostado muito da ideia quando tivemos aquela reunião com meus professores. Desde aquele dia, ele me deu algumas sugestões e estatísticas, tipo: "Não esqueça de dizer a todo mundo que o total de conscritos no Vietnã foi de cerca de 1,8 milhão de pessoas" ou "Lembre-se de dizer para todo mundo que sessenta por cento dos soldados mortos tinha menos de 21 anos".

Os números dele estavam corretos em sua maioria, mas quanto mais eu pesquisava, mais descobria que aquela ideia do meu pai de que o país todo desrespeitava os veteranos do Vietnã era uma coisa da cabeça dele. Algo que ficou, eu acho, por tudo que vovó Janice viu durante o tempo que lutou pela vida dos soldados desaparecidos. Ou algo que ficou por causa de como ele se sentia.

"Como está indo seu projeto da loteria?", ele disse, durante a segunda semana de fevereiro.

"Está indo bem. Faço a apresentação na sexta."

"Você fez os gráficos no computador?"

"Sim."

"Eu gostaria de vê-los." Mas é claro que meu pai não estava por perto antes de sexta-feira, para que eu mostrasse a ele os gráficos antes da apresentação.

Na sexta, apresentei meu trabalho rapidamente, mostrando os gráficos na tela e concluindo que os rapazes realmente deveriam conhecer a história da loteria de alistamento e o que isso significaria para eles, porque seriam *eles* os selecionados se isso acontecesse novamente hoje. Ao final, mencionei um pouco sobre nosso programa atual de alistamento e coloquei o link do site, caso alguém quisesse pesquisar mais sobre ele. Mal houve um aplauso na sala quando terminei.

Depois da aula seguinte, fui para meu armário e encontrei mais um questionário do suicídio lá dentro. Estava escrito: *se você fosse cometer suicídio, qual método escolheria?* A resposta era – em letras de forma maiúsculas com marca-texto preto: EU ME ALISTARIA VOLUNTARIAMENTE E ME DEIXARIA EXPLODIR POR UMA BOMBA DE UM TERRORISTA. TALVEZ AÍ MEU PAI PRESTASSE ATENÇÃO EM MIM.

Admito que achei a resposta inteligente.

Quando finalmente consegui mostrar os gráficos para o meu pai, ele não falou muita coisa, a não ser: "Belos gráficos, Luck". Eu comentei que usei a loteria de 1970 como meu exemplo, e mostrei a tabela com os números e as datas de nascimento. Ele só balançou a cabeça. Acho que foi difícil para ele ficar olhando para a lógica por trás das loterias do alistamento, porque foi *essa* mesma lógica que roubou o pai dele. E, de qualquer forma, o que há de lógico no fato do dia em que você nasceu decidir quando você poderia morrer? Na minha opinião, isso não passava de uma piada cruel.

16

LUCKY LINDERMAN ESTÁ NA ALA SETE

"Quero preparar o jantar hoje à noite", eu digo no café da manhã, enquanto minha mãe está comendo granola e tia Jodi brinca com seu cabelo e folheia uma revista de fofocas. Ainda não são nem 8 horas da manhã. Meu corpo está no fuso horário da Costa Leste, acho.

"Para quem?", ela pergunta.

"Para nós", eu respondo.

"Todos nós? Um jantar completo?", Jodi pergunta, espantada, como se eu tivesse me transformado em uma lhama ou em um balão gigante de ar quente. Como se ontem eu não tivesse ensinado a fazer hambúrgueres.

"Sim. Algo feito em casa."

Minha mãe grunhe algo concordando, enquanto lê sobre gordura trans na parte de trás da caixa do seu cereal, e Jodi vai ficando cada vez mais ofendida.

"Eu nunca fui tão insultada!", ela diz, e sai da cozinha, indo em direção à piscina.

Minha mãe vai até o quintal, onde Jodi está sentada. Eu não queria ofendê-la. Não é como se eu tivesse dito na cara dela que ela não sabe cozinhar. Mas ela não sabe mesmo, então não sei qual é o problema.

Às 9 horas, a campainha toca. Eu abro a porta da frente e vejo o homem do correio segurando um pacote um pouco maior que uma torradeira. Ele me pede para assiná-lo.

"Sem problemas", eu digo. Ele está olhando para minha ferida. Fico pensando se ele consegue visualizar Virgínia Ocidental no meu machucado. Assino, entrego a maquininha de volta e sorrio para ele.

A casca se quebra um pouco e, quando o ar quente de forno de pizza bate no meu rosto, sinto que ou está escorrendo sangue ou está saindo aquele líquido de casca de ferida.

"Quem era?", Jodi pergunta, quando ela e minha mãe retornam de sua longa conversa no quintal.

"Correio."

"Para mim?"

"Para nós. Do meu pai."

Jodi inspira como se estivesse para dizer algo rabugento, mas em vez disso ela diz:

"Que bonitinho!"

Abro a caixa e entrego um presente embrulhado para minha mãe. Ela faz uma careta porque conhece meu pai bem o bastante para saber que, não importa o que esteja dentro do pacote, ou ela vai ficar envergonhada, ou não vai interessá-la, ou vai ser do tamanho errado. Isso não é uma crítica ao meu pai, é uma piada interna da nossa família. Se é que podemos achar isso engraçado. Mas acho que desde que minha mãe disse "não aguento mais isso", essa piada não tem nada de engraçado. É só mais um motivo para estar no Arizona enquanto ele está na Pensilvânia.

Meu pai incluiu uma camiseta POW/MIA para Jodi e uma para Dave. Jodi a segurou como se eu tivesse entregado um cadáver para ela. Ela a segurava longe do corpo, como se fedesse. De certa forma, acho que eu realmente lhe entreguei um cadáver. As formigas dizem: *Bem-vinda à vida de um Linderman, tia Jodi, onde todo dia é um funeral que jamais tivemos. E shiiiii! Não fale com ninguém sobre isso!*

"Sinto muito por ter ficado brava mais cedo. Acho que é aquela época do mês", Jodi começa a falar, e posso ouvir minha mãe grunhindo em silêncio do outro lado da sala, porque essa é uma desculpa que ela jamais daria. "Eu adoraria que você fizesse o jantar hoje. Sua mãe se ofereceu para levá-lo até o mercado para comprar os ingredientes."

Eu respondo:

"Que ótimo. Com isso eu sinto que posso retribuir por vocês terem nos deixado ficar aqui".

Essa frase, de alguma forma, nos traz de volta à realidade. Minha mãe e eu olhamos um para o outro como refugiados e depois olhamos para tia Jodi. Ela tem dó da gente e podemos sentir isso.

Minha mãe desembrulha o presente dela. É uma caixa de chocolates derretidos. Após passar a manhã no fundo da van do correio em pleno verão do Arizona, eu digo que se tornaram chocolates líquidos. Minha mãe está indo jogá-los no lixo, mas Jodi insiste em colocar a caixa na geladeira. Ela afirma:

"Eles ainda vão ter gosto de chocolate, mesmo que a aparência fique estranha!".

As formigas sobem na caixa cheia de papel de embrulho e fuçam lá dentro. Uma delas retorna. *Linderman, o pelotão de distribuição de presentes confirmou que não há presentes para você. Sinto muito, filho. Seu pai não presta.*

Dentro do mercado está um frio de congelar. Minha mãe está tremendo. As formigas estão tremendo. Uma delas está distribuindo cachecóis minúsculos para as outras.

Eu decido fazer frango marinado em iogurte e pimenta vermelha, com tomates-cereja e espetinhos de abacaxi. Minha mãe parece impressionada. Esta é a primeira vez que percebo que jamais preparei uma refeição inteira sozinho. Claro, fiz muita massa de muffin de banana quando tinha 7 anos, mas desta vez a coisa vai ser um pouco mais complexa do que jogar um monte de porções pré-calculadas de ingredientes em uma tigela e misturar tudo. Ainda assim, estou confiante. Assisti a programas de culinária o suficiente para saber fazer uma marinada, cortar frango e fazer arroz. Isso não é complicado como Astrofísica.

A primeira coisa que tia Jodi diz quando vê os ingredientes que compramos é:

"Arroz? Nós não comemos arroz!". Acho que é isso que vovô Harry diria sobre arroz depois de 38 anos comendo arroz.

Uma hora depois ela olha a vasilha da marinada de frango na geladeira.

"Uau. O que é *isso*?"

"Marinada."

"Por que parece iogurte?"

"Porque é iogurte."

"Hmm", ela diz, balançando a cabeça. "Frango com iogurte. Esta vai ser uma noite bem interessante."

No jantar, tia Jodi está comendo tão depressa que ela nem para pra conversar. Meu pai diz que uma refeição em silêncio é o melhor indício de que você cozinhou bem. Acho que esta é provavelmente a refeição mais silenciosa da vida da minha tia Jodi. Eu deixo Dave receber um crédito parcial porque ele virou o frango quando eu pedi para fazer isso, e também colocou mais marinada em cima. Ele até mesmo trocou os pratos do frango cru para o frango assado, então ele está aprendendo direito.

Depois do jantar, nos encontramos na garagem, e ele me ajuda enquanto faço duas séries de 10 repetições com 25kg no supino, o máximo que já fiz até hoje. Eu digo para Dave que ele é o cara mais legal que eu já conheci.

"Obrigado, Luck", ele responde. "E você é o garoto mais legal que já conheci."

"Ah, tá bom", eu digo e dou risada.

Dave coloca a barra em cima e diz:

"O quê? Você não acha que é um cara legal só porque uns babacas falaram que não é?"

Tenho vontade de dizer a Dave que ele não me conhece de verdade. De dizer que não sou uma pessoa muito sociável. Que eu basicamente só leio livros e fico na minha. Em vez disso, aponto para minha bochecha.

"Está vendo Virgínia Ocidental aqui agora?"

Ele cerra os olhos e inclina a cabeça levemente para a direita.

"Meu Deus. Olha só isso."

"Bizarro, né?"

Voltamos a puxar ferro. Eu faço agachamento com os halteres pesados de Dave, e ele faz supino. Eu digo:

"Então você realmente acha que eu devia bater de volta nele?"

Ele termina o movimento.

"Depende."

"Do quê?"

"Você já bateu em alguém antes?"

"A gente tem uns sacos de pancada na sala de musculação da escola. Eu bati nele uma vez."

"O cara é grande?", ele pergunta.

"Sim. Ele faz luta livre também. Provavelmente conseguiria me matar."

"Ou imobilizar você no chão em um ato de êxtase homoerótico."

"É, isso também."

"Posso te contar um segredo?"

Eu confirmo com a cabeça.

"Quando eu estava na escola, era um valentão desgraçado igual esse moleque."

Não era o que eu esperava ouvir. Esperava ouvir o contrário – uma conversa franca entre duas vítimas.

"Mas o único motivo para eu tratar os outros garotos feito merda era porque eu tinha inveja deles." Ele balança a cabeça. "Eu não tinha coragem para ser independente ou esperto. Era medroso demais para fazer qualquer coisa diferente, então eu batia nos garotos que tinham coragem. Isso é bem patético, né?"

"É."

"Lembre-se disso quando vir esse cara novamente. Ele é covarde. Ele só persegue você porque tem inveja." Eu aceno com a cabeça, concordando, mas não consigo imaginar do que Nader McMillan poderia ter inveja de mim. As formigas dizem: *Com certeza não é da sua habilidade de preparar arroz basmati. Francamente, aquilo estava viscoso e grudento demais.*

Peço para Dave ficar de olho em mim quando faço mais 10 repetições, e posso sentir a casca de ferida rachar com o esforço que faço, mas não me importo. Hoje me senti incrível. Preparei um jantar matador e fiz 30 repetições no supino com 25kg. Eu comemoro com um pulo noturno na piscina.

Mergulho até o fundo e sorrio – um sorriso de verdade, não aquele forçado que faço para Jodi – pela primeira vez em 6 meses. Quando faço isso, começo a rir debaixo d'água, e a erupção de bolhas me acompanha até a superfície.

Eu me seco e me deito na espreguiçadeira ao lado da piscina. Fico completamente imóvel, e o sensor de movimento acaba apagando a luz.

As estrelas começam a brilhar mais forte e é uma cena bem bonita. Ouço crianças conversando a algumas casas dali. Ouço a música da abertura de um programa de TV. Ouço um carro passar pelo quarteirão de vez em quando, e também o som dos carros na avenida que leva até o centro da cidade. Eu me concentro na área comum atrás do conjunto de casas, onde os quintais de todas elas se encontram. Aperto o olhar e enxergo adolescentes de mãos dadas se beijando e fazendo coisas normais que os adolescentes fazem.

Quando eles se vão e estou para me levantar, eu a vejo novamente – a sombra com os cabelos longos e esvoaçantes. Ela está percorrendo o terreno como se fosse um soldado bem-treinado.

Eu me sento sem pensar e acabo acendendo as luzes, que refletem na piscina e me cegam.

Missão de resgate #106
Interrogação do Tigre

Estou amarrado a uma cadeira, com duas luzes fortes viradas para meu rosto.

"Onde ela está, Lindo-man?"

Algo me dá um soco. Minha boca está cheia de cabelos. Mal consigo respirar.

"Você nos diz onde ela está e nós deixamos você ver seu avô", a voz diz.

Cerro os olhos e vejo que é Frankie, o guarda do campo de prisioneiros do meu avô, mas agora ele é um tigre. Um lindo tigre laranja com listras pretas. A pelagem dele é tão brilhante e perfeita que tenho vontade de esticar o braço para acariciá-lo. A mandíbula dele é gigante e os dentes são enormes. Não consigo desviar o olhar. Esta é, sem dúvida nenhuma, a criatura mais impressionante que já vi na vida.

"Você gostou do sabor disso aí, Lindo-man? Tem mais de onde veio esse."

Ele segura mais uma pata cheia de cabelos. É um tufo de cabelos compridos, lisos, perfeitos. Eles estão balançando.

Eu cuspo os cabelos da boca e olho em volta da sala. Estamos sozinhos – só o tigre e eu.

"Não sei onde ela está", eu digo.

O tigre ri.

"Por que está protegendo ela? Ela é inimiga! Ela come você! Ela é pior que a gente!"

"Ela não é inimiga, seu merda. *Você* é a porra do inimigo", eu respondo. Nas costas, estou tentando desfazer o nó frouxo da cinta de couro que usaram para me prender à cadeira. Já estou com o dedão dentro do nó. Não deve demorar muito mais.

"Seu merda?" O tigre me dá um tapa com as costas da pata e quase me derruba, junto com a cadeira. No processo ele me causou um arranhão na testa, e tenho certeza que desloquei o dedão com a força do impacto. Eu tiro o dedão do nó e remexo os pulsos. O nó está cada vez mais frouxo.

Avanço sobre o tigre antes que ele perceba que estou livre, e envolvo a cinta de couro no pescoço dele. Puxo e giro a cinta até que ele não consiga mais respirar. Subo em cima dele e o asfixio pelo que parecem ser 5 minutos. Mesmo enquanto está morrendo, revirando os olhos, urinando no chão de concreto e botando a enorme língua rosa de fora, ele ainda continua lindo – e me sinto mal por precisar matá-lo.

Quando tenho certeza de que ele está morto, me levanto e pego uma pistola que está sobre uma mesa ao lado da porta. Me certifico de que ela está carregada. Procuro dentro da gaveta da mesma mesa e encontro mais um pente de munição, que levo comigo. Não tenho ideia do que me espera do outro lado da porta, então considero essa uma missão do tipo "procurar e destruir" assim que saio no corredor. Que está vazio... Um longo corredor iluminado por apenas três míseras lampadinhas.

"Vovô!", eu grito. Não estou nem aí se vão me escutar. Vou matar todo mundo.

"Lucky!"

Começo a correr na direção da voz. Ele diz novamente:

"Lucky!".

Estou chegando mais perto.

O fim do corredor está bem escuro. Estou apontando minha pistola para a última porta.

"Lucky!"

Arrombo a porta com um chute e vasculho a sala com minha arma. Não há ninguém ali, exceto meu avô, amarrado a uma cadeira da mesma maneira que eu estava, com uma cinta de couro. Ele está sem o braço esquerdo, então o amarraram pela axila.

"Ah, graças a Deus você está vivo!", ele diz enquanto o desamarro.

Fico pensando nisso. *Graças a Deus que eu estou vivo? Sério?*

"Eu matei o tigre. Sinto muito."

"Às vezes somos obrigados a fazer umas coisas feias."

O pego pela mão direita e o puxo em direção ao corredor.

"Fique perto", eu digo. "Vou tirar você daqui."

"Sua cabeça está sangrando." Meu avô se agacha e arranca um pedaço do pijama que está vestindo. Eu paro e amarro a tira de pano em volta da minha cabeça.

Corro agachado até o canto oposto do corredor, onde está a porta de saída. Abro-a lentamente e dou uma espiada lá fora. Não há ninguém. Nenhum veículo. Não há nada. O lugar mais parece o armazém abandonado na avenida perto da piscina municipal de Frederickstown. Aponto na direção de uma bandeira americana hasteada – a bandeira hasteada sobre o coreto da piscina.

"É isso!", eu digo. "Estamos em casa!"

Olho para trás para ver meu avô livre. Mas ele não está ali. Dou voltas em círculos. Ele sumiu.

"Que droga!"

🐜 🐜 🐜

Digo isso alto e acordo nós dois – eu e minha mãe. Ela resmunga algo e se vira. Eu faço o mesmo, mas instintivamente levo a mão à cabeça, onde a faixa de pano preta que meu avô me deu ainda está amarrada.

"Que droga!", eu sussurro novamente. Quase consegui dessa vez.

17
......

A OITAVA COISA QUE VOCÊ PRECISA SABER – GINNY CLEMENS

Concordamos que hoje é dia de tornar a área da piscina da casa de Jodi um lugar mais alegre. Atualmente, ali parece mais aquele quarto em que ninguém nunca entra. Porque ninguém vai para lá mesmo. A pintura está lascada, o quintal está com o chão cheio de buracos e rachaduras e partes que precisam ser assentadas. Antes de sair para trabalhar, Dave me ajudou a levar para fora todos os sacos extras de cascalho, para deixarmos a área dos cactos bonita de novo.

Os ovos mexidos que faço no café da manhã estão tão gostosos que Jodi come a porção da minha mãe enquanto ela está nadando na piscina.

"E você só precisou colocar sal e pimenta?", ela pergunta.

"Sim." Dou meu sorriso falso para ela. Forço o sorriso falso praticamente toda vez que estou perto de Jodi – apesar de isso fazer doer minha bochecha, que agora está com a casca de ferida rachada e a pele descascando –, porque não sei o que ela vai fazer ou dizer em seguida.

"Quem diria que era tão fácil assim?", ela comenta. "Estão deliciosos."

Uma hora depois, minha mãe já limpou todo o limo que havia ao longo da calha da piscina e está consertando as pequenas jardineiras, de joelhos sobre um colchonete de exercícios detonado. Jodi está esfregando as espreguiçadeiras empoeiradas com uma escova azul, e eu estou tapando os buracos no quintal com concreto colorido.

Quando me aproximo da lateral da garagem para misturar um pouco mais de concreto, escuto tia Jodi conversando com minha mãe sobre mim. Ela diz:

"Ele é tão, hã, mas tão, hã... *estranho*! Estou dizendo, que garoto de 15 anos de idade sabe *cozinhar*? Ele não é normal. E ele tem essa expressão no rosto! É como se estivesse forçando um sorriso ou algo assim", ela diz, como se esse fosse o problema número um – a expressão do meu rosto. "Eu realmente acho que ele vai acabar fazendo algo para se machucar, Lori. E a gente nunca sabe – com todos esses tiroteios em escolas... ele pode decidir que não quer ir embora sozinho."

Há apenas duas horas, ela estava me dizendo como eu era o máximo porque sabia cozinhar ovos. Agora, minha capacidade de cozinhar ovos significa que sou um maníaco homicida. Agora eu posso sair matando pessoas por aí no shopping porque eu não sorrio o suficiente. Por que os adultos da minha vida são tão decididos a me deixar para baixo quando estou me sentindo bem?

Me pego pensando que seria bom ser capaz de dar um jeito de arrumar minha vida, da mesma forma como estou arrumando o quintal. Fico pensando se há concreto cor de argila o suficiente para preencher o buraco onde meu pai deveria estar. Ou para preencher o lugar onde deveria estar a atitude firme da minha mãe. Ou para preencher o buraco onde deveria estar minha coragem.

Lembro da última vez que falei com meu pai sobre Nader e o que ele me disse.

"Filho, sempre haverá valentões na sua vida. Algumas pessoas não sabem agir de outra forma."

Sempre? Sei que parece totalmente idiota isso, mas, sério, não consigo ver motivo para continuar vivendo se *sempre* vou ter que suportar essa merda. Sei que vai haver momentos melhores na minha vida, e que talvez eu até mesmo me torne alguém importante, mas se o tempo todo eu tiver que ficar aguentando gente cretina, então qual o sentido disso tudo?

Sei que se eu falar isso em voz alta, tia Jodi vai chamar uma ambulância ou algo assim, mas em vez de me fazerem ficar quieto, por que eles não podem me *dar uma resposta*?

Acho que é por porque eles se sentem mal por não conseguirem tornar a vida mais justa. Em vez de resolver os problemas, eles ficam apavorados com garotos que dizem coisas como: "Eu prefiro ficar aspirando fumaça do escapamento de um caminhão do que viver mais um dia neste lugar".

Todo mundo já disse algo assim pelo menos uma vez na vida, não? E de verdade – eu prefiro mesmo aspirar fumaça do escapamento de um caminhão do que ficar lidando com essa merda para sempre. Minha mãe diz que Nader é um perdedor que vai crescer sendo um perdedor, e que eu vou compreender tudo quando tiver 40 anos. Mas quero entender as coisas *agora*.

No jantar, comemos enchiladas congeladas que estão bem razoáveis. A minha tem uns jalapeños bem fortes, mas aguento firme. Eu os mastigo, fico suado, e bebo bastante água. Fiquei precisando seriamente sair para caminhar depois que termino de lavar a louça.

Coloco meu fone de ouvido e caminho enquanto ouço rock. São 9h30 da noite e ainda está 37 graus aqui fora. Depois de dobrar a última esquina, sinto um puxão no meu braço. Saio do meu transe ambulante e desligo a música com o dedão.

É ela. A minha ninja.

"Você está fazendo alguma coisa?", ela pergunta.

Não sei o que dizer, então respondo:

"Só caminhando."

"O que aconteceu com seu rosto?"

"Nada." Seu burro. É óbvio que aconteceu alguma coisa com meu rosto. Eu só não sei o que mais posso dizer.

"Você apanhou?"

"É, tipo isso."

"Minha mãe falou que você está ficando com Jodi e Dave porque sua mãe largou seu pai."

"É, acho que esse é um dos motivos. Mas não é só por isso."

"Ela disse que vocês são do Kentucky ou algo assim."

"Pensilvânia."

"Ah." Silêncio. Fico olhando para ela como se ela tivesse acabado de descer do espaço. Minha garganta está um pouco fechada porque sabe que, se eu falar, vou acabar dizendo algo que vai fazê-la me odiar ou perceber que não sou o tipo de cara para ela. Apesar de que isso já está bem óbvio, eu acho. "Quantos anos você tem?", ela pergunta.

"Quinze. Quase 16", eu digo, apesar de ser uma mentira. Ainda faltam 9 meses para eu fazer 16. "E você?"

"Dezessete."

"Legal", eu digo.

"Então se não é só porque sua mãe está largando seu pai, por que vocês estão aqui?"

"Bem…" Eu fico vermelho. Me sinto um idiota completo. "Sei lá. Apanhei de um cara que não para de me perseguir, e minha mãe estava de saco cheio de 'aguentar isso', seja lá o que ela quis dizer." Faço as aspas com os dedos quando falo *aguentar isso*.

Noto que agora estamos caminhando em direção a uma ruela escura entre duas casas.

"Você não é um babaca ou coisa assim, é?", ela pergunta.

"Hã… não?"

"Você não parece ter tanta certeza disso."

"Acho que não sou", eu respondo, completamente aturdido com a maluquice do que está acontecendo e com a beleza dela.

"Vem comigo", ela diz e sai correndo por entre as duas casas e em seguida cruza a avenida. Eu a sigo. Ela está vestida toda de preto com uma blusa leve de manga comprida e capuz por cima. Enquanto ela corre, o capuz desce e os cabelos dela escapam da blusa. Ela corta por entre mais duas casas, passa por alguns cachorros latindo e, em seguida, pula um muro de um metro de altura como se fosse uma gazela. Os cabelos pulam com ela, formando uma onda de seda.

Chegamos a um parquinho, e ela senta no balanço. Ela precisa mexer nos cabelos para não sentar em cima deles. Chego nos balanços, sento em um ao lado dela e paro para recuperar o fôlego. A essa altura ela já está com um cigarro na boca e o acende com um fósforo. Ficamos sentados ali, ela fumando e eu a observando fumar. Está tudo silencioso demais, então faço o que fiz a vida inteira sempre que está tudo muito quieto. Eu digo algo bem idiota.

"Você não devia fumar."

Ela ri de mim.

"Você não devia mentir sobre não ser um babaca."

"Eu não quis dizer bem isso. Eu só. Eu quis dizer que... hã, você não me parece ser uma fumante."

"É o jeito que encontro para me rebelar", ela diz. "Você também fumaria se estivesse no meu lugar."

"Hmm." Não consigo de jeito nenhum imaginar contra o quê a garota ninja mais incrível e linda do mundo precisaria se rebelar.

"Então, por que você veio até aqui? Por que não ficou com algum parente no Kentucky ou coisa assim?"

Já me sinto confiando demais nela. Tento ficar de boca fechada porque as formigas estão me dizendo: *Tome cuidado, Lucky Linderman. Fique de boca fechada.* Mas falo mesmo assim.

"Minha mãe é uma lula, então nós precisávamos vir aqui porque Dave e Jodi têm uma piscina. E minha mãe precisa nadar várias horas por dia, senão, por ser uma lula, ela vai morrer. Meu pai precisou ficar na Pensilvânia porque ele é uma tartaruga que não consegue enfrentar nada além de peitos desossados de frango e verduras orgânicas."

Minha ninja está sorrindo para mim.

"Sua mãe é uma lula?"

"Psicologicamente, ela é sim."

"E seu pai é uma tartaruga."

"Isso."

"E você é o quê, então?"

"Eu não sei ainda."

Ela dá uma longa tragada no cigarro.

"Você é interessante", ela diz.

"Obrigado", eu respondo, já que não sei mais o que dizer. Isso porque estou ocupado demais olhando para aquele narizinho arrebitado e empertigado, e também para a silhueta dos lábios dela, quando eles envolvem o filtro do cigarro.

"Eles vão sentir sua falta se eu levar você comigo?", ela pergunta.

"O quê?"

"Você pode sair comigo hoje à noite?"

"Quando vou estar de volta?" As formigas afundam o rosto nas mãos. Uma garota linda de 17 anos quer me levar para algum lugar, e essa é a melhor resposta que posso dar?

"Antes da meia-noite, Cinderela."

"Aonde vamos?" As formigas dizem: *Sua primeira pergunta não foi idiota o bastante, Linderman? Putz, você é realmente um mané.*

"Ensaio."

"Ah", eu digo.

Ela continua:

"O que você acha de vaginas?"

Olho para ela e escuto a pergunta de novo em minha cabeça sete vezes. *O que você acha de vaginas?* Ouço um carro descendo a rua em direção ao parquinho e deixo que ele me distraia da pergunta, porque não faço ideia do que responder.

"E aí?", ela pergunta.

"Bem... eu gosto delas, claro."

"Delas? Você está falando das vaginas?"

"É."

"Então se você gosta delas, porque não diz?"

"Eu acabei de dizer."

"Estou falando da *palavra* vagina, sabe?"

Agora estou suando. Estou suando tanto que sinto o suor respingando por trás do meu braço. Acho que a única vez que eu disse a palavra *vagina* foi na aula de Biologia do 8º ano. Tipo para responder a pergunta: *como o colo do útero é normalmente chamado?*

Ela está bem diante do meu rosto, soltando a fumaça enquanto fala.

"Vagina! Vagina! Meu Deus, qual é o problema dessa palavra? É só uma parte do corpo! Você consegue dizer *amígdala*? Consegue dizer *cotovelo*?"

Vejo o carro parando no estacionamento do parquinho, e sinto que algo ruim vai acontecer. Não sei o que dizer para a Garota Ninja. Para falar a verdade, estou com um pouco de medo dela. Ela está desabafando agora. E andando enquanto fala.

"A cada 5 minutos na TV, eu tenho que ouvir sobre ereções que duram mais de 4 horas, mas ninguém pode dizer a palavra *vagina*! Isso é loucura!"

Vejo as portas do carro se abrindo, uma a uma. Imagino quatro Naders saindo de lá.

"Merda", eu digo.

"Merda? Por que 'merda'?"
"Talvez seja melhor a gente sair daqui."
"Por quê?"
"Aqueles caras vão sair do carro."
Ela dá risada. É uma risada que vem de dentro, profunda e sensual.
"Aqueles caras" – ela faz as aspas com os dedos – "são minhas amigas."
"Ah." Eu me tranquilizo. "Que bom."
"Mas e aí, você vai dizer ou não?"
"O quê?"
"Vagina."
"Ah, sim... Vagina."
Ela sorri e junta a palma das mãos rapidamente, como se tivesse vencido uma rodada de um *game show* na TV ou algo assim. É nesse exato momento que percebo que nós não dissemos nossos nomes.
"Qual é seu nome mesmo?", eu pergunto.
"Ginny. E você?"
"Lucky."
"Sério?"
Confirmo com a cabeça. Ela ri, me pega pela minha camiseta POW/MIA e diz para as amigas dela, que estão se aproximando:
"Ei, meninas, olhem só! Eu acabei de tirar a sorte grande com meu amigo Lucky!".

Quatro minutos depois estou espremido em um carro com cinco garotas. Três delas usam os cabelos raspados em estilo militar, por isso pensei que se tratavam de uns caras no começo, algo que eu devia ter guardado para mim mesmo. Ginny está do meu lado e posso sentir o calor da perna dela passando pela minha bermuda militar. Este não é o momento para ficar pensando nela pelada. No entanto, é exatamente *isso* que eu faço.
Então estou espremido em um carro com cinco garotas – três das quais usam cabelos bem curtos – e agora estou de pau duro. As formigas dizem: *Meu Deus, Lucky Linderman. Você não consegue se controlar?*
Começo a pensar em tudo o que posso para me distrair. Nader. Tia Jodi. Minha mãe. O funeral de minha avó quando eu tinha 7

anos. Meu avô Harry. Doenças da selva. Amputações. Nada disso funciona, então fico rezando para que a gente continue no carro por mais alguns minutos antes que eu precise me levantar de novo.

"Você quer?"

Sou arrancado da minha visualização de pessoas-lugares-e-coisas-feias por Ginny, que não para de me perguntar isso. "Você quer? Você quer? Você quer?"

"Quero o quê?"

Todas elas riem como se eu tivesse acabado de contar uma piada. Sinto que acabei escapando de uma boa.

"Shannon disse que você provavelmente quer comer a Ginny."

"Ah", eu digo, assentindo. "Hã... bem. Não muito."

Todas elas riem novamente. Ginny olha para mim magoada.

"Bem, quero dizer, se eu pensasse nessas coisas, sabe? Mas eu... hã... não hã..." Como vou dizer para todas as garotas dentro do carro que sou virgem?

"Ele é virgem", Ginny disse.

"Não sou!"

"Nossa! Você é o maior virjão que já conheci na vida", a garota ao meu lado diz. Ela me dá um tapinha no joelho. "Tudo bem. Todas nós somos virgens."

"Virgens que adoram dizer vagina", Ginny diz.

Elas gritam juntas.

"Vagina! Vagina! Vagina!"

Durante toda a minha vida, fui atormentado por sonhos malucos com armadilhas de guerrilha, campos de prisioneiros, chuvas de sapos, pessoas amputadas e tigres falantes. No entanto, nenhum dos sonhos que tive se compara a isso.

Meia hora depois, estou sentado em um chão de ladrilhos de cerâmica no centro recreativo local, e na sala ao lado, minhas 5 novas amigas estão ensaiando uma peça chamada *Os monólogos da vagina*.

Quando elas me contam o título da peça, não sei bem o que dizer. Felizmente, não precisei dizer nada.

"É uma peça sobre como nossas vaginas são sempre controladas pelos homens", Ginny explicou. "Mas estamos aqui para retomar o controle das coisas."

Uma das garotas disse:

"É isso aí, porra!"

"Fique sentado aqui. Nós devemos terminar em mais ou menos uma hora", Ginny disse.

"Mas…"

"Você vai poder ver a peça semana que vem com todo mundo."

"Então por que você me trouxe junto?"

"Porque é melhor que ficar dando umas 10 voltas no quarteirão à noite, né?", ela diz. "Ou ficar espionando as pessoas do quintal da sua tia."

No começo fiquei escutando pela porta, mas com o barulho dos carros lá fora e o zumbido do ar-condicionado, eu não conseguia ouvir nada direito, então desisti. Tudo o que sei é que a peça tem algo a ver com vaginas – e, devo admitir, estou começando a ficar interessado por elas.

Lá pelas 11h15 da noite, já estou bem irritado por elas terem me trazido para cá só para ficar sentado sem fazer nada, e me sinto preso porque não tenho ideia de onde estou nem de como voltar para casa. Me sinto como um garotinho idiota de novo – assim como Nader faz eu me sentir –, então me encosto no canto e vejo se consigo encontrar meu avô.

Missão de resgate #107
De barco no Laos

Estou em um barco torpedeiro descendo pelo rio Nam Ou. A água do rio é lamacenta e avermelhada, e meu avô está sentado de pernas cruzadas na proa. Ele está tão magrelo que consigo ver até os tendões dos músculos sob a pele. Meu avô está bronzeado do sol e pálido pela desnutrição. Está cheio de feridas abertas espalhadas pelo corpo. E está sem um braço desta vez.

Estou sentado, espremido em um canto da popa do bote, usando as paredes do barco como um cobertor. Eu me sinto minúsculo em relação aos penhascos que há nos dois lados do rio. O rio está tão calmo, não há nada além de tranquilidade por aqui. Desde quando tudo ficou tão calmo?

De repente, percebo que estamos sozinhos. Não há nenhum guarda. Me levanto e vou até vovô Harry. Eu me olho e percebo que estou na minha melhor forma de todos os sonhos até agora... Até mesmo minhas mãos estão musculosas.

"Nós escapamos?" Estou ansioso demais para escutar a resposta que quero ouvir.

"De certa forma."

De certa forma?

"Estamos indo pra casa agora?", eu pergunto.

"Acho que não."

"Aonde estamos indo?"

"Pegar seus amigos."

"Eu não tenho nenhum amigo." Será que tenho? Penso em Lara e Danny lá em Freddy. Eles não são realmente meus amigos.

"Depois vamos fazer uma festa. Vamos dançar. Comer. Rir."

Obviamente, ele está delirando. É esse o problema de ficar preso na selva por quase 40 anos. Uma pessoa não aguenta passar por isso sem ficar louca.

De repente, escuto gritos à distância. São minhas cinco novas amigas – todas sem nome, tirando Ginny e Shannon. Elas estão paradas sobre um pedaço de pedra áspera na beira do rio, sorrindo para nós.

"Estamos aqui!", Shannon diz. Ela está acenando com os braços por cima da cabeça.

"Socorro!", Ginny diz, com os cabelos esvoaçando atrás dela.

Meu avô usa um longo pedaço de pau para empurrar o barco na direção delas. Só quando chegamos mais perto é que vejo que duas das garotas estão completamente nuas. Eu não fico excitado com isso.

Ao amarrarmos o barco na pequena doca de madeira debaixo das pedras, ele se transforma em uma balsa. Ele simplesmente cresce. Olho para meu avô e vejo que o braço dele voltou. Ele está usando um tipo de uniforme da marinha, como se fosse o capitão do navio. Noto que também estou usando roupas de marinheiro, incluindo sapatos bem engraxados.

Quando ajudamos as garotas a subir na balsa, elas mudam também. O pijama preto todo esfarrapado de Ginny se transforma em um vestido de festas rosa justinho, decorado com *strass*. O vestido de Shannon, improvisado com um saco de arroz, se transforma em um vestido que eu jamais poderia imaginá-la usando, todo extravagante e cheio de frufrus. As meninas do cabelo raspado também passam pela mesma mágica quando sobem a bordo.

Uma música das antigas, do tipo que vovó Janice costumava escutar, toca nos alto-falantes da balsa, e eu sou o primeiro a me sentar, porque jamais dancei na vida.

"Vamos, Lucky! Dançar cura tudo!", meu avô diz.

Ele está dançando com duas meninas – uma de cabelo raspado e Shannon – e elas se movem graciosamente em círculos, como se já tivessem dançado uma com a outra um milhão de vezes. É uma cena linda. O vestido de Shannon está flutuando atrás dela. Meu avô está rindo tanto que seu rosto parece 40 anos mais novo.

"Vamos lá", ele diz.

Eu me levanto e dou a mão para Ginny e para as outras duas garotas de cabelo raspado. Nós formamos um círculo e começamos a dançar, assim como os outros. Eu não piso nos pés de ninguém. Também não tropeço nem caio. Quando a música acaba, outra música no mesmo estilo *big band* começa a tocar, e eu continuo girando, rodopiando e mexendo os pés. Me sinto livre. Jogo as meninas para lá e as faço girar. Eu giro e me curvo. Sou uma estrela de cinema.

Enquanto estamos dançando, Ginny olha para mim bem dentro dos olhos, e percebo que ela consegue ver meu futuro. Ela consegue ver quem eu vou me tornar, não só quem eu sou.

E então, ocorre uma explosão.

Você já sentiu a concussão de uma bomba explodindo por perto? Não existe nada igual. É como se o inferno instantaneamente viesse à Terra. É como se todo mundo que você conhece morresse.

As portas da sala de ensaio batem com força, bem do lado da minha cabeça. Estou acordado, e vejo as garotas passando por mim em direção à saída. Quando olho para cima, vejo as meninas falando comigo, mas estou quase surdo por causa da explosão. Balanço a cabeça e engulo em seco. Em meio ao zumbido nos ouvidos, escuto Ginny dizer:

"Vamos passar no McDonald's antes de nos levarem de volta. Você tá com fome?".

"Tô sim", eu respondo. Uma hora mais tarde, as garotas deixam Ginny e eu no parquinho e marcam a data para o ensaio final na sexta-feira.

Elas vão embora, deixando nós dois no parquinho escuro. Enquanto Ginny anda pelo campo de futebol, ela acende um cigarro e joga o fósforo fora.

"Qual era o nome da motorista mesmo?"

"Karen."

"Karen", eu repito, tentando diferenciá-la das outras duas de cabelo raspado, mas não consigo.

"A que tem um piercing no nariz é a Maya. Ela veio de Porto Rico", Ginny diz.

"Nem vi que ela tinha um piercing no nariz."

"Você ficou sentado na frente dela no McDonald's por uns 20 minutos e nem notou o piercing no nariz dela? Caramba, você não é muito observador, hein?"

No McDonald's, eu só conseguia imaginar as 5 garotas usando os vestidos de festa na balsa do rio Nam Ou.

"Então Maya, Karen e Shannon e... hã..."

"Annie."

"E Annie."

"Isso. O nome dela é uma piadinha maldosa. Ela é ruiva e foi adotada. Percebeu?"

Não entendi. Deve ser algo óbvio.

"Annie, a Pequena Órfã?"

"Ah. É. Essa é uma piada maldosa mesmo. É por isso que ela raspa a cabeça?"

"O quê?" Esse não foi um "o quê" tipo *não escutei o que você disse*. Foi um "o quê" do tipo *mas que merda você acabou de falar pra mim?* Na mesma hora percebo que disse algo errado. "O que foi que você disse?"

"Eu perguntei... hã... se ela raspa a cabeça porque não quer que ninguém veja que é ruiva, já que o nome dela é Annie. Mas agora que eu disse... hã... isso em voz alta, percebi que foi idiotice."

"E por que você se importa tanto com cabelos, falando nisso?"
"Eu não me importo."
"Não?"
"Não."
Ela dá uma longa tragada e joga a bituca na direção da avenida.
"Então você não gosta dos meus cabelos?"
"Seus cabelos são lindos."
"É, eles são. Se bem que é a única parte de mim que importa para as pessoas."
Não respondo logo de cara, até perceber que ela está esperando que eu diga algo. Então eu digo:
"Por que você acha isso?"
"Jodi não falou nada sobre mim?"
"Não. Ela deveria?"
"Ah. Bem, não é nada de mais nem nada disso, mas eu sou modelo."
Eu aceno com a cabeça. É claro que ela é modelo. Olha só para ela.
"Mas é só por causa dos cabelos. A modelo são meus cabelos. O resto de mim se revolta", Ginny diz.
Tenho vontade de dizer a ela que seu rosto, suas pernas e suas mãos perfeitas também podem ser modelo, mas acho que não seria legal comentar.
Nós chegamos ao ponto em que precisamos nos separar. De alguma forma, preciso entrar despercebido na casa de Jodi e Dave às 2h da manhã. Ginny precisa se transformar em uma ninja de fundo de quintal. A última coisa que ela me diz antes de sair correndo é:
"Eu realmente quero que você vá ver a peça. Acha que vai conseguir?".
"Quando que vai ser mesmo?"
"Na próxima sexta e sábado."
"Vou sim", eu digo, e em seguida ela desaparece.

18

LUCKY LINDERMAN ESTÁ SERIAMENTE PRECISANDO DE AJUDA

Antes de tomar um banho na manhã seguinte, olho para meu machucado no espelho. Ele ainda está com o formato exato da Virgínia Ocidental, mas a pele está cicatrizando e descascando nas bordas. E a cada aplicação de aloe vera, eu consigo sentir partes da casca de ferida cada vez melhores para cair. A parte pior e mais profunda do machucado, que está bem sobre minha maçã do rosto, também tem o formato exato da Floresta Nacional de Monongahela. Eu juro, não estou inventando essas coisas.

No banho, fico pensando na noite anterior. Eu realmente saí com cinco garotas? Com cinco garotas mais velhas? Tento me lembrar do nome delas. Ginny, claro. Shannon. E eu me lembro de Annie agora, por causa da história que Ginny contou. As outras duas vão ter que ser chamadas de Cabeça Raspada em minha mente até segunda ordem. As formigas, enfileiradas no suporte da cortina, dizem: *Sua memória é um lixo, Linderman.*

Quando saio do banheiro, confiro o relógio. São 11h30. Faz meses que não durmo até tão tarde. Meus músculos ainda estão doloridos, mas essa dorzinha me dá uma sensação boa. Eu me visto e vou para o espelho passar mais aloe. Lentamente, arranco os pedacinhos da casca de ferida que queriam sair. Quando termino, o machucado está com o formato de Michigan. Pelo menos aquela parte do estado que tem o formato de uma luva.

Decido colocar minhas roupas onde Jodi queria que eu colocasse – para deixar as energias positivas fluírem pelo quarto. Estou me sentindo bem positivo hoje. Me sinto como um garoto que tem uma amiga. Um garoto que tem uma vida social.

Então vou até a sala de estar, onde encontro três pessoas que nunca vi na vida, sentadas ao lado da minha mãe e tia Jodi, que olham para mim com o rosto franzido de preocupação.

Tento me convencer de que essas pessoas são apenas amigos que estão visitando Jodi. Mas ao ser apresentado a elas, descubro que são profissionais que Jodi chamou até aqui para me ajudar. Com aquela cara de quem acabou de ver alguém mijar na granola dela, minha mãe gesticula para que eu me sente na única cadeira vazia.

Depois de uma semana de sorrisos forçados, deixo minha cara ficar naturalmente fechada. Tenho vontade de agir feito um selvagem na frente dessas pessoas, cutucando minha casca de ferida e comendo os pedacinhos, e depois assoando o nariz na manga da camiseta. Tenho vontade de ficar de cócoras sobre a mesa de centro e cagar em cima da última revista de fofocas de Jodi, só para dar a eles o show que estão procurando. *Garoto Maluco é Salvo por Mulher Local. Futuro Tiroteio em Escola Evitado.*

"Você sempre usa roupas folgadas?", uma delas pergunta.

"Você sempre dorme até tarde?"

"Você tem dificuldade para dormir?"

"Você faz três refeições por dia?"

"Você sofre bullying?"

"Quando foi a última vez que você se lembra de estar feliz?"

"Você já pensou sobre suicídio?"

"Você não arranjou encrenca na escola no ano passado?"

"Que tipo de atividades você gosta?"

"Você tem um emprego? Quais as tarefas que você faz dentro da sua casa?"

"Por que está usando essa camiseta? Você apoia a causa POW/MIA?"

Eu me transformo em uma nuvem de raiva chovendo tiros de franco-atirador.

"Eu sou a causa POW/MIA", respondo.

"Não precisa ficar agressivo", um deles diz.

Acho que minha mãe está sorrindo um pouco. Ela sempre me viu como o garoto mole que sempre diz sim para todo mundo. (Filho de uma mulher mole que sempre diz sim para todo mundo.)

Jodi adiciona mais uma última pergunta à pilha.

"E onde você estava ontem à noite?"

Quase conto a elas sobre Ginny, Shannon, Annie e as duas cabeças raspadas – sobre a palavra *vagina* –, mas não quero causar problemas para as meninas. Então eu minto.

"Fui até o parquinho e estava olhando para as estrelas, mas peguei no sono. Se vocês quiserem, posso contar o sonho que tive enquanto dormia", eu digo.

Bem quando Jodi está para falar algo, minha mãe diz:

"Lucky tem o hábito de pegar no sono fácil assim. Ele vive fantasiando e esse tipo de coisa acontece direto lá em casa".

"Você já o levou a um médico por causa disso?"

Minha mãe mantém um sorriso tranquilo no rosto, embora eu saiba que ela está morrendo de vontade de cair na gargalhada.

"Por quê?"

"Por causa desse problema de sono."

"Problema?", minha mãe diz, e em seguida sorri e gesticula com a mão como se discordasse daquela afirmação. "Não concordo com isso. Acho que ele é um adolescente perfeitamente normal."

"Posso dar uma olhada nele se você quiser", diz o único homem presente. Estou presumindo que ele é médico. Espero que seja. Nunca tive um estranho completo dando uma "olhada em mim" antes.

"Não, não precisa mesmo. Ele está bem", minha mãe diz.

"Se ele vai ficar fora a noite toda, é porque ele não está bem!", Jodi diz. "Acho que Elsa tem razão. Acho que ele tem um problema!"

Me inclino para a frente e digo:

"Posso ser meio estranho, mas pelo menos não sou um viciado em drogas igual a você".

Os adultos ficam perplexos. As formigas me aplaudem de pé.

"Ele é sempre grosseiro assim?", Elsa pergunta para tia Jodi.

Minha mãe diz:

"Lucky nunca foi grosseiro. Nem mesmo quando ele deveria ser".

Jodi assobia entredentes.

"O quê?", minha mãe pergunta.

"Eu trago todas essas pessoas para ajudá-lo e você não está nem aí!" Jodi joga as mãos para o alto.

"E quem pediu para você fazer isso? Quem disse que ele está precisando de ajuda? Ele é um bom filho! Aliás, desde quando você entende de filhos?"

Jodi fica roxa de raiva. Tipo, roxa feito uma beterraba.

"Como você *ousa*!"

Minha mãe revira os olhos.

"Se é esse o tratamento que recebo por abrir minha casa para vocês em um momento de necessidade, então…"

Minha mãe a interrompe e sorri para os outros três.

"Eu precisei implorar para meu irmão conseguir fazê-la dizer sim." Ela se vira para Jodi. "E você só tem nos tratado feito um fardo desde que chegamos aqui."

Já estou lá no quarto, fazendo as malas. É um tipo de reação instintiva. Sei que não posso ir a lugar algum, mas estou fazendo as malas mesmo assim. A porta está aberta, então continuo ouvindo a conversa… só que sem mim.

"Acho que tentar fazer o que é certo não é o bastante para agradar algumas pessoas", Jodi diz e começa a soluçar em silêncio.

Após alguns segundos, minha mãe diz:

"Você não devia ter aprontado essa com a gente sem ter perguntado antes. Lucky está bem. E você vai ficar bem também. Depois que seus amigos forem embora, você vai poder ir lá tomar todos os remedinhos que quiser tomar."

Quando minha mãe e eu estamos no quarto com a porta fechada, escuto Jodi defendendo seu uso de remédios para os amigos.

"Não é como se eu estivesse fumando crack, sabem? Meu médico me disse que preciso desses remédios para me acalmar." Ela continua: "O que minha cunhada não contou a vocês é que ela provavelmente tem metade da culpa nisso. Ela passa mais tempo dentro da piscina do que com o próprio filho." Eu sorrio para minha mãe, que não está sorrindo. Ela está sentada na cama, espremendo as mãos.

"Você não devia ficar mal", eu digo.

"Mesmo assim, eu fico."

"Podemos ir para um hotel."

"Dave não vai nos deixar ficar em um hotel."

Eu me sento ao lado dela.

"Dave não manda na gente."

"Hotéis são caros."

"Não tão caros quando ficar morando com a madame Maluca no planeta Mau Humor."

Ela ri um pouco.

"Mas falando sério", eu digo, "estou cogitando tomar esses remédios dela só para aguentar mais duas semanas aqui dentro. Se você quiser, pago o hotel com o dinheiro que ganhei cortando grama. Tenho dois mil dólares."

Minha mãe suspira. "Não podemos. Dave é meu irmão. Vamos precisar dar um jeito de nos entendermos depois que essas pessoas esquisitas saírem daqui."

"Isso foi bizarro."

"Foi", ela concorda. Em seguida, minha mãe olha para mim e diz: "Lucky?"

"Sim?"

"O que você quis dizer quando falou que você é a causa POW/MIA?"

Eu penso um pouco nisso.

"Não sei."

"Não, tudo bem. Pode me contar."

"Sério mesmo, não sei o que quis dizer", eu respondo. "Acho que eu quis dizer que... hã... bom, eu meio que já nasci com um adesivo POW/MIA colado na pele, sabe?"

"Você quer que eu faça seu pai..."

"Não", eu respondo antes que ela termine de falar. "Gosto da causa e acredito nela. Sei no fundo do coração que o vovô Harry ainda está vivo por aí."

"Você acha mesmo?"

"Você não acha?", eu pergunto.

Ela pensa um pouco e espreme o lábio inferior.

"Não tenho tanta certeza quanto você. E como você pode ter tanta certeza assim, falando nisso?"

"Eu simplesmente tenho."

"Eu me preocupo com você", ela balbucia. "Fico preocupada com esses pesadelos que você tem, com as coisas que encontro no seu quarto." Não acredito que ela finalmente disse algo sobre isso. É como se minha mãe fosse minha cúmplice silenciosa durante todo esse tempo, sem nunca dizer uma palavra. Mesmo assim, não posso dizer nada a ela.

"Não precisa se preocupar comigo. Estou bem. Juro."

"Que bom", ela diz.

Após alguns segundos de silêncio, eu digo:

"Posso te perguntar uma coisa?".

Ela assente.

"Por que o papai não assumiu o caso do vovô depois que vovó Janice morreu? Ele não se importa com o que aconteceu? Ele não quer descobrir?"

Minha mãe dá um suspiro.

"Você não sabe como mexeu com ele ficar vendo a mãe dar murro em ponta de faca por 30 anos. Ele simplesmente ficou esgotado", ela diz.

"Não entendi. Ele ficou esgotado sem fazer nada?"

"Só ficar vendo aquilo já era estafante. Seu pai ficou de coração partido. E quando sua avó morreu, ela ainda não tinha nenhuma resposta. E seu pai simplesmente não foi capaz de assumir a responsabilidade de ir atrás delas."

Eu concordo com a cabeça, de leve, como se tivesse compreendido. Acho que até compreendo. Mas ainda assim não entendo por que meu pai, já que ele deixou tudo para trás, ainda sofre tanto com essa história.

A conversa na sala de estar está ficando mais alta. Acho que escuto Jodi dizer:

"Eu não sou viciada em drogas!". E isso quebra o ar tenso em casa. É como se Jodi no fim tivesse organizado a própria intervenção dela. Minha mãe e eu rimos baixinho.

"Mas então, falando sério… você realmente pegou no sono no parquinho ontem à noite?"

"Hã… sim." Isso significa não. Ela sabe disso.

Ela me olha direto nos olhos.

"Só tome cuidado, está bem?" Em seguida minha mãe acaricia minha bochecha – a que está machucada – e diz: "Droga, você está sangrando um pouco". E me dá um lenço de papel.

As formigas dizem: *Mas todo mundo está sangrando um pouco, não?*

19
A NONA COISA DE QUE VOCÊ PRECISA SABER – A TRILHA BRIGHT ANGEL

Saímos em direção ao Grand Canyon às 5h da manhã. Dave está dirigindo, enquanto tia Jodi permanece especialmente quieta no banco do carona, tirando os gritos para os outros motoristas.

"Meu Deus! Vá mais devagar!"

"Por que você está com tanta pressa?"

"Que tal dar a seta antes de virar? Ela está logo aí atrás do volante!"

Minha mãe e eu estamos no banco de trás. Apesar de eu ter trazido meu livro e minhas músicas, não estou interessado neles. Estou só observando a paisagem pela janela. Por um tempo, parece que estamos dirigindo na Pensilvânia. Eu esperava ver desertos e cactos, mas o lugar está cheio de abetos e capim. A diferença é que o capim é mais amarronzado.

Minha mente se volta para Ginny. Na noite passada, eu folheei algumas revistas de Jodi e vi uma das propagandas de xampu de Ginny. Ela fez a linha Dádivas da Natureza. Ela está ainda mais incrível nas fotos, onde o slogan – ISSO É TUDO NATURAL – flutua com destaque sobre seu lindo rosto. Olhando para as fotos, é difícil imaginar que ela anda por aí com um bando de feministas de cabeça raspada que ficam gritando "vagina". Mas talvez isso seja algo bizarro mesmo para qualquer um imaginar, independente de quem está na foto. Fico pensando no que elas estão fazendo hoje.

"Não esperava ver tantas árvores", minha mãe diz, depois de passarmos por Flagstaff e continuamos na direção noroeste. Dez minutos depois de ela ter dito isso, a paisagem se achata e chegamos a um lugar que parece um deserto, com algumas montanhas ao longe. "Talvez eu tenha falado cedo demais."

Finalmente, depois de 4 horas no carro, conversando ocasionalmente, passamos por uma placa onde está escrito GRAND CANYON NATIONAL PARK.

Precisamos dirigir por mais 10 minutos para ver de fato o canyon. E é realmente a coisa mais espantosa que eu já vi na vida. Minha mãe até chorou um pouco, de tão incrível que é. Só conseguimos abrir a boca para dizer "uau".

Minha mãe diz:
"Uau".
Eu digo:
"Uau, uau, uau".

À primeira vista, a cena é estupenda – estupenda do tipo de gritar de espanto. Não consigo processar direito o que estou vendo. É quase como se eu estivesse debaixo d'água – em um desses paraísos subaquáticos que você vê nos documentários da TV, como a Grande Barreira de Corais. Tudo parece gigantesco e enevoado, um enevoado maravilhoso. Me sinto leve, desprendido, como se estivesse flutuando ou coisa assim. Parece que o Grand Canyon está me deixando bêbado.

As formigas dizem: *Você esperava o quê? É o Grand Canyon, ora essa!*

Dave está ao lado direito da minha mãe, e Jodi está do meu lado esquerdo. Eles não dizem nada, mas quando olho para Jodi, ela sorri para mim, acena com a cabeça na direção da vista e me dá um tapinha no ombro.

Nós voltamos para a estrada por onde viemos e seguimos por ela até uma pequena vila, onde nosso hotel está localizado. É o hotel mais antigo das redondezas e ele tem vista para o canyon, o que parece ser algo raro ou coisa assim, porque Dave disse que é difícil conseguir um quarto com pouca antecedência, mas ele tem uns contatos. Ele fez o nosso check-in, e fomos para nossos quartos.

Só diante das duas portas dos quartos é que acontece um momento estranho, quando não sabemos quem vai ficar no quarto com quem. Dave se aproxima de mim e diz:

"Acho que devemos ficar no quarto juntos, Lucky", mas então Jodi o puxa de volta e o faz abrir a porta do quarto deles, e minha mãe e eu fazemos o mesmo.

Percebo agora que talvez essa coisa toda da viagem ao Arizona seja para que eu possa criar um vínculo com um homem. Talvez algum dos "especialistas" da escola tenha dito a minha mãe que essa era uma boa ideia. Ou talvez minha mãe tenha pensado nisso sozinha, ou talvez Dave realmente não me ache um cara legal, mas diga isso só porque recebeu essa tarefa. A tarefa de transformar Lucky Linderman em alguém normal. Ou a tarefa de garantir que ele não vá mesmo se matar. Ou a tarefa de fazê-lo sorrir.

Quando entro no banheiro para dar uma mijada e olhar meu machucado no rosto, estou paranoico pra caramba, achando que me trouxeram até o Grand Canyon para algum ritual bizarro de masculinidade.

Uma hora depois do almoço, Dave e eu caminhamos dentro do canyon pela trilha Bright Angel. A trilha é íngreme, mas não é tão ruim assim. O folheto diz que a caminhada deve levar cerca de 4 horas. Eu decidi deixar minha paranoia de lado esta tarde.

Até que Dave começa a falar comigo enquanto estamos descansando em uma pedra na metade do caminho.

"Quer me dizer onde você estava na outra noite?", Dave pergunta.

"Hã?"

"Quando você desapareceu."

Eu não digo nada.

"Eu sei que você não dormiu no parque, cara."

"Eu dormi. Sério mesmo."

"Cara, pare com isso."

Eu suspiro. Como é que vou explicar a coisa da vagina para o tio Dave?

"Conheci uma garota e saímos para dar uma longa caminhada", eu respondo. "Mas não conte pra elas."

Ele me dá um tapa nas costas com tanta força que acho que vou despencar da pedra onde estamos sentados.

"Uma garota!"

"Não é... hã, uma namorada ou coisa assim. É só uma *amiga*. E as amigas dela."

"E as *amigas* dela?"

"É."

Ele ri e balança a cabeça.

"O garoto mal começa a puxar uns ferros, e em seguida a mulherada já cai em cima dele."

"Não é bem assim."

"Você ainda não entende as garotas."

"Não, sério. Não tem nada a ver."

Ele assente e diz:

"Não é que eu não acredite em você. É que eu conheço as mulheres."

Me levanto e decido que prefiro caminhar do que ficar conversando sobre isso. Não gosto do fato de ele ter transformado meu segredo em um grande motivo para me gabar. Não é. E estou no Grand Canyon, quero ver as coisas aqui, não ficar sentado e falando de coisas idiotas com uma pessoa com mais de 30 anos que não entende.

Duas horas depois, chegamos ao ponto de descanso. Há um monte de turistas espremidos dentro de um pequeno abrigo sem paredes, curtindo a sombra. Depois de bebermos algo, nos viramos para sair e começar a descer, quando um cara diz:

"Vocês já vão voltar?". Em seguida ele explica que, se continuarmos andando, em poucos minutos vamos ter a melhor vista que já tivemos. Então confiamos nele e seguimos em frente.

E a vista realmente valeu a pena. O céu é azul escuro e o canyon é infinito. Realmente infinito. Me sinto engolido por ele, mas é uma sensação boa. Eu me sinto pequeno, como realmente sou. A minha pequenez parece ter encontrado seu lugar aqui. Porque se Nader McMillan estivesse aqui, ele seria pequeno também.

Dave diz:

"Eu te deixei irritado?"

"Não."

"Eu te irritei, né?"

"Só não conte pra elas onde eu estava."

"Acredite, não vou."

"Que bom."

"Posso te fazer uma pergunta idiota?"

Eu concordo com a cabeça.

"Fico ouvindo que você veio aqui nos ver porque estava pensando em se matar. Isso é verdade?"

Não gosto das palavras que ele usou. *Eu* não vim aqui ver ninguém. Se fosse fazer as coisas do meu jeito, estaria jogando *gin* com Lara Jones neste exato momento.

Nos sentamos no chão de terra, em um pedaço com sombra, e Dave me passa o cantil que estamos compartilhando.

"Não quero ser chato, só quero saber o que está acontecendo, entende?", ele acrescenta.

"Eu não estava pensando em me matar. Fiz uma piada sobre isso. Me pegaram e agora estão agindo como se eu fosse a merda de um lunático."

"Piada?"

Eu conto a ele toda a história do questionário, como a escola exagerou e como eu fiquei recebendo questionários preenchidos, sem parar, no meu armário. Conto a ele como ninguém deu a mínima para o que realmente estava acontecendo na escola – só queriam saber da merda de uma história nada a ver como essa.

"Então parece que a escola não mudou muito desde que eu saí dela."

"Ainda é um lixo."

"É... Bem, é bom saber que você não estava mesmo pensando nisso. Assim, essa é a alternativa final para qualquer problema na vida."

"É mesmo, né?"

"Você sabe que pode me ligar pra falar sobre aquela outra coisa também, certo? Ou se você quiser perguntar qualquer coisa sobre namoradas secretas." Dave ri e eu também rio, só para ele não se sentir mal por ter de falar todas essas asneiras.

Enquanto fazemos nossa última subida, de repente sinto que amo o Arizona. Amo minha mãe ter achado uma boa ideia simplesmente pegar as coisas e partir. Eu amo Dave, que está se tornando o pai que eu nunca tive, e até mesmo amo Jodi, apesar de ela ser meio maluca. Não sinto saudades da piscina de Frederickstown ou da Lara ou da minha própria cama. Não sinto saudades do meu pai, o que é um efeito colateral meio triste por ele ser essa criatura pequena e carnuda que se esconde dentro de uma casca, pensando em cardápios o tempo todo.

20

LUCKY LINDERMAN AINDA ESTÁ TENTANDO DESCREVER O GRAND CANYON

Nós saímos do hotel e então dirigimos pela borda do Grand Canyon para tirar fotos. Minha mãe e eu ficamos tentando descrever o quanto esse lugar é completamente incrível. Por fim, nós dois não conseguimos e voltamos a olhar para o céu.

"Não consigo enjoar de ver o céu mudar as cores", ela diz.

É verdade. Uma hora o céu está vermelho e alaranjado. Em seguida, ele fica roxo e azulado, e depois fica igual o céu normal da Pensilvânia, só que maior. Tudo depende de como você olha para ele.

Chegamos a um local de estacionamento bem popular, onde havia monte de universitários usando camisetas de suas faculdades. Ficamos perto deles, minha mãe e Jodi tirando fotos da vista, até que o grupo dos universitários ficou agitado.

"Vai em frente! Não seja um covardão!"

Dois caras estão parados na beirada, de olho em um caminho rochoso bem estreito que desemboca em uma pequena plataforma de pedra a cerca de um metro da beirada. Parece a cena de um daqueles desenhos – uma prancha de rocha fina, com o formato de estalactite, sustentando uma plataforma onde o Papa-Léguas fica provocando o Coiote. O minúsculo caminho mais parece uma corda bamba feita de pedra. É possível ver que já caminharam por lá, e a plataforma dá sinais de desgaste também. Parece que as pessoas realmente são idiotas ou suicidas o bastante para ir até lá.

"Vamos lá!", uma garota grita em meio ao grupo.

Então o rapaz mais corajoso/burro/suicida encara o arriscado caminho e dá um pequeno salto para cair na plataforma, conseguindo segurar o impulso do pulo sem despencar no precipício. Tia Jodi observa isso e está para ter um ataque cardíaco ali mesmo. Ela instintivamente leva a mão ao peito e diz:

"Meu Deus!"

O cara fica ali em pé e começa a fazer várias poses bobocas para seus amigos tirarem fotos. Agora eu entendi. Ele foi até lá porque ali é um lugar legal para tirar fotos. Como se *cada centímetro daqui* não fosse.

"Cara! Quem vem agora?", o cara diz, ainda fazendo poses.

Ele dá uma boa olhada no caminho de volta e o mede com os olhos e com o pé. Por fim, sem aviso, ele dá três enormes passos e pula na direção de seus amigos, mal conseguindo chegar lá. Ele cai perto da beirada, e um dos pés dele escorrega um pouco no canyon. Dave corre até lá e oferece a mão caso ele precise. Os amigos do cara ficam só olhando, paralisados. Ele firma os pés, se levanta e tira a poeira avermelhada das mãos.

"Você está bem?", Dave pergunta.

"Nunca estive melhor", o cara responde.

Papo de machão. Ele me lembra Nader querendo impressionar os amigos, querendo ser legal.

Assim que ele está a salvo, um de seus amigos faz a mesma coisa – e quase perde o equilíbrio no pedaço mais estreito da rocha. Ele faz aquele movimento circular com os braços, igual os equilibristas fazem para se manter em pé na corda bamba. Quando ele volta, um outro amigo vai para lá.

Jodi me vê olhando para eles e fica com uma cara preocupada, como se eu estivesse pensando em fazer aquilo também, mas para mim eles são uns idiotas. Na verdade, nunca fui o tipo de pessoa que merecia uma das caras de preocupação de tia Jodi.

As formigas dizem: *Até a banana.*

Eu olho para baixo. Penso sobre como um único segundo poderia mudar minha vida toda. Como um único passo em falso poderia acabar com tudo o que tenho. Me pergunto se já houve uma época em minha vida que eu seria capaz de fazer aquilo – simplesmente me jogar do alto. Acho que quando eu tinha 7 anos, quando Nader mijou nos meus pés, e naquela época em que ele passou o ano inteiro me socando. Talvez nessa época. Talvez se eu estivesse na beirada do lindo, gigantesco e incrível Grand Canyon naquela época, eu tivesse pulado. Eu era pequeno e essa talvez parecesse uma boa solução. Um jeito de escapar. Mas algo mudou agora. O mundo ficou maior, ou algo assim. Minha vida está maior.

Os universitários vão embora nos jipes alugados deles, e ficamos sozinhos na beirada do canyon. Estou inclinado sobre o cercado que há nesse trecho, olhando para baixo. Minha mãe para ao meu lado e olha para baixo também. Ela diz:

"Posso tirar uma foto sua?".

"Claro."

Ela se afasta, me foca no visor da câmera e diz:

"Sorria". Mas eu não sorrio.

No carro de volta a Tempe, faço minha mãe e Dave falarem um pouco da mãe deles. Minha mãe conta uma história de quando Dave foi suspenso por bater em um cara chamado Alfred, e de como a mãe deles o botou para fora de casa com uma vassoura e o mandou ficar sentado na varanda até que ele crescesse.

"Ela continuava saindo para ver se eu tinha crescido", Dave diz. "Toda vez ela voltava para dentro e me dizia que eu precisava de mais tempo para crescer. Ela me fez dormir fora de casa também."

"Eu me lembro disso", minha mãe diz.

"Se querem saber minha opinião, Dave ainda precisa de mais tempo", Jodi diz, mas enquanto os outros dão risada, ela fica quieta.

Paramos para jantar em Flagstaff, e quando chegamos em casa estou cansado demais para sair procurando por Ginny no parquinho. Quando durmo, imagino tio Dave como meu pai novamente e tento pensar no que seria o oposto de uma tartaruga.

Missão de resgate #108
Cantoria na cozinha da prisão na selva

Na tábua de corte há cinco ingredientes. Todos altamente proteicos – uma tartaruga-de-pente, uma tartaruga-de-couro, uma tartaruga-verde, uma tartaruga de Annam e uma tartaruga gigante de casco mole.

Estamos na cozinha de Jodi, na copa, e meu avô está sentado em uma das duas banquetas, com o guardanapo no colo. Relatório dos membros: estão todos presentes.

Começo a separar as tartarugas de seus cascos e a limpá-las, enquanto meu avô fica cantando informações sobre as tartarugas no ritmo de marchinhas patrióticas. Primeiro, "The Stars and Stripes Forever", de John Philip Sousa.

> "Aquela tartaruga de Annam está praticamente extinta,
> Você realmente não devia comê-la.
> A tartaruga-de-pente está igualmente ameaçada,
> Graças a pescadores que não estão nem aí pra ela.
>
> A tartaruga-de-couro é o maior réptil
> Depois dos crocodilos e não tem a casca dura.
> A tartaruga-verde parece estar proliferando,
> Mas não está, e também precisa ser protegida das agruras."

Em seguida começou a cantar ao ritmo de "US Field Artillery" (também conhecida como "A Canção do Exército"), também de Sousa.

> "A tartaruga mais interessante
> Que está aí no seu prato
> É a tartaruga gigante de casco mole.
> Que outra criatura
> É capaz de ficar totalmente imóvel
> Por noventa e cinco por cento da vida?
>
> Ela domina a arte da emboscada,
> Carnívora e veloz...
> Sem falar que tem dois metros de comprimento.
> Ela sobe à superfície
> Para respirar só duas vezes ao dia,
> E jamais admite quando fez uma idiotice."

"Ela se parece com meu pai", eu digo, enquanto corto a carne em tiras longas.

Vovô não diz nada.

"Não se sinta mal. Não é culpa sua", eu continuo. Começo a fritar a carne com alho e cebola picada em um pouco de azeite, e vou abrir a geladeira para ver o que mais temos ali. Quando a abro, tudo o que vejo são tortillas de farinha de trigo. Centenas de pacotes de tortillas. "Espero que você goste de enchiladas."

"Como posso não me sentir mal? Eu roubei de você a chance de ter uma vida boa com um bom pai", meu avô diz.

"Bobagem. Você não me roubou nada. Você é um herói. E meu pai já é velho o bastante para saber que ele pode controlar o próprio destino. Se ele quisesse estar lá para me apoiar, ele faria isso."

"Parece que vocês ainda vão acabar se entendendo."

Eu olho para ele – um velho enrugado e babão com olhos enormes, porque o resto do corpo dele encolheu.

"O quê?"

"O fato de você estar cozinhando. Você encontrou um jeito de se conectar com ele."

Viro minhas tirinhas de tartaruga na panela, e noto a cor estranha da carne – e como elas são duras. Não importa o que mais eu coloque nessas enchiladas, elas provavelmente vão ter um sabor bem ruim.

"Mas meu pai é uma tartaruga, vovô. Tecnicamente, nós estamos para comê-lo."

"Ah", ele diz. "Entendo."

As formigas dizem: *Nham nham nham nham nham.*

Depois de terminar de fazer a carne, jogo bastante pó de chili para tirar o gosto ruim de salmoura. Em seguida, coloco a carne nas tortillas com queijo prato e finalizo com um molho que fiz usando os sucos da carne que ficaram na panela. Essa provavelmente é uma das coisas mais nojentas que já comi na vida. Meu avô sorri e diz:

"Está tudo na sua cabeça, filho. Engula sorrindo. É assim que eu faço".

Acordo com um horrível gosto de salmoura na boca. Mas não é culpa só das enchiladas de tartaruga. Acordo sentindo o gosto da enchilada de realidade, um prato que eu não queria provar, mas não consigo evitar.

ENCHILADAS DE REALIDADE

1 xícara de não saber se vou ser capaz de resgatar meu avô algum dia
¼ xícara de que talvez vovó Janice estivesse muito louca de morfina quando ela disse aquilo para mim
1 xícara de carne moída de lula e tartaruga
4 xícaras de minha vida é mesmo uma droga
2 xícaras de não querer saber de sair da selva porque aqui eu gosto de mim
1 pitada de talvez esse seja o motivo por eu não ter resgatado meu avô ainda

Misture os ingredientes em uma tigela. Coloque tudo em tortillas. Engula sorrindo.

21

OPERAÇÃO NÃO SORRIA JAMAIS – 1º ANO

Deixamos para trás os gráficos e estatísticas na aula de Ciências Sociais e passamos a última semana estudando o sistema de castas na Índia. Eu ainda tinha um encontro obrigatório todo mês com o departamento de orientação, e também continuava o tempo todo de cara fechada. Não contei para ninguém sobre os questionários que prosseguiam aparecendo no meu armário, mas já estava com cerca de 50 respostas agora, o que me provou que eu não era o único em Freddy High que tinha explorado o tema do suicídio – o que só tornava aqueles encontros de orientação ainda mais irônicos.

Confundirem uma piadinha de adolescentes – que era aquela pesquisa de brincadeira sobre suicídio – com algo mais sério estava me incomodando muito. Depressão de verdade é uma doença bem séria. Suicídio é algo que acontece mesmo e acontece o tempo todo. Em algum lugar no Colégio Freddy, alguns alunos estão realmente com depressão. Em algum lugar no Colégio Freddy, alguém está pensando em se matar por causa de *todas* as merdas que essa pessoa tem que suportar *todos* os dias. Eu tinha provas de que o que estou falando é verdade – só não sabia dizer com certeza quais respostas do questionário eram sérias e quais não eram.

Mas, falando de coisas boas, Nader estava me deixando em paz porque ele e sua turma de amigos cretinos andavam ocupados atormentando outras pessoas, acho. (Bem, por isso e porque eu aprendi como evitá-lo completamente durante o dia.) Ouvi dizer que eles estavam assediando sexualmente Charlotte Dent direto. Havia boatos de que uma turma de rapazes a cercaram depois de um torneio de luta livre de pós-temporada e a agarraram em grupo. Havia outros boatos também – de coisas piores –, mas eu não sabia no que acreditar. Charlotte e eu não fazíamos nenhuma aula juntos porque ela estava no 2º ano, mas eu a via andando pela escola e para mim ela parecia estar bem. Ela estava sempre sorrindo.

Embora, de vez em quando, a bela letra feminina dela aparecia em um questionário jogado dentro do meu armário, e eu estava começando a acreditar que ela estava falando sério. *Se você fosse cometer suicídio, qual método escolheria?* Ela disse: *Eu cortaria meus pulsos, mas só depois de amarrar um saco de lixo na cabeça grande e horrorosa de Nader McMillan.*

Agora tínhamos regras sobre esse tipo de coisa. Se alguém ameaçasse matar outro aluno, nós devíamos avisar a diretoria, por que essas ideias acabavam dando em tiroteios dentro da escola. Mas Charlotte Dent me colocou em uma situação difícil. Em primeiro lugar, eu não devia mais mencionar para alguém esse meu primeiro projeto de Ciências Sociais. Nunca mais. Em segundo lugar, eu tinha o palpite de que Charlotte só estava compartilhando isso comigo porque ela sabia que eu sofria bullying de Nader também. Então eu era uma espécie de porto seguro para ela, mesmo que fosse só pela fresta do meu armário. E em terceiro lugar, eu queria protegê-la. Não queria que Charlotte fosse bombardeada com as mesmas baboseiras dos especialistas escolares que eu estava tendo de aguentar.

Alguma coisa me dizia que, seja lá o que Nader estivesse fazendo com ela, devia ser algo tão difícil de falar quanto aquilo que o vi fazendo com a banana no vestiário.

22
LUCKY LINDERMAN TEM POTENCIAL PARA SER UM STALKER

Sou um idiota obcecado. Fuço todas as revistas de Jodi procurando por fotos de Ginny, e, quando encontro, fico olhando para elas sem parar. Em uma dessas fotos, ela está de mãos dadas com um modelo, ele tem o cabelo perfeito e tudo, o que me deixa enciumado – apesar de saber que ele é só um modelo e que ela não está de mãos dadas com ele na vida real.

Procuro o telefone dos Clemens nas páginas amarelas, mas não encontro nada lá. Estou quase perguntando a Jodi se ela sabe o número deles – ou se posso usar aquele computador ancestral dela para procurar o endereço no Google, ou ver a página da empresa que faz o xampu para que eu veja mais fotos dela, ou então para saber mais sobre essa peça da vagina que ela está fazendo –, e isso me deixa assustado, porque estou achando que posso me tornar um *stalker*. Sério mesmo.

Preciso me obrigar a dar um tempo disso e ligo a TV para me distrair. Assisto a seis episódios seguidos de Bob Esponja, até que Dave aparece e tira um DVD da pasta dele, dizendo que todos amigos homens deveriam assistir juntos ao *Clube dos Pilantras* pelo menos uma vez.

"Se esse filme aqui não fizer você sorrir, não sei mais o que vai!", ele diz enquanto coloca o DVD no aparelho. Na mesma hora fico paranoico novamente, pensando que talvez o interesse dele por mim seja só de aparência.

As formigas dizem: *Apenas cale essa boca e curta o Clube dos Pilantras.*

No domingo, minha mãe e eu acordamos ao mesmo tempo. É cedo – são 6h30. Minha mãe diz que não quer ir à igreja hoje, e eu estou meio indeciso, porque sei que ir à igreja significa que vou ver Ginny de novo, então digo:

"Acho que devemos ir. Quero dizer, eles nos levaram até o Grand Canyon, e nós devemos isso a eles, não?"

Minha mãe resmunga.

"De qualquer forma, não é como se Jodi estivesse nos arrastando aqui para nos converter. Ela nem mesmo agradece ou reza antes das refeições."

Minha mãe resmunga novamente.

"Se você quiser, posso dizer a eles que você não está se sentindo bem. Você pode ficar."

Ela se vira de lado e olha para mim.

"Está tudo bem com você?"

"Sim."

"Por que esse interesse repentino pela igreja?"

"Estava só tentando ajudar. Esqueça. Não preciso ir se você não quiser que eu vá."

Minha mãe se vira de barriga para cima novamente e pensa por um tempo.

"Você tem razão. Nós devemos isso a eles."

"E é só igreja."

Dave me empresta a calça dele novamente e nós vamos todos no carro de Jodi. O coral de jovens não está cantando hoje, Ginny está na segunda fileira junto de seus pais. Fico olhando para a cabeça dela o tempo todo.

Quando o culto acaba, Jodi pega a mão de Dave e vai direto até eles. Enquanto as pessoas começam a sair em direção à entrada principal, onde o pastor está, Jodi bloqueia a saída do banco e fica falando.

"Nós levamos nossos hóspedes até o Grand Canyon essa semana."

A mãe de Ginny diz:

"Que legal. Você gostou?". A pergunta foi direcionada para minha mãe, mas ela estava viajando, olhando para os vitrais, então eu respondi por ela.

"Foi bem incrível."

"Dave e eu tivemos uma bela viagem romântica", Jodi diz, apertando a mão de Dave.

"Que ótimo", a mãe de Ginny responde. Ela usa uns anéis de diamantes enormes nos dedos e para um segundo para olhar os dois enquanto Jodi fala da vista e da caminhada que fez com minha mãe.

Eu sorrio para Ginny e digo oi. Ela se move para a esquerda e me olha como se não nos conhecêssemos. Como se ela nunca tivesse me obrigado a dizer "vagina". As formigas perguntam: *Qual é o problema dela?*

"Se vocês nos dão licença", o pai de Ginny diz, passa por ela e Dave e sai pelo corredor. "Nós temos um dia bem ocupado pela frente." Vejo Ginny segui-lo, e quando ela passa por mim, evita totalmente o contato visual.

No almoço, vamos para a lanchonete preferida de Jodi aos domingos depois da igreja. O lugar está lotado, e quando voltamos para casa, Dave me pergunta se eu quero puxar ferro com ele. Não estou com vontade, então digo não.

"Você não vai começar a ficar preguiçoso, vai?"

"Só preciso de um dia de descanso. Comi demais." Me jogo no sofá com o *Ardil-22* e abro o livro. Tudo o que consigo fazer enquanto viro as páginas é pensar em Ginny e por que ela me olhou daquele jeito tão estranho.

Jodi aparece atrás do sofá oposto ao meu, lá pelo meio da tarde, parecendo entediada. Olho para ela, que está me encarando daquele jeito curioso novamente.

"Quer fazer o jantar hoje à noite de novo?", ela pergunta.

"Ainda estou empanturrado do almoço."

Jodi fica olhando para mim por mais 30 segundos.

"Quer conversar?"

Eu não quero conversar. Mas falar com Dave não tem sido tão ruim e Jodi vem se comportando como uma pessoa relativamente sã nos últimos dias, então dou de ombros e digo:

"Tudo bem. Claro."

"Acho que você é um bom garoto. Mas você não sorri e lê demais."

Ah. Ela não queria conversar. Ela quis dizer: *Quer me ouvir dizer o que está errado com você?* E que diabos foi isso? Quem é que diz para um garoto que ele está lendo demais?

"Acho que sua mãe e seu pai não iriam brigar tanto se você não ficasse arranjando encrencas."

"Não estou arranjando encrencas."

"Não foi isso o que sua mãe me disse. Ela disse que você se encrencou feio no ano passado por causa de algum projeto que fez. Disse que você queria se matar."

"Não foi isso que aconteceu", eu respondo. Por que minha mãe achou que tia Jodi seria capaz de entender o que houve?

"Bem, e *o que* aconteceu então?"

"Não estou a fim de falar sobre isso. Mas você entendeu errado."

"Então o que aconteceu com seu rosto?"

"Um cara me bateu. Foi só isso." Eu abro o livro e fico olhando para a página para ver se ela se toca.

"Então seus pais enviaram você para cá."

"Não. Você entendeu *isso* errado também." Inspiro profundamente e expiro. "Olha, eles brigam o tempo todo. Minha mãe saiu por causa dele, não por causa de mim."

"Talvez você encare a situação dessa forma, Lucky, mas não é bem isso que está acontecendo."

As formigas estão deitadas na mesa de centro, atirando com suas minúsculas M16 na tia Jodi.

"Podemos parar de falar agora?", eu pergunto.

"Sim. Apenas saiba que estarei sempre aqui ao seu lado, está bem?"

Eu não janto e vou para a cama mais cedo para tentar esquecer que ela disse aquilo para mim. Mas não consigo. Talvez ela esteja certa. Talvez eu esteja vendo as coisas de um jeito errado. Talvez seja mesmo *minha* culpa, apesar de eu jamais ter feito algo para que toda essa merda acontecesse. Não fiz nada para Nader me escolher como alvo. Nunca pedi ajuda para a escola. E com certeza nunca pedi para que meus pais ficassem brigando, tentando achar uma solução para mim. E, no entanto, esse problema é meu. Todo meu. E talvez seja por isso que estamos aqui.

Enquanto pego no sono, penso em Ginny e no olhar que ela me deu na igreja, e sinto aquela sensação familiar do estômago se revirando – a mesma sensação que tenho sempre que vejo Nader McMillan no corredor, desde que eu tinha 7 anos. Ele nem mesmo precisava falar nada comigo. Só o fato de ele existir já era o suficiente para eu me sentir idiota e impotente.

A diferença, acho, é que ele ganhou esse poder sobre mim ao me humilhar. Acontece que, quando você é traído por alguém que importa, essa sensação é ainda mais devastadora.

23

A DÉCIMA COISA QUE VOCÊ PRECISA SABER – OS REMÉDIOS NÃO ESTÃO FUNCIONANDO

Acordo novamente com o barulho do aspirador. Bem do lado de fora da porta. Eu ouço o zumbido do aspirador se afastando, o zumbido do ataque dele e então, bam!, ele bate na porta. Acho que esta manhã tia Jodi tomou o remédio que a faz ficar agressiva com o aspirador. Minha mãe se senta na cama, apoia a cabeça nas mãos e murmura:

"Onde eu estava com a cabeça quando pensei em trazer a gente para cá?".

"Um dia ainda vamos rir disso tudo."

"Não sei." Ela bufa. "Acho que foi um grande erro."

Me sento na cama.

"Não sei, acho que na maior parte está sendo ok", eu digo. Isso a faz sorrir.

Para o café da manhã, Jodi faz um bolo crocante caseiro, que ela diz ter feito inspirada pelo *"chef* Lucky". E insiste que todos nós nos sentemos juntos para comer. Ela diz:

"Famílias que comem juntas são mais fortes". Minha mãe franze a testa para mim quando Jodi não está olhando.

Em seguida o telefone toca. É meu pai. Nessa hora, me lembro que não temos uma família forte, não importa o quanto a gente coma junto. Talvez Jodi tenha razão. Talvez minha mãe e meu pai estejam com problemas sérios no casamento. Eu percebo o quanto sei pouco sobre o mundo deles, apesar de viver nele.

Jodi e Dave têm telefones sem fio, mas quando minha mãe vai falar com meu pai em particular no nosso quarto, Jodi diz:

"Lori, não vá muito longe. Não quero que você faça fofocas sobre mim em minha própria casa". Ela aponta para a sala, com uma sugestiva mão dizendo *sente-se ali*. Minha mãe finge que não ouviu e entra no quarto, onde fecha e tranca a porta.

Até Jodi começar a dar chilique, eu achava que ela estava sendo só paranoica. Agora, depois que ela jogou a espátula no chão, saiu batendo os pés em direção ao quarto dos hóspedes e ficou girando com força a maçaneta da porta trancada, percebo que talvez as coisas estejam saindo de controle. Quando vejo Jodi correndo em direção à porta pronta para bater de ombro nela, estico o braço para tentar fazê-la parar.

"Tia Jodi! Pare com isso!"

Ela vai com tudo até a porta e tenta arrombá-la igual fazem nos programas policiais. Jodi quica na porta, que não se move. Ela tenta mais algumas vezes e então desiste e vai para a mesa da sala de jantar sentar-se ao meu lado, apoiando o rosto nas mãos.

Minha mãe abre a porta calmamente, olha para mim e depois para Jodi.

Jodi diz:

"Sinto muito. São meus nervos. Estou muito agitada hoje". Ela se levanta, vai até seu quarto e fecha a porta.

Para tentar fazer o tempo passar até a hora de Dave voltar, fico lendo, nadando na piscina e jogando cartas com minha mãe. Jodi se trancou no quarto, e minha mãe e eu vamos de hora em hora à porta tentar escutar o som de choro ou de passos, só para termos certeza de que ela não tomou uma overdose de remédios.

Quando Dave chega, vamos para a garagem puxar ferro. Depois de 15 minutos de silêncio masculino, ele comenta que meu braço já parece mais definido com apenas uma semana.

"Com mais algumas semanas de treino, você vai ter bíceps como estes aqui." Ele flexiona e admira os próprios bíceps.

"Acho que vai levar mais que *algumas* semanas."

"Bem, você sabe, não é uma questão de músculos. É uma questão de confiança, cara."

"Sim."

"Você já não se sente mais confiante?"

"Mais ou menos."

"Mais ou menos? Ora, raciocine comigo aqui. Você é um garoto bacana com braços definidos. As meninas vão cair em cima de você. Estou falando sério." Sei que ele está exagerando, mas rio só de imaginar a cena das meninas da escola caindo em cima. Eu penso em Lara e que ela provavelmente já se esqueceu de mim. E só estou fora faz duas semanas.

Dave para de fazer rosca e olha para mim.

"Sério mesmo... você não sente que pode dar um pau naquele moleque agora? Ou pelo menos enfrentá-lo enquanto ele está batendo em você?"

"Não mesmo."

"Por que não?"

Eu suspiro.

"Por que não se trata de bater nele. Trata-se de fugir dele. Trata-se de fugir de todos os babacas. Não quero me tornar um deles... quero fugir deles."

"Boa sorte com isso, então. Fugir dos babacas é tão fácil quanto fugir da atmosfera."

A porta se abre. É tia Jodi.

"O jantar fica pronto em 5 minutos."

"Tá bom."

"Não entrem aqui com o corpo todo suado."

"Tá bom."

Quando ela fecha a porta, ficamos olhando um para o outro de um jeito meio desconfortável, nos enxugamos com a toalha e deixamos o corpo esfriar fazendo um pouco de alongamento. Fico lembrando na última coisa que Dave me disse e tento imaginar como seria fugir da atmosfera. Parece que seria algo como um afogamento.

Uma hora depois do jantar, decido tirar um tempo para caminhar pelas redondezas. Quando estou saindo, Jodi diz:

"Não vá se perder desta vez!", com uma voz tão empolgada que me faz querer gritar. Acho que o humor instável dela está passando para mim. Uma hora eu sinto pena dela, em seguida quero mandá-la para o inferno. As formigas jogam pequenas granadas nela antes que eu feche a porta, e se agacham procurando cobertura nos degraus da varanda.

Claro que vou até o parquinho. Claro que ele está vazio. Claro que fico ali sentado por quase uma hora, olhando em meio à escuridão procurando por Ginny. Claro que ela só aparece quando estou caminhando de volta para casa.

"Oi", eu digo.

"Oi. Você está pronto para ir?"

Eu não esperava ouvir algo assim depois daquela esnobada que levei na igreja. Ainda estou machucado com aquilo e sentindo a necessidade de me proteger.

"Não posso. Preciso voltar para casa."

"Casa? Tipo Pensilvânia?"

"Não, tipo a casa da minha tia."

"A louca da Jodi?"

Eu confirmo com a cabeça. Estou ao mesmo tempo sentindo vergonha por Jodi e aliviado. Fico feliz que as outras pessoas saibam que ela é louca. Ginny me puxa pela manga e me faz caminhar com ela de volta para o parquinho.

"Você sabe disso?", eu pergunto.

"Sobre ela ser completamente louca?"

"Sim."

"Você não a viu na igreja com meus pais? Ela é um cão de guarda passivo-agressivo."

"É, eu percebi isso."

Ela gira o cabelo e o joga para o lado, para evitar que a brisa noturna sopre as mechas na cara dela.

"Jodi deu uma surtada faz uns dois anos, um domingo na igreja. Ela ficou em pé e começou a falar um monte de maluquice."

"Tipo o quê?"

"Coisas sobre as pessoas que estavam ali. Que todo mundo era falso, que ninguém praticava o que estávamos pregando. Que éramos todos hipócritas. Esse tipo de coisa."

"Durante o culto?"

"Sim, bem no meio do sermão. Ela simplesmente se levantou e começou a gritar."

Eu paro um pouco para ficar imaginando isso. Não é algo difícil, já que hoje de manhã eu a vi se jogando em cima de uma porta para arrombá-la. Preciso dizer que, quando penso em Jodi se levantando e surtando na igreja, eu gostaria de estar lá para ver a cena. Talvez eu aplaudisse.

"Ela toma um monte de remédios", eu digo. "Demais."

"É mesmo? Hm."

"Sabe, demais mesmo. Em um nível que me dá vontade de pedir para Dave arranjar um centro de tratamento pra ela. Ela está bem mal."

"Dave?"

"Meu tio? Quero dizer, vocês têm clínicas para dependentes e coisas assim por aqui, né?"

Ginny olha para mim e aperta os olhos.

"O quê?"

Ela olha para mim novamente, e desta vez balança um pouco a cabeça e franze a testa.

"O quê?", eu pergunto novamente.

"Você sabe que ela provavelmente está assim porque Dave a trai, não?"

Foi como se ela tivesse me dado um chute nas bolas. Eu sei que Jodi e Dave não parecem ser o casal mais apaixonado que já vi, mas o casamento deles parece ok.

"Trai muito, ainda por cima", ela acrescenta. "Ele tem um monte de amantes."

"Não é possível", eu digo. Porque não é possível, né? Não é possível que o único cara que me parecia ser normal na verdade é um desgraçado que trai a esposa, certo?

"É muito possível. Tipo... todo mundo por aqui sabe disso. Não é nenhuma novidade, cara."

"Mas..."

"Mas o quê? Ele trabalha muito? Ele compensa sendo bem atencioso com ela em casa?"

"Eu..."

"Quer saber como eu sei disso?"

"Você disse que todo mundo aqui sabe."

"Sim, mas sabe como eu fiquei sabendo *antes* que todo mundo soubesse?", Ginny pergunta, subindo na cerca do parquinho, que estava na mais completa escuridão, passando pelos balanços e se dirigindo a um pequeno ponto de ônibus do outro lado da avenida.

Cruzamos a avenida debaixo das luzes amareladas e nos sentamos na calçada morna, e não no banco do ponto de ônibus. Eu apenas a sigo, porque sei que ela sabe de algo que eu não sei. De repente, Ginny não parece mais a garota por quem estou ficando inexplicavelmente apaixonado apesar de conhecê-la há apenas uma noite. Ela agora me parece mais uma irmã mais velha ou um cão-guia.

Ela acende um cigarro.

"Eu sei porque ele transava com a minha mãe."

"Oh. Uau!" Sinto meu peito ficar apertado ao escutar isso. "Essa foi pesada."

"Em se tratando da minha mãe, não muito. Ela é exatamente o oposto de tudo o que ela aparenta."

"Nossa."

"É. Então você não sabia mesmo?"

Eu balanço a cabeça.

"Aonde você achou que ele estava indo toda vez? Trabalhar?"

Eu confirmo. Percebo que fiquei com isso na cabeça por causa da minha mãe, que disse que Dave era um workaholic, igual a meu pai. *Não mesmo*, mãe.

Ginny diz:

"O que eu não sei dizer é o que aconteceu primeiro. Assim, será que Jodi ficou louca *porque* Dave faz isso com ela, ou será que é por ela ser louca que ele começou a traí-la? Você sabe?"

Eu pensei a mesma coisa sobre minha mãe um milhão de vezes. Será que ela era uma lula quando se casou com meu pai, ou o fato de ter se casado com uma tartaruga fanática por cardápios fez isso com ela. Ou foi o contrário? Será que se casar com uma lula fez meu pai se transformar em uma tartaruga workaholic para que ele não ficasse vendo minha mãe ficar louca na piscina?

"E eu não quero ser maldosa, mas como Dave consegue ir pra cama com Jodi não entra na minha cabeça", Ginny diz.

O fato é que não quero imaginar minha tia Jodi e tio Dave transando. Não quero ficar fazendo um paralelo com a situação dos meus pais. Não quero pensar em nada disso. A maioria do pessoal da minha idade está morrendo de vontade de virar adulto logo e fazer as coisas dos adultos, mas não eu. Não agora.

"Minha mãe diz que ele é muito bom de cama", Ginny diz. "Quero dizer, ela diz isso pras amigas. Não pra mim. Ela não sabe que eu sei."

Falando sério, neste momento eu preferia estar vendo um desenho do *Barney e Seus Amigos* tomando suco em copinho com canudo e comendo bolachinhas com formato de bichos.

Ela dá uma última tragada no cigarro.

"Imagino mesmo que ele seja um bom amante. Ele é bem gostoso."

"Está bem, está bem", eu digo esticando a mão. "Já entendi."

Ginny ri e aperta minha coxa.

"Será que isso é uma coisa que vem de família?"

O ônibus para em frente ao ponto. Eu me levanto para ir em direção ao parquinho escuro, e Ginny me puxa pela manga de novo, desta vez, esticando ela enquanto me puxa com força em direção ao ônibus.

"Estou sem dinheiro", eu digo.

Ginny deposita algumas moedas na máquina em frente ao motorista e me puxa para dentro.

"Aonde vamos?", pergunto.

Ela não me responde.

Dez minutos depois, ela me arrasta para fora do ônibus da mesma maneira que me colocou para dentro. A manga direita da minha camiseta agora ficou uns 10 centímetros mais comprida que a esquerda.

Descemos em um ponto que parece estar no meio do nada. Escuto o som dos carros na estrada ali perto, mas não há casas nem comércio nem nada nas redondezas. Apenas o ponto de ônibus em uma estradinha pequena, com pouca iluminação.

"Por aqui", ela diz, caminhando na direção de onde vem o som dos carros.

Caminhamos por um tempo. Quero perguntar a Ginny por que ela me esnobou na igreja, mas não consigo pensar em um bom jeito de fazer isso. Não quero que ela me largue aqui e me deixe em um local desconhecido sozinho. E também quero continuar com esse sentimento gostoso de amizade. Percebo que é uma sensação que jamais tive antes.

O barulho que vem da estrada vai ficando mais alto à medida que nos aproximamos de algo que parece ser um nó de pontes – uma mistura de rampas de entrada e saída em diferentes níveis de altura. A estrada por onde estamos caminhando agora se tornou uma avenida de acesso municipal que segue debaixo da rampa.

"Aonde estamos indo?", eu pergunto.

"Seja paciente."

"Eu estou sendo paciente."

"Bem, então seja mais paciente."

Chegamos a uma área bem-iluminada, de onde podemos ver os carros na estrada passando por nós. Caminhamos por uns 800 metros, no meio do capim marrom ao lado da avenida, para que ninguém nos veja. Em seguida ela me leva até o acostamento da estrada e me diz para fechar os olhos.

Não consigo fazer isso.

Ela pode me jogar na frente dos carros. Ela pode ser uma garota maldosa e desumana, que só queria me humilhar e mexer com minha cabeça, da mesma forma que todas as outras pessoas da minha vida.

"Vamos! Feche os olhos!"

Eu finjo que fecho os olhos, mas na verdade estou só apertando os olhos. As formigas no meu ombro dizem: *Estamos tomando conta de você, Linderman. Não vamos deixar que ela faça nenhuma maluquice.* Ainda assim não fecho os olhos. Ela coloca as mãos no meu ombro e me vira, para me deixar de frente na direção oposta.

"Abra."

"Puta merda", eu digo quando abro os olhos.

Eu vejo Ginny, com seis metros de altura e doze de largura, em um outdoor. O cabelo dela está fantástico e ela está com um sorriso levemente provocativo. Sem dúvida nenhuma, os homens que passam por aqui vão sorrindo para o trabalho por causa desse outdoor. Apesar de que eles não deviam ficar olhando desse jeito para garotas de 17 anos.

Ginny fica parada de braços cruzados, olhando para o outdoor.

"Você é famosa", eu digo.

"Acho que sim."

"Como assim, *acha* que sim?" Eu aponto para o outdoor. "Olha você ali, em um outdoor. Você é famosa."

"Por causa dos meus cabelos."

"E daí?"

"E daí que, francamente, eu ia preferir ser famosa por algo que eu *fiz*. Ou por minhas visões políticas radicais ou por meu alto alcance vocal ou por ser capaz de compreender a lição de casa de Física."

"Hmm."

"Eu sei que deveria ficar feliz. É meu primeiro outdoor. E além disso, está em 14 cidades."

"Então por que você não está feliz?"

"Não sei."

Nós ficamos olhando para o outdoor por mais alguns minutos e depois voltamos pelo acostamento até a avenida de acesso municipal e o ponto de ônibus. Quando estamos quase chegando, o ônibus aparece e precisamos correr para pegá-lo.

"E aí?"

"E aí o quê?", eu pergunto.

"E aí... hã, nada, eu acho."

Ginny está sentada sobre as mãos e se balançando um pouco, como uma criança. Eu digo:

"Seus pais devem estar bastante orgulhosos de você. Você é capa de revista e seu rosto lá no alto em outdoors, você canta solos no coral da igreja e ainda faz parte do grupo de teatro comunitário. Tipo, você é... demais mesmo".

"Eles não sabem disso", ela diz.

"Ah", eu respondo. "Bem, eles vão acabar percebendo isso."

"Não, não vão. Eles não ligam pra mim – a pessoa. Só ligam pra *mim*, o rosto que ganha dinheiro que eles criaram."

"Sério?"

Ginny se vira para mim no banco e diz:

"Todos os dias da minha vida já foram planejados desde o minuto em que acordo até a hora de dormir. Quando eu era pequena, tinha aulas de dança e concurso e audições. Fui um dos bebês das papinhas Gerber, sabia disso?" Eu balanço a cabeça. "Você tá ligado naqueles pais malucos dos concursos de beleza, que ficam vestindo as filhinhas como adultos para que elas ganhem troféus por serem bonitas? Minha mãe é uma dessas. Bem, ela *era*, até minha professora de dança dizer que eu não levava jeito para a coisa."

"Hmm." Isso é tudo que consigo dizer.

"A vadia disse pra minha mãe que eu devia escolher outro talento, porque minha habilidade na dança era só mediana. Então começaram as lições de canto. E as aulas de baliza de banda, violino, flauta e todas essas merdas nas quais eu não sou boa."

"Eu ouvi você cantar. Você é boa sim."

"É, eu sou ok, mas não sou a melhor. E minha mãe acha que eu devo competir somente no que sou melhor. Ela me tirou do circuito dos concursos de beleza quando eu tinha 10 anos. Desde então, ela vem me arranjando trabalhos em anúncios, até que essa coisa da Dádivas da Natureza emplacou."

"Você ganha bastante dinheiro com isso? Quero dizer... se você não se importar de responder a essa pergunta."

"Você quer dizer se *ela* ganha bastante dinheiro. Eu não ganho nada. Quando recebo cheques pelos trabalhos, eles vão direto para a empresa de agenciamento dela."

"Os cheques são grandes?"

"São ok, eu acho. Minha mãe fica reclamando que a gente ganharia mais dinheiro se eu tivesse um talento de verdade. Meu pai é ainda pior. Ele tentou me mandar para um acampamento de emagrecimento no ano passado."

"O quê?"

"Disse que eu devia me manter magra, porque a carreira de modelo é a única coisa promissora que tenho."

Aos poucos, estou percebendo que os pais de Ginny vieram do planeta *Uau, Fala Sério!*

As formigas dizem: *Acho que você quis dizer planeta Cretinos de Merda.*

Nós descemos do ônibus e vamos caminhando em silêncio e devagar, enquanto ela fuma um cigarro.

"E aí, um dia você também vai me dizer quem fez isso com seu rosto? Assim, agora que você já sabe toda a minha história de vida."

"Talvez na próxima vez."

"Nós temos nosso último ensaio na quarta-feira, cara. Quer vir com a gente?"

"Quero sim."

"Me encontra nos balanços do parquinho às 10 horas."

"Combinado", eu respondo. Ginny pega minha camiseta e me dá mais um puxão. Desta vez ela me puxa para perto do seu rosto e me dá um beijo. É um beijo de irmã, platônico. No rosto. Bem no meu machucado. Na minha cabeça, o machucado começa a se curar instantaneamente. Eu volto todo o caminho para casa sorrindo sem parar.

Quando chego em casa, a porta da frente está destrancada, as luzes estão apagadas, e consigo me deitar na cama sem que ninguém perceba ou se importe comigo. Fico deitado pensando em Ginny e sentindo uma alegria genuína – alegria misturada com o alívio de saber que ela não me odeia da forma que tinha parecido lá na igreja.

Então, quando me viro para tentar dormir, percebo que eu não moro aqui. Ginny não é bem minha amiga, e a minha vida real é um lixo.

Missão de resgate #109
Operação Resgate

Sou eu, Lara, Nader e Ronald – o cara da tatuagem do falcão-de-cauda-vermelha. Nós estamos todos vestidos com roupas camufladas, carregando fuzis M16 e usando botas de combate novas em folha. Estamos caminhando pela trilha batida como se fôssemos os donos do lugar.

"Não fique andando por aí de peito aberto", eu alerto, e Nader faz uma piadinha sobre peitos, porque até nos meus sonhos Nader é um cretino de merda.

Lara levanta a mão – o sinal para ficarmos quietos. Alguns homens estão andando lá na frente. Eles caminham em nossa direção, então nos escondemos na mata. Quando eles se aproximam, percebemos que estão conversando na nossa língua. Espio por baixo do meu capacete e vejo três homens brancos, e um deles é vovô Harry. Só há um guarda vindo atrás – não é o Frankie –, um guarda mais jovem, magrelo com um cigarro de palha na boca. Eu assobio a ordem para iniciarmos a Operação Resgate.

Nader pega um cara e Ronald o outro. Vovô Harry parece contente por me ver e eu o empurro na direção de Lara, enquanto derrubo o guarda jovem no chão. Ele queima o rosto no cigarro e fala um palavrão.

"Vão", eu digo aos outros.

"Eu não vou sair daqui sem você, Linderman", Ronald diz.

Eu olho para cima. Lara está concordando com a cabeça. Meu avô está olhando para ela, sorrindo.

"Sério mesmo, podem ir. Alcanço vocês rapidinho."

O guarda embaixo de mim está com dificuldade para respirar. Eu esqueço que nos meus sonhos tenho o dobro do peso, o dobro da minha força. Com um movimento rápido, posso quebrar a costela dele com o joelho.

Todos os seis estão ali parados esperando por mim. Eu olho nos olhos do guarda magrelo. Ele está com medo. Só nessa hora eu percebo que não consigo matá-lo. Eu nem quero matá-lo. Então o viro de costas, amarro as mãos e os pés dele e o deixo na selva.

Pego vovô pela cintura e o ajudo a correr, enquanto Lara cuida da nossa retaguarda com a M16 dela em posição. Ronald está indo na frente, carregando sobre seu ombro esquerdo o prisioneiro que ele resgatou. Ele vai trotando com o fuzil na outra mão, atento para cada centímetro a sua frente.

Chegamos a uma clareira, onde um helicóptero está pousado. Todos subimos e ele decola. Nader está pilotando, e eu estou atrás dando uns beijos na Lara.

Meu avô e os outros dois prisioneiros estão caídos no fundo, bebendo água dos nossos cantis. No começo, quando o vejo ali, hesito em continuar beijando Lara. Mas então meu avô dá uma piscada para mim.

"Sei que você acha que seu lugar é aqui, mas não é", ele diz.

"Eu fui enviado para cá", digo.

"Por quê? Para me resgatar? Você acha que realmente vai conseguir fazer isso?"

Olho para ele e seus dois colegas. Mas não foi isso que acabei de fazer, resgatá-lo? Por que ele está me perguntando se vou fazer algo que acabei de fazer?

E então Nader joga o helicóptero em direção a uma montanha coberta por árvores.

Ele grita:

"Viu o que acontece quando você me fode, Linderman?"

🐜 🐜 🐜

Quando acordo, são três da manhã e eu estou sentado igual fazia quando era mais novo, com a respiração pesada, chorando um pouco e gemendo. Ainda estou agarrando meu travesseiro-Lara.

Minha mãe se estica na cama dela, coloca a mão no meu braço e faz eu me acalmar.

"Foi só um sonho, Luck. Só um pesadelo. Pode voltar a dormir."

⊕

Missão de resgate #110
Operação Massacre

Desta vez é só o Ronald tatuado e eu. Ronald é o perfeito personagem maluco de qualquer filme sobre a Guerra do Vietnã que você já viu. No sonho, toda vez que olho para ele, Ronald está rindo, ou comendo um inseto enorme, ou fumando três cigarros de uma vez, ou matando um animal, ou bebendo urina ou um galão de uísque, ou fazendo algo insano. Ronald é, sem dúvida nenhuma, a pessoa perfeita para eu trazer comigo na Operação Massacre. Porque quando chegamos ao campo de prisioneiros, ele abre fogo contra tudo que se mexe, e acaba matando todo mundo. Até mesmo vovô Harry. E eu penso: *Bem, pelo menos agora temos certeza.*

24
LUCKY LINDERMAN SABE MAIS DO QUE APARENTA

Eu não consigo parar de pensar no tio Dave. Na *verdade*, sobre o tio Dave. Tio Dave, o pegador da cidade. Tio Dave, o cara que "conhece as mulheres". *Ugh.*

Lembro de ele me contar que era um valentão no colégio, e na mesma hora me sinto solidário com Jodi. Sim, ela é meio maluca, mas não merece ser tratada dessa forma também. Talvez nós possamos manter contato, trocar correspondência. Posso mandar algumas receitas para ela. Posso amá-la. Posso fazer qualquer coisa para compensar o que meu tio está fazendo.

Decido fazer um almoço matador para Jodi. Descongelo um peito de frango e o corto em filés do tamanho de um hambúrguer. Em seguida, ligo para o celular dela.

"Lucky?"

"Você ainda está no mercado?"

"Estou."

"Você pode me trazer um pedaço de brie e um pouco de framboesas?"

Consigo escutar o cérebro de Jodi processando meu pedido.

"Por favor?"

"O que é brie?"

"Vá até o balcão dos queijos e peça para alguém mostrar a você onde está o brie. É um queijo macio."

"E framboesas? Tipo... frescas?"

"Framboesas congeladas vão servir. Você encontra aí no mercado. Estão perto das ervilhas congeladas."

Imagino a pobre tia Jodi empurrando o carrinho de supermercado dela, cheio daquelas porcarias de pratos congelados, indo até as gôndolas de queijo gourmet e ficando com nojo dos queijos mofados. Mas ela conseguiu. Quando Jodi volta do mercado, já está quase na hora do almoço e minha mãe está sentada à mesa, lendo uma revista. Já estou com três peitos de frango perfeitamente grelhados, só aguardando os últimos passos para nosso almoço.

"O cheiro está muito bom", Jodi diz.

"Você vai achar este almoço sensacional", eu digo, pegando as compras que ela deixou no balcão e colocando tudo na geladeira.

"Você pensa em ser um *chef* igual seu pai?"

Eu balanço a cabeça.

"Nunca cozinho em casa."

"Que horas você voltou ontem à noite?", ela pergunta.

"Meia-noite, mais ou menos." Eu continuo colocando as coisas na geladeira.

Jodi olha para minha mãe.

"Você sabia que ele ficou fora até tão tarde?"

Minha mãe assente.

Volto a odiar Jodi por um minuto, mas então me lembro que ela provavelmente faz a mesma pergunta para Dave toda manhã. *Que horas você voltou ontem à noite?*

"Você está pronta para almoçar já, já?", eu pergunto, enquanto faço um molho de framboesas bem básico.

"Claro. Me dê 10 minutos", Jodi responde, e em seguida pega um copo d'água e vai até seu quarto.

Depois que Jodi volta, sirvo a ela e à minha mãe o meu Lucky Burguer. Peito de frango temperado e grelhado, sobre uma camada de queijo brie derretido com molho doce de framboesas, coberto com alface, em um pão com gergelim.

Jodi levanta a cabeça para dizer, com a boca cheia:

"Você devia mesmo se tornar um *chef*, Lucky". Quando ela diz "devia", um pedaço de alface sai voando da boca. "Isso aqui está bom demais!"

Minha mãe concorda, e acho que na mesma hora ela está torcendo para eu não me tornar um *chef* e ficar igual meu pai. As formigas dizem: *Nem todos os chefs precisam ser chefs tartarugas.*

Minha mãe diz:
"E aí, você vai nos dizer aonde vai de noite ou o quê?"
"Eu só saio para caminhar."
"E?"
"E só."
"Você dormiu no parquinho de novo?"
"Foi. É."
Tia Jodi olha para minha mãe e diz:
"Ouvimos dizer que você estava em um ônibus com Virginia Clemens. E que vocês dois pareciam um casalzinho."

Eu rio com a parte do "casalzinho", e olho em volta, com medo de aquelas pessoas esquisitas de quarta-feira de manhã possam aparecer do nada e começar a fazer mais perguntas sobre a frequência com que vou ao banheiro.

"Nós *realmente* não somos um casalzinho", eu digo, sorrindo só de pensar nisso.

"Mas você pegou um ônibus com ela?", minha mãe pergunta.

"Sim. Ela disse que queria me mostrar uma coisa, então fomos para o centro por mais ou menos uma hora e depois voltamos."

"Você sabe que se os pais dela descobrirem sobre isso, eles provavelmente vão matar você", tia Jodi diz. E acrescenta: "E depois provavelmente vão matá-la também".

"Eles parecem ser uns idiotas", eu digo, e com isso ganho olhares de reprovação tanto da minha mãe como da tia Jodi, enquanto elas comem seus Lucky Burguers. "Tudo o que fizemos foi caminhar por uma hora. Eu sou como o irmão mais novo para ela. Podem acreditar. Eu não sei nem o que fazer com uma menina linda como a Ginny."

Por um segundo, parece que Jodi vai retrucar, mas então ela dá mais uma mordida no hambúrguer. Minha mãe está sorrindo um pouco.

Jodi olha para minha mãe.

"Você se importa se eu fizer uma pergunta íntima para ele?"

Minha mãe dá de ombros. As formigas dizem: *Ah não.*

"Lucky", Jodi diz, olhando para mim com uma cara tipo adulto-que-precisa-saber-a-verdade, "você já teve alguma experiência sexual?"

Quase cuspo todo o frango que está na minha boca. Eu mastigo, engulo e depois tomo um bom gole d'água. Não sei o que dizer, então eu digo:

"Você quer dizer... hã... com... uma garota?"

Jodi sorri constrangida.

"Arrã. Sim."

"Deus, não. Tipo, em casa eu jogo cartas com Lara na piscina e coisas assim, mas eu nunca a beijei – nem beijei ninguém, falando nisso."

"Você nunca beijou uma garota?". Ela apoia o queixo na mão, no estilo dos apresentadores dos programas de TV matinais dela, e eu acho que ela tomou o comprimido do Dr. Phil ou algo assim.

Eu balanço a cabeça, meio orgulhoso.

"Nunca."

"Por que não?"

Eu dou de ombros e penso nisso por um minuto. Meu machucado me lembra que ele está lá, enviando um violento sinal de coceira para meu cérebro. As pontas soltas da casca de ferida fazem cócegas no meu rosto toda vez que eu me mexo.

"Acho que ele anda ocupado demais com os estudos", minha mãe sugere enquanto eu mastigo e penso.

"Eu só não conheci ainda uma garota que eu queira beijar."

As duas assentem e balançam a cabeça incrédulas.

Jodi diz:

"Queria que todos os rapazes daqui fossem assim. Ouvi dizer que 25% da turma do 2º ano já pegou uma doença venérea."

"Eca."

"Nossa", minha mãe concorda.

"Eu só não consigo entender como isso foi acontecer, sabe? A maioria dos adolescentes aqui vai para a igreja todo domingo e vem de boas famílias."

"Mas não é assim que sempre acontece?", eu digo. "Os jovens que têm os pais mais rígidos acabam sendo os que mais aprontam?"

Depois de um minuto, Jodi diz:

"Você está dizendo que Virginia Clemens está transando?"

"Não."

"Tem certeza?"

"Sim. Na verdade, eu tenho. Não que isso seja algo da sua conta."
Minha mãe me olha desconfiada.

"Você conhece essa menina faz uma semana e já sabe esse tipo de informação?"

Eu sorrio.

"Sou bom ouvinte. Vou fazer o quê?" Penso por um minuto no que tia Jodi tinha acabado de dizer. "Por acaso os pais de Ginny são bem rígidos ou coisa assim?"

"Eles não a deixam sair de vista – e é por isso que fiquei tão surpresa por escutar que alguém viu vocês dois no ônibus ontem à noite."

"Normalmente ela não pega ônibus", eu digo.

"Hã?"

"Sim – normalmente ela vai rodando pelos lugares feito uma ninja. Foi assim que a conheci."

Minha mãe parou de comer e está me encarando. Não sei dizer se ela acha que estou zoando ou se acha que estou chapado ou o quê. Jodi também está me encarando. Isso está me deixando desconfortável, então eu começo a limpar a mesa e a cozinha enquanto elas terminam o almoço.

"Vocês não vão contar, né?"

Minha mãe olha para mim como se quisesse dizer "Contar para quem?".

Jodi balança a cabeça e diz:

"Se o sr. e a sra. Clemens não sabem por onde anda a filha deles, não sou eu que vou dizer."

E bem nessa hora eu percebo que ela sabe. Foi a maneira como ela disse "sra. Clemens". Sem vida, sem emoção, vazia. E fico pensando se não foi por isso que ela surtou na igreja daquela vez, e se é por isso que ela vai para lá toda semana. Será que Jodi vai só para marcar o território? Só para mostrar que ela pode?

Dave não aparece para o jantar. Ele liga e diz que vai trabalhar até mais tarde. Minha mãe, ao ouvir essa notícia, provavelmente imagina o irmão acorrentado à mesa de desenho, projetando pontes. Jodi provavelmente imagina Dave algemado a uma cama em algum lugar de Tempe, sendo dominado por uma prostituta em roupas de couro. Eu realmente não quero vê-lo de novo.

25
A DÉCIMA PRIMEIRA COISA QUE VOCÊ PRECISA SABER

Passamos a quarta-feira sem fazer absolutamente nada. Minha mãe nada na piscina. Eu cochilo. Jodi vibra com Dr. Phil. Quinze dias morando na casa de outra pessoa é algo cansativo. Especialmente se todo mundo acha que a culpa é sua.

Depois do jantar, pergunto se posso sair, e fico surpreso ao ouvir as duas mulheres dizerem sim. Não digo a elas que vou chegar tarde em casa, apesar de saber que o último ensaio só acabou depois da meia-noite. Passo no banheiro para pentear meu cabelo, mas depois de fazer isso, dou uma bagunçada nele novamente, porque meu cabelo penteado certinho não combina comigo. Chego perto do espelho e cuidadosamente tiro as pontas frouxas da casca de ferida. Quando termino, meu machucado ficou com o formato exato do estado de Iowa. Passo um pouco de aloe vera, mas depois eu lavo, para não correr o risco de a coisa secar e ficar verde. Em seguida, visto uma camiseta POW/MIA limpa e saio.

Para minha surpresa, Ginny chega ao parquinho mais cedo. Ela está com uma roupa 100% preta ninja e me recebe com um cumprimento.

"Oi", eu respondo e a cumprimento de volta. "Você chegou cedo."

"Cheguei, é?" Ginny entrelaça o braço com o meu e nós caminhamos de braços dados até os balanços. "Não sabia que tínhamos um horário marcado."

Solto uma risada boboca.

"Bem, sim, você disse às 10 horas."

"Eu queria ter um pouco de tempo pra conversar", ela explica. "E eu sabia que você ia chegar cedo."

"Ah sim."

"E aí... você vai me contar?"

"Contar o quê?"

"O motivo desse machucado no seu rosto. O motivo pra você usar essas camisetas. O motivo pra você estar aqui."

"Você sabe por que estou aqui." Nós nos sentamos cada um em um balanço. Ela tira um cigarro e o acende.

"Eu só sei o que você me contou. Mas sei que você não me contou tudo, Lucky Linderman. Tipo, qual é a do seu pai, de verdade? Ele é um cara controlador ou coisa do tipo?", ela pergunta.

"Não muito", eu respondo. Em seguida continuo: "Acho que não. Sobre algumas coisas ele não é. Ele não fala com a gente a menos que precise. Quero dizer... ele não é um cara chato. Só não é da natureza dele ser alguém confrontador."

"E quanto a isso?" Ginny aponta para minha camiseta POW/MIA.

"Meu avô, o pai do meu pai, desapareceu em combate desde 1972. Meu pai nunca o conheceu, e essa é a principal razão para ele ser uma tartaruga, eu acho. Minha avó foi uma ativista do movimento POW/MIA e eu fui basicamente criado por ela, até que ela morreu de câncer quando eu tinha 7 anos. E meu pai nunca conseguiu superar nada disso, nem o desaparecimento em combate nem o câncer. E agora ele não consegue lidar com nada que não seja o trabalho. Ele não consegue me encarar, ou encarar minha mãe...", eu paro. "Mas acho que também não é fácil ser casado com uma lula."

Ginny ri.

"Ah, meu Deus. Tinha me esquecido de que ela é uma lula!"

A risada dela me deixa com uma ereção na mesma hora. Fico olhando para os cabelos de Ginny, que caem sobre seu rosto perfeito e ficam balançando para cima e para baixo enquanto ela ri.

"E o que aconteceu com seu rosto?", ela pergunta. "Assim, você não voou 3 mil quilômetros até aqui só porque apanhou de alguém, né?"

Eu suspiro. Me ouço explicando o machucado, mas é mais ou menos um tipo de experiência fora do corpo. É como se *outro* garoto estivesse explicando como Nader McMillan vem me atormentando desde que eu tinha 7 anos, quando ele mijou nos meus pés. E esse *outro* garoto está explicando como Danny tentou fazer com que Nader e eu ficássemos amigos no 1º ano do ensino médio e como tudo deu errado.

Algum *outro* garoto está descrevendo o incidente da banana que aconteceu no vestiário, no 1° ano. Como eles o seguraram. Como eles gritavam. Como eles o vendaram e enfiaram a banana na sua boca e ameaçaram enfiá-la em outros lugares. Como ele vomitou. Várias vezes.

É o cérebro de *outro* garoto que está prestando bastante atenção em cada uma das pessoas que participaram daquilo, e está embaçando o rosto de Danny Hoffman, igual fazem com os seios das mulheres nos programas de TV.

Outra pessoa está explicando como ajudei Charlotte na piscina quando Nader estava tentando fazê-la ficar sem o biquíni. *Outra* pessoa está contando como foi o momento em que ele usou meu rosto como escova no chão de concreto ao lado do banheiro masculino e que depois ele chamou isso de carma.

Eu volto para meu corpo.

"Sabe, acho que isso foi um chamado para despertar."

"Sério? Porque no meu mundo isso é agressão, e você devia ter ido até a polícia."

"Tenho umas recordações muito estranhas do que aconteceu nessa hora", eu digo. "Eu me lembro do cheiro – daquele cheiro do sol quente no cimento. O cheiro de cloro. Mas não me lembro da dor." Não falo para ela das formigas, apesar de elas estarem gritando para mim: *Conte sobre nós!*

"E só para você saber, aquele babaca não é seu amigo."

"É, eu sei."

"Sério mesmo, Lucky. Você precisa andar com amigos que agem como amigos."

Eu concordo com a cabeça.

"Isso aí provavelmente vai deixar uma cicatriz."

"Sim, vou ter uma bochecha branca eternamente. Eu tô ligado. Você está vendo que o machucado está com o formato de Iowa agora?"

Ela se inclina para olhar mais de perto.

"É mesmo."

"Legal, né? No começo tinha o formato de Ohio."

"E você gosta dessa tal Charlotte? Foi por isso que ele fez aquilo?"

"Não."

"Você gosta de alguém? Tem uma namorada lá na sua cidade?"

"Não."

"É mesmo?"

"Tenho uma amiga, a Lara. Mas nós só, hã, lemos livros, jogamos cartas, essas coisas. Quer dizer, posso até gostar dela, mas não consigo dizer." Sinto que estou meio gago e nervoso.

"Você é gay, por acaso?"

"Não! Você é?"

"Ei! Eu *tenho* namorado", ela diz.

"Tem?"

"Tenho."

"Ah, eu não sabia", respondo, percebendo nesse momento que Ginny é a única garota que já conheci que tenho vontade de beijar. É ela. E ela tem 17 anos, é linda, fica dizendo "vagina" e o namorado dela provavelmente é bonito e inteligente. Comparado a eles, devo parecer um macaco retardado.

"Não tinha como você saber. Nunca falo sobre ele."

"Por que não?"

Ginny aponta para sua roupa ninja e diz:

"Alôoooo? Eu moro com pais malucos, lembra?"

"Então seus pais não querem que você tenha um namorado legal?"

"Só depois que eu terminar a faculdade."

Eu dou risada.

"Faculdade? Mas até lá você já vai ser idosa."

"Sim", Ginny responde, sem rir nem um pouco.

"Uau. Sinto muito por você viver com malucos."

"Pelo menos eu não moro com uma lula ou uma tartaruga. Acho que não deve ser fácil também."

"Na verdade, não é tão ruim assim", eu digo. Pelo menos eles nunca iam me mandar para um acampamento de emagrecimento.

Ginny não diz nada.

"Ele é da escola? Seu namorado?"

"Não. Ele já se formou."

"Ah, nossa. Acho que seus pais iam surtar se descobrissem."

"Você não faz nem ideia."

Depois de alguns segundos de silêncio, eu pergunto:

"Posso fazer uma pergunta idiota, tipo de irmão mais novo?"

"Claro."

"Não é difícil ficar virgem com um namorado mais velho? Quero dizer... você não sente uma pressão?"

Ginny começa a rir e eu fico me sentindo idiota por ter feito essa pergunta.

"Eu não sou naaaada virgem, Lucky."

"Sério?"

Ela faz que sim.

"Sim... desde que eu tinha sua idade."

"Mas e as outras? Lá no carro? Vocês não falaram que eram todas virgens?"

Ginny percebe que estou envergonhado, então coloca a mão no meu joelho e aperta.

"Nós falamos aquilo só para você se sentir melhor, cara. Mas acho que Annie pode estar dizendo a verdade. As outras? Sem chance. Eu estava lá quando Shannon perdeu a virgindade dela."

"Eca. Sério?"

"Bem, eu não estava *dentro* do quarto, mas estava perto – em uma festa."

"Não parece muito romântico pra mim", eu digo, cutucando a casca de ferida, que está coçando de vergonha.

Ginny olha para mim séria.

"Olhe aqui." Estou olhando para meus pés. Ela pega meu queixo e levanta minha cabeça, para me fazer olhar para ela. "Olha pra mim, Lucky."

Eu olho para ela.

"A primeira vez de uma garota basicamente *nunca é romântica*."

"É mesmo?"

"Com certeza não, cara. Você está tirando com a minha cara!" Quando ela vê que não estou brincando, acrescenta: "Pense um pouco nisso. Imagine que você e eu fôssemos fazer sexo bem agora.

Em primeiro lugar, por acaso esse parquinho é romântico? Fala sério, né?".

"Bem, eu te levaria pra outro lugar, tipo um lugar com cama", eu respondo, apesar de essa conversa estar ficando meio estranha e eu não querer mais falar sobre isso.

"E?"

"E então seria romântico", eu digo, tentando fazer como meu pai faz, usando aquele tom de voz que significa *este é o ponto final e essa conversa acabou.*

"Oh, meu Deus, Lucky. Você realmente nunca pensou sobre isso, não é?"

Eu não digo nada.

"Pare e pense *mesmo* sobre esse assunto", ela diz. "E então me diga por que você seria mais romântico comparado aos outros caras." Ela olha para o relógio e acende mais um cigarro. "Temos 5 minutos até nossa carona chegar aqui. Quer que eu te ensine como se beija?"

"O quê?"

Antes que Ginny respondesse, ela já estava me beijando nos lábios, abrindo minha boca com a língua. Eu me inclino tanto para a frente que quase caio do balanço, e preciso me agarrar nas correntes para me equilibrar. Esse não é o beijo de uma irmã. Ela acaricia minha nuca e lambe de leve meus lábios entre cada beijo de língua. Agora estou com uma ereção que jamais vai passar. Nunca mais.

Ginny para e dá uma tragada no cigarro.

"E aí... beijar uma fumante é tipo lamber um cinzeiro mesmo?"

"Eu diria que... não."

Ela se levanta e começa a andar na frente dos balanços. Eu fico sentado. É claro.

"Viu só como você ficou travado? Viu como não conseguia nem mesmo mexer os braços?". Eu confirmo com a cabeça. Ela tem razão. Eu não conseguia mesmo. "É mais ou menos assim que é a primeira vez. É uma mistura louca de medo, empolgação, ruídos e – hã – desejo, eu acho. *Não é romântico.*"

"Mas isso *foi* romântico", eu respondo.

"Mas essa não foi sua primeira transa. Foi só um beijinho."

Ginny pode achar isso, mas para mim não foi só um beijinho. As formigas dizem: *Preste atenção, Sr. Romance. Ela tem razão.*

Fico pensando nisso.

"Eu estava meio paralisado mesmo."

"Exatamente. E você vai ficar assim de novo na sua primeira vez. Então não crie muitas expectativas em torno disso. Apenas tente fazer as coisas sem machucar ninguém."

"Sem machucar ninguém?"

"Sim. Os homens odeiam sentir que não estão no controle. E eles também odeiam emoções. E odeiam ficar desapontados. Então tente não descontar tudo na garota, está bem?"

"Não entendi."

Ginny dá uma longa tragada no cigarro e aponta o ouvido na direção do som do carro que se aproxima.

"Todo babaca que eu conheço na escola culpa a garota pela primeira vez deles, por ter sido ruim. Os caras nunca pensam em como é pra nós."

"Ah, ok."

"Sério mesmo. Você precisa pensar não só em transar. Senão você vai ficar tão focado no ato sexual em si que vai acabar agindo feito um estuprador, entende?"

Não faço ideia de como responder, então não digo nada.

"E não ache que esse beijo significou alguma coisa."

"Não. Claro que não."

"Porque não significou nada."

"Eu sei, eu…" Antes que pudesse terminar de falar, ela me beijou de novo. E eu correspondi.

Neste momento eu sei que estou perdidamente apaixonado por Ginny Clemens. Não apaixonado como eu ficaria por uma garota no mundo real, mas sim da mesma forma como eu poderia me apaixonar por uma estrela de cinema. Estou tão feliz por ter contado tudo para ela hoje – sobre meus pais, meu machucado e até mesmo o incidente da banana.

Apesar de eu ter mentido um pouco sobre aquilo, porque eu não contei para ela que o garoto que vendaram no vestiário era eu. E não contei que eles arrancaram todas as minhas roupas e me deixaram pelado, coberto pelo meu próprio vômito, largado em um canto do vestiário masculino, chorando. E não contei que alguém tirou fotos com um telefone celular. E não contei também que eu voltei para casa naquele dia e quase me matei com a arma que meu pai guarda na estante do closet dele. E que eu teria feito aquilo se a arma estivesse carregada.

Porque eu não conseguiria suportar mais um dia daqueles.

Dentro do carro, Annie me oferece as sobras de um cheeseburguer e batatas fritas do Wendy's. Eu aceito, apesar de não estar com fome. As meninas ficam falando sobre a peça delas, Os Monólogos da Vagina, e eu fico completamente perdido na conversa.

"Shan, você precisa aumentar a tensão na parte da Bósnia. A Annie já está carregando bastante nas partes felizes, então precisamos que você seja mais intensa e sombria, entende?"

"E Maya, você não pode rir durante a 'Trança Torta'. Você não pode nem mesmo sorrir."

"Eu sei. É que não consigo evitar. Adoro essa parte da história." Maya assente.

"Eu sei, mas você não pode rir, está bem?"

"Nós conseguimos várias inscrições no campus da ASU hoje", Maya diz. "Todas as meninas da minha república disseram que vão vir."

"Espero que a gente lote aquele lugar, cara", Karen diz. "Eu quero ganhar muito dinheiro para a ONG de violência doméstica."

"Que legal", eu digo. "Vocês vão doar o dinheiro?"

"Essa é a ideia por trás de tudo", Ginny diz. "Os monólogos são encenados no mundo inteiro para as pessoas levantarem dinheiro para ajudar os sobreviventes em suas comunidades e em outros países."

"Que demais", eu digo e penso nos pais dela, que a arrastam para a igreja, e em como eles deveriam ficar orgulhosos pela filha estar fazendo algo para ajudar os outros. Aí lembro que Ginny não pode contar a eles. Ela é como um ninja da gentileza, andando furtivamente por aí para ajudar os outros.

Quando chegamos ao centro de recreação, a porta está aberta e uma mulher que parece ter a idade de minha mãe está lá, folheando um fichário.

"Vocês estão prontas para mandar ver nisso aqui?"
As garotas respondem em uníssono:
"Estamos!"
"Quem é esse aí?", a mulher pergunta, olhando para mim.
"Trouxe meu amuleto da sorte", Ginny brinca.
Eu aceno para ela e me apresento.
"Eu sou Lucky... um amigo da Ginny."
"Eu sou Jane." Ela acena de volta.
Jane levanta as sobrancelhas para Ginny, que dá de ombros.

Me sento em uma poltrona nos fundos, onde há mais algumas pessoas sentadas, e assisto às garotas lerem o roteiro e coordenarem suas falas. Em seguida, elas fazem a peça do começo ao fim, e eu fico espantado com Os Monólogos da Vagina. Em primeiro lugar, a peça trata de vaginas. Tipo, isso é óbvio, não? Mas até eu escutar as meninas falando sobre vaginas, eu nunca tinha pensado *nelas* dessa forma. Sabe, assim como eu tenho um pau e o uso para mijar o tempo todo. As garotas têm vaginas, que estão envolvidas em um monte de coisa. Menstruação, filhos, sexo, ir ao ginecologista, que não parece muito divertido, mas na peça elas fazem piadas com isso e eu rio pra caramba.

E, em seguida, a peça fala sobre estupro. Sobre como as vaginas são tratadas por homens e soldados e pessoas que desejam o poder. Tem duas partes em que eu choro, sabe? Porque duas garotas estão falando sobre o estupro coletivo que sofreram por soldados na Bósnia. E tem outra parte em que um cara bate tanto na esposa dele que ela quase morre. Coisa pesada, mas é tudo muito bom porque as meninas estão tornando aquilo real ou bem parecido. E então, depois de uma história horrível sobre o que está acontecendo com as meninas e mulheres no Congo, acontece um monólogo de gemidos. Todas elas fingem ter orgasmos de diferentes maneiras – as judias e as irlandesas têm orgasmos exagerados e teatrais (eu nem mesmo sabia que garotas *podiam ter* orgasmos). E no fim todas cantam gritos de guerra hilários sobre vaginas e nos fazem gargalhar mais uma vez. É uma montanha-russa sobre vaginas – uma incrível montanha-russa de *realidade*.

É a realidade que eu queria viver todo dia nessa minha vida de fingimentos.

26

OPERAÇÃO NÃO SORRIA JAMAIS – 1º ANO

Perto do fim do ano letivo, mais questionários foram aparecendo no meu armário. A essa altura, percebi que alguém devia ter feito cópias, porque não havia a menor chance dos originais que eu imprimi durarem tanto tempo assim. Havia consistência nas respostas – remédios, fumaça de escapamento, remédios, overdose de drogas, tiro na cabeça, remédios, afogamento (esse aí eu nunca entendi. Parece difícil demais para funcionar.) Eu tinha uma ótima nota na aula de Ciências Sociais, e sr. Potter e eu fomos criando um vínculo entre estudante e professor de forma que ele estava quase me tratando como adulto.

Um dia, depois da aula, contei para ele sobre os questionários.

"Eu sei que não devia continuar coletando dados, mas isso já saiu do meu controle."

"Você guardou todos eles?"

"Guardei alguns."

Eu amenizei a gravidade das respostas.

"Quero dizer... isso tudo provavelmente é só brincadeira. Recebi vários sobre se masturbar até a morte e coisa do tipo. Não acho que ninguém está falando sério."

Sr. Potter assentiu e na mesma hora eu me arrependi de ter aberto a boca. Se ele contasse ao Peixe sobre isso, eu ficaria bem encrencado de novo.

"Você não vai contar a ninguém sobre isso, vai?"

"Não a menos que você ache que eu deva."

"Não. Acho que as pessoas só estão querendo me provocar."

Uma semana depois, recebi novamente um questionário com a letra de Charlotte. *Se você fosse cometer suicídio, qual método escolheria?* Ela respondeu: *Eu me enforcaria. Provavelmente farei isso semana que vem.*

Eu não consegui dormir naquela noite.

Missão de resgate #82
As forcas de Charlotte

Em frente ao campo de prisioneiros do meu avô, havia uma estrutura feita de compensado de madeira que lembrava esses provadores de lojas de departamento. Dentro de cada área, havia uma forca. O lugar era como um cadafalso com separadores. Nós estávamos pendurados pelo pescoço, mas com nossas mãos sob o queixo, então não estávamos nos enforcando. Na verdade, estávamos conversando.

CHARLOTTE: Não acredito que vou morrer.
EU: Você não precisa morrer. É só tirar sua cabeça do laço e descer, se quiser.
CHARLOTTE: Eu sou culpada por tudo isso que está acontecendo comigo.
EU: Não é, não.
CHARLOTTE: Contei pra minha mãe o que aconteceu. Ela contou pro meu pai, e ele disse que eu não devia ficar usando saias curtas.
EU: Isso é idiotice.
CHARLOTTE: Mas ele tem razão. Ele disse: "Você acha que um júri que descubra que você se veste como uma vadia vai pensar diferente de mim?".
EU: As pessoas são cretinas.
CHARLOTTE: Sim.

Meu avô se aproxima de nós nessa hora. Ele olhou para os cadafalsos, subiu até a cabine ao lado, enfiou a cabeça dentro do laço e se pendurou, com as mãos sob o queixo.

VOVÔ: Que raios está acontecendo aqui?

EU: Não sei. Acho que tem a ver com os questionários que estou recebendo de volta.
VOVÔ: Você está pensando em se matar, filho?
EU: Não, mas acho que Charlotte está.
CHARLOTTE: Não, eu estou bem. Tipo, todo mundo já pensou em fazer uma coisa dessas, não?
VOVÔ: Eu já pensei.
EU: Eu também.
CHARLOTTE: Mas eu jamais faria isso.

Tiramos o pescoço da forca e descemos. Meu avô encontra uma cadeira de praia para Charlotte e dá a ela um copo d'água. Em seguida, voltamos para a estrutura de compensado e a deitamos de lado. Meu avô pega as cordas da forca e as leva sobre o ombro, como se fossem uma camisa que ele acabou de passar.

"O que você vai fazer com essas cordas?", eu perguntei.

"Vou me resgatar", ele respondeu e me entregou uma das cordas.

"Ah, muito bem", disse Charlotte. "É o melhor jeito de resolver isso."

※ ※ ※

Depois de toda aquela baboseira das reuniões na escola, a última coisa que eu queria que minha mãe e meu pai encontrassem debaixo da minha cama era uma corda com nó de forca. Então eu a levei para a escola dentro de um saco plástico no dia seguinte, para me livrar dela. Estava sentado no ônibus de manhã tentando pensar qual seria a melhor lata de lixo para jogar a corda, quando Danny veio sentar ao meu lado. Desde o incidente da banana, Danny tem sentado no fundo do ônibus, junto com as pessoas legais que andam com Nader, então isso me surpreendeu.

"Nader ainda não terminou com você."

Eu o ignorei.

"Você me ouviu?"

"Qual é a merda do seu problema, Danny? Aquilo não foi nada de mais."

"Aquilo deixou ele encrencado."

"É mesmo? Aquilo me deixou encrencado também, e se Nader não ficar esperto, ele vai arranjar mais problemas. Esses boatos sobre ele ficar agarrando as meninas... ele vai acabar preso se não tomar cuidado."

Danny riu.

"Isso não é proibido por lei. Afinal o único motivo para as garotas terem seios é para nós podermos pegar neles, não é?"

Como responder a isso? O que dizer para um idiota que repete qualquer coisa que Nader diga a ele? Eu não falei nada.

Naquele dia eu tive minha reunião mensal com a orientadora, e precisei me controlar muito para não contar sobre as respostas de Charlotte que eu estava recebendo no armário. Mas acabei comentando sobre os boatos de ela estar sendo fisicamente assediada.

"Isso incomoda você?", a orientadora me perguntou.

"Me incomoda que ninguém esteja fazendo nada sobre isso", eu disse.

"Acredite em mim, se nós fôssemos dar atenção a cada boato que circula por aqui, jamais teríamos tempo para fazer nosso trabalho."

27

LUCKY LINDERMAN NÃO USA AQUELE XAMPU IDIOTA

Estamos espremidos no carro novamente, voltando para o parquinho. As meninas estão totalmente pilhadas depois do ótimo ensaio. As formigas estão no painel do carro em formação de vagina. ({})

"A única coisa que falta resolver é dar um jeito de sair de casa na sexta-feira, para a peça", Ginny diz.

"Sugiro que você simplesmente saia em um protesto explícito por seus pais serem tão chatos", Maya diz.

Ginny ri. Karen, que está dirigindo, diz:

"Deixe um bilhete dizendo que você fugiu com seu namorado de 40 anos depois que ele te engravidou."

Todas elas estão rindo agora. Menos eu, que digo:

"Espere aí. Seu namorado tem 40 anos?"

Ginny bate no meu braço.

"Não, seu bobo. Ela está brincando."

Mas já é tarde demais. Posso até escutá-las percebendo ao mesmo tempo. Eu mesmo me entreguei.

"Meu Deus, Lucky. Se eu soubesse que você era tão possessivo, jamais deixaria você praticar comigo", Ginny diz.

Meu coração se parte um pouco, e não consigo falar enquanto isso acontece.

"Você o deixou praticar?", uma delas diz.

"Ginny, sua safadinha!", diz outra.

"Por acaso ele se apaixonou?", outra pergunta, e tudo ao meu redor fica embaçado e, encabulado, só escuto uma batida pulsante nos meus ouvidos quando o carro todo cai na risada novamente. As formigas vão marchando pelas janelas e pulam na rua com os polegares para cima. Até mesmo minha casca de ferida quer sair do meu rosto e me abandonar.

Quando finalmente paro de olhar para a rua, vejo Ginny enrolando o cabelo com os dedos e sorrindo para mim. Ela me dá uma piscadela e manda um beijinho no ar. As luzes da rua se refletem em seus cabelos e eu me lembro para quem estou olhando. A garota do *Dádivas da Natureza*. A garota do *Isso é tudo natural*. Ela tem uma autoconfiança enorme, que vem desde sempre, da mesma forma como minha baixa autoestima é enorme e vem desde sempre. Olho para as outras meninas – todas elas são iguais a Ginny. Sou o único incapaz de rir de brincadeiras e piadinhas sobre mim mesmo. Sou o único incapaz de encarar a verdade sobre mim. Sou o único aqui que fica fingindo.

E fingir me traz até aqui. Fingir me faz ficar suando de nervoso toda vez que alguém tem uma conversa sincera comigo. Fingir me faz ter um medo irracional de que essa pessoa possa dizer alguma verdade sobre mim. Fingir me faz não conseguir lidar com a verdade. Mesmo que ela seja engraçada.

Ginny abaixa a cabeça e faz uma careta para me deixar mais animado. Em seguida ela arregala os olhos e se inclina para a frente.

"Já sei!", ela diz. "Já sei!"

O carro fica todo em silêncio porque achamos que ela vai continuar falando, mas Ginny não diz mais nada.

Shannon diz:

"E?"

Ela está ofegante.

"Eu sei como sair de casa."

"*E?*", as garotas perguntam ao mesmo tempo.

Ginny repassa seu plano mentalmente, em silêncio.

"Vamos lá! Fale logo!"

"Vai estragar a surpresa", ela diz.

"Essa foi fraca", Karen comenta.

"Foi mesmo", Annie reforça. "Como é que vamos saber se você seguiu esse plano? Tipo, qualquer que seja o plano."

"Ah, vocês vão saber", Ginny diz.

"Anote em um papel e deixe no carro, faça algo assim para nós sabermos."

"Nada feito."

"Que tal se você contar ao *garoto*?", Karen sugere.

"Vocês não vão precisar do *garoto* para dizer o que fiz. Vai estar mais do que óbvio."

Karen para o carro no estacionamento do parquinho, e Ginny e eu descemos do banco de trás.

Quando elas se vão, Ginny acende um cigarro e fica brincando com a chama do fósforo por um segundo antes de apagá-la.

"Como você escapa de casa à noite?", eu pergunto. "Quero dizer... já que seus pais são tão rígidos."

"Eu uso magia."

"Não, sério mesmo."

"Falando sério? Eu conto com os calmantes em que eles são viciados para dormir. Às 10 horas da noite, eles estão tão pregados na cama, que eu poderia entrar no quarto deles com uma fanfarra tocando qualquer música que eles não iriam acordar."

"Uau."

"Sim. Tenho sorte. Como você consegue escapar da Jodi Louca?"

"Não sei bem. Ela parou de se importar depois da semana passada. Foi algo que minha mãe disse pra ela, acho." Eu paro um pouco. "Ou ela poderia estar me esperando essa noite com uma equipe da polícia em casa. A gente nunca pode ter certeza de nada com tia Jodi."

Ginny concorda e fuma.

"Então, qual ó grande plano pra sexta-feira?", eu pergunto.

"Ah, é genial", diz, sorrindo.

"Você vai me dizer?"

"Você vai aparecer pra ver a peça?"

"Espero que sim. Quer dizer, eu preciso pedir pra minha mãe. Nós vamos embora na sexta à noite."

"Se é assim, por que eu devia te contar meu plano?"

Nós caminhamos em silêncio por cerca de um minuto. Eu envio as formigas em uma missão especial no cérebro da Ginny, para que elas apertem o botão de *botar tudo pra fora*.

"Eu vou raspar minha cabeça", ela diz.

Eu solto um grito de susto.

"Não!"

Ginny para e olha para mim.

"Como assim, não?"

"Você não pode fazer isso!"

"Por que raios não posso?" Ela está falando alto demais para que eu me sinta confortável. É uma hora da manhã e estamos em frente a uma casa.

"Porque você não *pode*! Seus cabelos... eles..."

"O quê? Meus cabelos são bonitos demais?"

"Sim!"

"Importantes demais?"

"Sim!"

"São mesmo? Será que eles são *tão* importantes assim? Estamos falando só da porcaria dos *cabelos*!"

Concordo com a cabeça. Estou tentando imaginar Ginny sem cabelos. Uma ninja careca. Sem cabelos esvoaçantes no coral.

Ela joga as mãos para o alto.

"Você não aprendeu nada? Há mulheres passando o inferno e você está preocupado com meus *cabelos*? *Eu não sou meus cabelos*!"

"Mas você ganha dinheiro com eles", eu digo, tentando disfarçar e evitar passar mais vergonha. "Você pode doar o dinheiro que ganha para alguma causa ou algo assim, não?". Eu procuro pelas formigas. Com certeza elas querem jogar na minha cara o quanto sou idiota por dizer isso.

"Eu disse para você que não fico com o dinheiro. De qualquer forma... você não está entendendo", ela diz sem alterar a voz. "Você não percebeu que cortar meus cabelos, acima de tudo, vai irritar meus pais. E é isso o que preciso pra conseguir minha liberdade. Eles me controlam por meio dos meus cabelos. Eles me prenderam naquele outdoor, como se eu não tivesse mais nenhum outro potencial. Achei que você compreendesse isso, sabe? Depois de passar a vida toda lidando com uma lula e uma tartaruga. Depois de viver sendo atormentado por um gorila acéfalo. Você entende esse desejo por liberdade, não?".

Fico olhando para Ginny e a imagino sem os cabelos. Ela ainda continuaria linda. O nariz dela ainda seria arrebitado e cheio de sardas, e os olhos ainda continuariam verdes e intensos. Ela ainda continuaria sendo incrível. Ela ainda continuaria sendo inteligente. Ginny só não teria muito cabelo.

"Você tem razão. Acho que você está completamente certa."
"Você acha?"
"Acho mesmo."
"Por quê?"
"Porque você é mais que seus cabelos. Você é incrível, Ginny. Você é uma pessoa cem por cento maravilhosa." Ela fica olhando para baixo e eu pego as mãos dela. "O mundo devia agradecer só pelo fato de você estar viva."

Ela ri.

"Estou falando sério. Pessoas como você é que deviam estar no comando das coisas. De tudo. Você devia ser idolatrada."

"Bem, eu já sou meio idolatrada, você sabe. Com os outdoors e essas coisas...", ela brinca.

"É verdade."

Caminhamos por um minuto e então ela pega minha mão.

"Sabe aqueles comerciais? Aqueles onde a modelo diz: 'Eu mereço isso'?"

"Sei."

"No dia em que gravamos o comercial" – a voz dela fica trêmula – "eu precisei dizer aquilo várias e várias vezes, até eles terem *takes* o suficiente. *Eu mereço isso. Eu mereço isso. Eu mereço isso.* Sinto como se estivesse vendendo minha alma, sabe? Tenho uma ótima vida e sou mimada e paparicada só porque, por acaso, tenho cabelos bonitos, enquanto as pessoas estão sofrendo no *mundo inteiro*."

"Mas...", tento dizer alguma coisa, mas Ginny está chorando agora, e levanta a mão para me impedir de falar.

"Sabe aquela Ginny dos outdoors? A Ginny do xampu? A Ginny das revistas? Essa Ginny não tem alma."

"Pare com isso. Ela tem alma sim."

"Talvez até tenha, mas ela é tão controlada por outras pessoas que já não enxerga mais a própria alma."

"A alma dela está lá."

"Mas está suja. As outras pessoas estragaram a alma da Ginny."

Eu a faço parar de andar e a seguro pelos ombros.

"Me escuta aqui. Eles podem até controlar o que você faz, mas ninguém pode mijar na sua alma sem sua permissão."

Ginny concorda, como se soubesse exatamente o que eu quero dizer e, enxugando os olhos, ela continua:

"Além do mais, eu nem uso aquele xampu idiota."

Acho que esse é o jeito perfeito de explicar como eu me sinto em relação a tudo no mundo. Eu nem uso aquele xampu idiota.

Eu passei a vida toda correndo atrás de um velho abandonado por pessoas que não achavam que ele merecia retornar para casa. Passei a vida toda morando com um homem que não achava que ele merecia ter um pai. Passei a vida toda com uma mulher que não achava que merecia mandar na própria vida. Tudo isso está arraigado em mim. Passei a vida toda baixando a cabeça para Nader McMillan porque não achava que merecia coisa melhor na vida. Porque achava que alguma outra pessoa ia fazer algo para me ajudar e acabar com aquilo. Mas isso nunca vai acontecer, porque todo mundo que podia me ajudar usa o xampu.

Eu abraço Ginny.

Tenho aquela sensação de novo – a sensação de amar e ser amado –, mas é mais intenso dessa vez porque ela ainda está chorando um pouco.

"No que se refere a mim", ela diz, "cansei de usar minha imagem pra essas baboseiras."

"É isso aí", eu digo.

"A partir da próxima sexta-feira, minha vida vai ser minha e de mais ninguém", ela diz e então me beija novamente, e juro que estou vendo estrelas. Ou então estou vendo as formigas vestidas como estrelas. Ou estou vendo qualquer que seja a representação visual do amor que não posso ter.

Dou o sorriso mais bobo que minha boca já fez.

"Sabe, Lucky, você é um garoto que fica bem bonitinho quando sorri."

"É, eu sei."

As formigas concordam e dão sorrisos bobos, me fazendo sorrir ainda mais.

"Acho que você devia continuar assim, cara."

"Obrigado, eu vou." Eu mal consigo pronunciar o "v", porque meu sorriso está aberto demais.

Nós caminhamos até chegar ao ponto onde nos separamos. Ginny diz:

"A peça começa às sete da noite na sexta-feira. Posso dar um jeito de te colocar lá nos bastidores."

"Espero conseguir aparecer."

"Você devia vir pelo menos pra se despedir", ela diz. Em seguida coloca o capuz e some em meio aos quintais de Tempe.

Eu caminho até a casa de Jodi e Dave, ainda sorrindo. A porta está destrancada e ninguém está me esperando, então eu a tranco e vou andando na ponta dos pés até o quarto de hóspedes. Me enfio dentro na cama e fico pensando sobre *Os Monólogos da Vagina*, e sinto aquela montanha-russa de realidade mais uma vez. E penso também em toda a realidade que estou prestes a encarar. Daqui a dois dias, voltarei para a Pensilvânia, onde vive meu pai. Onde vive Nader McMillan. Por incrível que pareça, nem mesmo ficar pensando nisso é capaz de tirar o sorriso do meu rosto.

Missão de resgate #111
Bananas

Nader McMillan está sentado em um canto, chorando. Ele fica balançando o corpo para a frente e para trás, e sua sanidade está por um fio. Bom. Eu gosto disso.

A pequena cabana está lotada de bananas. Pencas delas. Frankie, o guarda do meu avô, e seus dois colegas mais jovens estão sentados à mesa fumando charutos e jogando pôquer. Toda vez que Frankie perde – o que acontece sempre porque ele joga muito mal –, os dois guardas mais novos podem fazer o que quiserem com Nader McMillan.

Lá fora está chovendo sapos. Sapos grandes e saltitantes, caindo com tanta força e velocidade no teto de palha que eu acho que a cabana vai ceder dentro de uma hora se a chuva não diminuir. Tenho certeza de que vamos acabar nos afogando em sapos.

"Lucky", Nader sussurra.

Eu o ignoro.

"Lucky", ele sussurra novamente, e desta vez soluça de choro após me chamar.

Eu olho para ele, que diz:

"Me ajude".

Eu viro o rosto. Estou cego de ódio por ele. Sei disso e não me importo.

Aponto para o machucado na bochecha. Antes desse machucado, eu não tinha nenhuma cicatriz por causa do incidente da banana. A única cicatriz estava no meu cérebro. Agora eu tenho algo para mostrar, tenho algo que pode ser fotografado. Equipes de psicólogos podem avaliar as fotos e dizer: "Lucky Linderman ficou louco após receber um golpe no rosto com a forma do estado de Ohio/Virgínia Ocidental/Michigan/Iowa". Aponto para o machucado, mas Nader sabe para o que estou apontando de verdade: a ferida que nunca vai curar. A cicatriz com formato da Flórida ou da Califórnia. Minha cicatriz com o formato de uma banana.

Eu respondo:

"Vá se foder".

As formigas marcham em fila única sobre o rosto dele e escrevem na testa suada de Nader: VÁ. SE. FODER.

Meu avô está no colchonete dele, meditando. Ele me diz:

"Você precisa viver no momento presente, Lucky."

"Mas é impossível esquecer."

"Não falei que você precisa esquecer o que aconteceu. Jamais esqueça o que houve, mas pare de ficar vivendo *ali*. Viva aqui, no presente. Pense no seu futuro."

"Meu futuro são mais três anos de Nader McMillan."

"Sim, mas de agora em diante é você que está no controle."

Quando Frankie perde a mão e chega o momento de torturar um dos prisioneiros, os jovens guardas apontam para meu avô. Frankie indica Nader.

"O jovem! Ele é corajoso!"

Mas eles querem meu avô. Eu viro o rosto. Meu avô não solta nem um pio. Depois que seu tormento acaba, ele simplesmente come a banana.

Nader McMillan grita. A cabana foi inundada por sapos. A porta não aguentou à pressão e se abriu, os sapos entram e começam a nos afogar.

Meu avô e eu saímos rapidamente pela janela e caímos em uma correnteza de sapos, por onde vamos flutuando sem nenhum barco.

Depois, paramos na margem lamacenta do rio de sapos. As pernas do meu avô estão detonadas, com ossos fraturados, sangue seco, pedaços amarelados de gordura e tendões coloridos à mostra. Já as minhas pernas estão inexplicavelmente intactas – nem mesmo um arranhão.

"Como é que você está vivo até agora?", eu pergunto.

"Minha hora ainda não chegou, acho."

"Não, quero dizer como é que você sobrevive a tudo isso?"

"Simplesmente sobrevivo. Quando eles me torturam, mostram que são fracos. Quando eu sobrevivo, mostro que sou mais forte que eles."

"Minha vida é minha. E de mais ninguém."

"Exatamente", meu avô diz, enquanto realinha a tíbia com o resto da perna. "Você está mais forte." Ele dobra o joelho algumas vezes para se certificar de que está tudo certo. "Posso te fazer uma pergunta?"

"Sim."

"Por que você continua vindo para cá?"

Não consigo entender por que ele está me perguntando isso. Eu fico irritado por meu avô precisar perguntar.

"Você sabe", eu digo.

"Me conte, mesmo assim."

Eu bufo.

"Estou aqui para resgatar você. Para levá-lo de volta."

"Por quê?"

"Meu Deus! Porque você não deveria estar aqui! Você não deveria estar aqui! E vovó Janice me pediu pra fazer isso. Porque precisamos de você."

"Então você foi enviado pra cá. É por isso que está aqui?"

"Sim."

"E se eu mandar você embora e falar pra não voltar mais?"

"Eu não obedeceria. Não há razão pra você estar aqui, assim como eu."

"Filho, você acredita mesmo que pode me arrancar deste lugar por meio dos seus sonhos?"

Não digo nada. Meu avô me dá um tapinha no ombro e então me dá um pacotinho de chiclete que ele tirou da orelha, da mesma forma que os mágicos tiram uma moeda. Ele tira um pedaço de chiclete da outra orelha, desembrulha e coloca na boca.

"Pense nisso pra mim, está bem?", ele pede.

Quando acordo, ainda estou com o sorriso bobo no rosto, o sorriso que Ginny achou bonitinho. Também estou segurando um pacotinho de chiclete e fico tentando pensar no assunto, conforme meu avô pediu, mas não sei bem no que pensar. Será que ele está me pedindo para abrir mão da minha missão de vida? Ou será que ele está me dizendo que essa *não é* minha missão de vida?

28

A DÉCIMA SEGUNDA COISA QUE VOCÊ PRECISA SABER – PIRITA DE FERRO SE PARECE MUITO COM OURO

Minha mãe, Jodi e eu estamos dentro do carro já faz meia hora. Jodi dirige devagar demais e começa a esbravejar quando alguém chega muito perto dela.

"Pare de colar em mim!", ela diz. "Ah! Você quer brincar? Porque posso ir mais devagar!"

Minha mãe está no assento do carona vendo o deserto passar lentamente pela janela, e provavelmente sonhando com as braçadas que vai dar quando voltarmos para casa. Eu estou deitado no banco de trás, caso alguém atrás de nós decida atirar em Jodi por ela dirigir como uma louca. A gente nunca sabe.

Então paramos em um estacionamento de terra batida ao lado de uma antiga cidade de garimpo – agora uma atração turística –, e Jodi diz:

"Chegamos!"

Nós três passamos uma hora caminhando pelo lugar, apesar de fazer mais de 37 graus. Jodi tira uma foto de mim (suando) dentro de uma cela da cadeia da cidadezinha. Nós sentamos e conversamos por um tempo com o xerife, que percebeu que o meu machucado tem o formato de Iowa. Atrás dele, mulheres vestidas como prostitutas jogam pôquer. Tomamos uma cerveja de raiz e esperamos começar a encenação do tiroteio, que acontece de hora em hora. Apesar do showzinho ser bobo e turístico demais, de certa forma ele me faz pensar como seriam as coisas por aqui em 1890.

"Imagine só", minha mãe diz.

"É", eu respondo. "Que louco pensar que as coisas eram assim." Claro que as coisas continuam mais ou menos iguais. Quero dizer, provavelmente há mais tiroteios hoje do que antigamente.

Depois que a encenação acaba, colocamos algum dinheiro no chapéu de doações e vamos até o bordel. Jodi, minha mãe e eu ficamos parados ali fora enquanto as falsas prostitutas nos convidam para entrar. Nós preferimos ir até o ferreiro ao lado. Depois que chegamos ao fim da cidade, Jodi entra em uma pequena capela branca, enquanto minha mãe e eu sentamos e bebemos uma garrafa de água.

"Você está bem, mãe?"

"Claro."

"Não. Quero dizer, você está *bem mesmo*? Para poder voltar?"

Ela faz que sim com a cabeça.

"Mal posso esperar pra ver seu pai. Estou sentindo falta dele."

"Isso é bom", eu digo. Não consigo imaginar do que ela pode estar sentindo falta, mas isso é entre os dois.

"Espero que você saiba que tive que fazer isso por mim mesma. Realmente não tinha nada a ver com você. Quero dizer, tem a ver com você, mas não é culpa sua."

"Eu sei", respondo. Vejo as formigas no chão de terra encenarem um tiroteio com pistolinhas. Às vezes eu invejo o quanto elas se divertem.

"Todos esses anos...", minha mãe começa a chorar um pouco. "Eu queria ligar para o diretor ou para o superintendente. Uma vez, quando você machucou os mamilos por causa daquela brincadeira de ficar apertando..."

"Espreme tetinhas."

"Isso." Ela balança a cabeça e morde o lábio inferior. "Naquela vez, eu queria ligar para a polícia, de tanta raiva que eu fiquei."

"Eu ouvi vocês brigarem", comento.

"Não é que seu pai queira ver você sofrer. Ele só não sabe o que fazer em relação a tudo isso, então acha que não tem nada que ele possa fazer."

Eu concordo com a cabeça.

"Assim, nós tentamos! Lembra quando fizemos você pegar uma suspensão?"

"O lápis", eu digo. Nader cravou um lápis no meu braço na quarta série. Depois que voltou da suspensão, ele me socou no ouvido com tanta força que eu fiquei sem escutar direito por uma semana. O pai dele ameaçou a escola. Disse que se Nader fosse "suspenso injustamente" de novo, ele iria processá-los.

"E aí seu pai veio com *o plano*. Achou que era genial."

Estamos assando debaixo do sol, virando uvas-passas humanas. Se tia Jodi não voltar logo, vamos virar torrada.

"Psicologia reversa, ele me disse. *Talvez, se não falarmos nada, eles o deixem em paz*. E eu caí nessa porque estava cansada de discutir." Minha mãe olha para mim, e a luz do sol batendo direto no rosto dela a faz parecer mais velha. "Mas olha só tudo o que você perdeu porque eu estava cansada de discutir com um idiota por causa da ideia idiota dele."

"Está tudo bem, mãe."

"Não está tudo bem, não. Eu sou sua mãe."

"Sim, mas eu parei de contar as coisas pra vocês faz tempo. Não conto pra mais ninguém. De qualquer forma, aqui estamos agora."

Minha mãe olha para o relógio e depois na direção da capela branca.

"Aqui estamos, isso mesmo. Por quê, não faço ideia. Provavelmente este foi o pior lugar para eu trazer você!"

"Não mesmo. Estou me sentindo melhor aqui."

"É mesmo?"

"Sim. Dave me ensinou várias coisas, e só conhecer Jodi meio que me mostrou o quanto minha vida é normal. Assim, mesmo com papai fugindo direto e querendo que fôssemos duas ostras."

Nós vemos Jodi sair pela porta da capela, e eu continuo:

"Eu meio que gosto dela, sabe? Jodi tem um lado bom que compensa o resto ou coisa assim."

Minha mãe ri e disse:

"Sim. Tem alguma coisa nela mesmo. Não sei bem o quê."

Agora é o momento em que eu contaria a ela sobre as traições de Dave se tivesse mais tempo, mas não tenho. Não quero estragar a relação da minha mãe com seu único irmão nem piorar ainda mais uma situação que já é ruim.

Quando Jodi chega, ela diz:

"Vocês dois estão prontos para garimpar ouro?"

Nós vamos até o barracão de garimpo e compramos um vasilhame de cascalho para peneirarmos. A mulher nos dá tubinhos para guardarmos o ouro e também algumas pinças. De nós três, minha mãe é quem encontra mais ouro. Jodi diz que ela só está atrás das granadas desta vez porque já veio aqui tantas vezes que o ouro não tem mais graça. Previsivelmente, eu acabo com um tubo cheio de pirita de ferro – o ouro dos tolos. Na semana passada, isso teria feito eu me sentir idiota. Hoje só me faz dar risada. E me lembra do que meu avô disse ontem à noite. Talvez eu esteja vendo as coisas do jeito errado. O fato é que pirita de ferro se parece muito com ouro, e eu não sou a primeira pessoa na história que confundiu os dois.

Quando voltamos para casa, já são três da tarde. Fico vendo minha mãe nadar. Ela diz que não vai mais aguentar a piscina pequena por muito tempo.

"Eu me sinto como um condor engaiolado."

Eu digo a ela que vou sair para dar uma volta, o que é loucura, porque lá fora a temperatura está em quarenta milhões de graus, mas eu vejo Ginny andando com algumas garotas na área atrás da casa de Jodi.

Saio pelos fundos do quintal e, quando a alcanço, ela está na calçada conversando com três garotas de aparência normal (cabelos longos e lisos, penteados corretamente, vestindo roupas bem-passadas de patricinhas). Quando Ginny me vê, pede licença para as amigas e caminha até mim.

"Você ainda está sorrindo", ela diz.

"Não consigo evitar."

"Vai aparecer amanhã?"

"Acho que sim. Você ainda vai...?" Eu aponto para meus cabelos e franzo a testa, para indicar o resto da pergunta: *raspar seus cabelos?*

Quando ela está prestes a responder, ouvimos um assobio bem alto. Ginny se vira para sua casa. Ao fazer isso, seus cabelos esvoaçam como uma saia rodada. Eu vou sentir falta deles.

"Merda. É minha mãe."

"Ela está chamando você ou um cachorro?"

Olho para lá e vejo uma mulher na varanda da casa mais bonita do quarteirão. Ela está com uma mão na cintura e outra na boca para assobiar de novo, caso necessário, e está olhando diretamente para mim. Olhando *através* de mim. Então ela aponta para o relógio freneticamente.

Antes que eu possa dizer qualquer coisa, Ginny se foi. Ela para pra dizer tchau às amigas e, enquanto corre até sua casa, a vejo se transformar em uma pessoa completamente diferente. Mesmo vendo de trás eu tenho certeza de que essa pessoa jamais conversaria com Lucky Linderman, e muito menos o beijaria.

Nós esperamos até às 6h30 por Dave. Jodi tenta ligar no celular, mas ele não atende. Então saímos para jantar no restaurante preferido dos dois, sem ele.

Dave finalmente liga enquanto estamos comendo o pão e diz que não vai conseguir chegar.

"Uma reunião de última hora", Jodi diz.

Minha mãe parece desapontada. Antes que Jodi possa dizer algo, ela diz:

"Eu realmente deveria ter planejado melhor isso, para não virmos quando ele estivesse tão ocupado no trabalho."

Jodi e eu olhamos para nossos pratos e não dizemos nada.

Eu me empanturro de comida. Como até mesmo a sobremesa – o cheesecake de morango. Quando voltamos para casa, minha mãe começa a lavar nossas roupas e eu vou direto para a cama, já que mal posso esperar pela sexta-feira, porque sexta é o dia em que partimos. Porque sexta é o dia em que vou poder ver Ginny uma última vez. Não sei dizer qual das duas coisas é melhor.

29
LUCKY LINDERMAN CHEGA NA SEXTA-FEIRA

Eu acordo com minha mãe organizando as roupas lavadas sobre o colchão. Ela já desfez a cama e pegou emprestado de Jodi o cesto de roupa suja, que está esperando pelos meus lençóis, presumo, para que ela possa levar até a lavanderia e lavá-los para Jodi. Ela coloca as pilhas de roupa a exatos 10 centímetros uma da outra. Cada peça de roupa está dobrada com perfeição, como se estivessem à venda nas mesas de uma loja de departamentos. Eu volto a cair no sono.

O chuveiro é desligado e minha mãe aparece alguns minutos depois enrolada na toalha.

"Levante-se, Luck. Preciso desfazer sua cama."

"Tá bom." Eu digo isso, mas quero continuar dormindo.

"De pé", ela diz, gesticulando com os braços.

Então eu levanto e vou tomar um banho. Quando saio do banheiro, vejo minha cama desfeita e minhas roupas bem dobradas e empilhadas sobre o colchão, como se elas estivessem sendo revendidas na JCPenney. No departamento POW/MIA da JCPenney, claro, onde nossos heróis jamais são esquecidos.

Penteio o cabelo e confiro a casca do machucado no espelho. As bordas perderam os pedaços mais secos e irregulares, e agora Iowa se transformou na Pensilvânia – virou um retângulo quase perfeito com a fronteira do leste chanfrada e uma cordilheira de montanhas no meio. Acho isso bem apropriado para o dia em que estamos voltando para casa.

Enquanto minha mãe dá suas últimas braçadas na piscina de Jodi, eu tento encontrar Ginny. Passo em frente à casa dela duas vezes, a primeira vez indo e a segunda voltando, mas parece que não há ninguém. Então vou para o parquinho, que está vazio, e fico sentado debaixo da sombra por um tempo, pensando que amanhã estarei em casa de novo. Quase sinto toda a autoconfiança que tenho aqui no Arizona desabar só de pensar nisso. É como se o lugar onde eu moro tivesse mais importância do que eu podia imaginar.

O último lugar onde eu lembro de ter sido feliz foi na casa de vovó Janice, antes de ela ficar doente. Desde o primeiro ano do ensino fundamental, a escola me transformou em um covarde assustado. Eu achava a piscina legal até Nader começar a trabalhar lá dois anos atrás. Agora eu odeio aquilo ali. E minha casa é um desastre por vários motivos.

Fico imaginando meu pai vivendo sozinho pelas últimas três semanas – hasteando as bandeiras, indo para o trabalho, voltando para casa e baixando as bandeiras. Tem algo nessa cena que me dá vontade de chorar. Na verdade, tudo nela me faz sentir assim. Todos esses anos eu tenho visitado meu avô, enquanto meu pai não pode fazer isso. Quando ele dobra a bandeira POW/MIA toda noite, é o pai dele quem ele está dobrando. Essas bandeiras são tudo o que ele tem. São tudo o que ele sempre teve.

Estou almoçando no meio da tarde na mesa da cozinha quando escuto tio Dave parar o carro no quintal. As formigas dizem: *Ei! Olha só quem decidiu dar as caras!*

Dave entra e diz:

"Que bom que peguei você aqui! Achei que já tinham ido embora a essa hora."

"Nosso avião decola bem tarde. É um voo noturno."

"Minha irmã sempre teve o hábito de chegar cedo pra tudo. Além disso, achei que você podia estar lá fora se despedindo de suas amigas misteriosas."

"Não."

Ele inclina a cabeça.

"Tem algo errado?"

"Não."

Dave consegue sentir meu desprezo por ele. Estou fazendo isso de propósito.

"Desculpe por não ter conseguido aparecer ontem. Foi uma semana bem puxada no escritório."

"Tenho certeza que sim", eu respondo.

Ele dá de ombros e vai até a porta da garagem.

"Quer puxar um pouco de ferro antes de ir embora?"

"Não, já tomei banho."

Dave fica ali parado olhando para mim, e eu olho para ele. Olho no olho. Ele não faz ideia de que eu sei que ele trai tia Jodi e acabou com a chance de ela ter uma vida feliz. Parte de mim quer que ele saiba disso. Outra parte quer que eu diga para ele ou cagar ou sair da moita. Já as formigas querem que eu jogue uma anilha de 10kg em cima do pau dele.

"Beleza então", Dave diz. "Eu vou lá puxar um ferro."

Quando ele está prestes a abrir a porta, eu digo:

"Sei que você não está sempre trabalhando, quando diz que está."

Ele para e se vira para mim.

"*Eu sei*", digo novamente.

Dave parece meio surpreso e magoado e eu não digo mais nada, então ele abre a porta da garagem e a fecha depois de entrar lá.

Enquanto estou lavando meu prato na pia, minha mãe e Jodi entram, enxugando o corpo e conversando sobre calorias. Aparentemente, Jodi achava que contar calorias era um mito.

"Mas deixe-me ver se entendi bem. Se eu comer menos de 1.500 calorias e me exercitar todo dia, então eu vou emagrecer?"

Minha mãe assente.

"É essa a ideia, isso mesmo."

"Por que eles não nos ensinam essas coisas na escola?" Jodi enrola a toalha na cintura e veste uma camiseta extragrande.

"Acho que até ensinaram", minha mãe diz. "Mas naquela época era um assunto chato. Você provavelmente se esqueceu."

"Bem, pois é. Antigamente eu podia comer o que quisesse e não engordava nada."

"E outra…", minha mãe começa a dizer, mas escutamos alguém bater na porta da frente e tocar a campainha, tipo, quatro vezes seguidas.

Jodi está aturdida. Todos nós estamos, porque parece que escutamos gritos ou choro ou… Ginny. Quando tia Jodi abre a porta, Ginny entra na casa, soluçando e com as mãos no rosto – e quase careca. Faço a primeira coisa que me vem por instinto. Eu a abraço.

Nós nos sentamos no sofá de dois lugares, e ela continua chorando no meu peito. Olho para minha mãe e Jodi, e as duas encolhem os ombros, sem saber o que fazer. Por fim, Jodi pega uma caixa de lenços e senta-se no sofá do outro lado de Ginny. Eu entrego um lenço a ela, que enxuga o rosto e então olha para mim. Nesse momento vejo que ela está com uma enorme marca avermelhada e arroxeada ao redor do olho – um futuro olho roxo.

"O que aconteceu com seus cabelos?", Jodi pergunta, porque ela ainda não viu o olho de Ginny, que volta a colocar a cabeça no meu ombro e a chorar novamente.

Estou sem palavras. Imagine só isso: uma garota de cabeça raspada, onde você pode enxergar o cocuruto dela em meio aos fios de cabelo de dois centímetros de comprimento tingidos de loiro-platinado, com um vergão no formato do estado de Nova Jersey se formando em volta do olho e com o rosto inchado de tristeza. A garota mais linda que já vi na vida. Ela está vestindo calças de ginástica grandes e uma camiseta. E está cheirando a lágrimas salgadas.

Ginny continua chorando nos meus braços, e tia Jodi massageia as costas dela em círculos.

"Virgínia? O que está acontecendo?"

E então Ginny se vira. Jodi vê o olho dela e fica muda por um momento.

Eu pergunto:

"Quem fez isso com você?"

Ela passa o dedo indicador no vergão em volta do olho.

"Quem fez isso?", Jodi pergunta.

Ginny olha para mim e toca em meu machucado para senti-lo. Vejo que ela está tentando encontrar uma resposta, mas ela logo cai no choro novamente. Jodi fica massageando as costas dela com uma cara preocupada. Não era a mesma cara que ela fez duas semanas atrás, mas sim um rosto carregado de preocupação genuína. Como se ela estivesse imaginando que Ginny fosse sua própria filha ou algo assim.

Escuto o rádio ser desligado na garagem, o que significa que Dave terminou o treino. Minha mãe ainda está parada no mesmo lugar quando a campainha tocou. Ginny está inspirando profundamente, tentando se controlar.

"Você quer que eu ligue para Karen ou Shannon ou outra pessoa?", eu pergunto. Ela pega um lenço, assoa o nariz algumas vezes e enxuga o rosto.

Ginny assente em resposta à minha pergunta, e Jodi olha para mim com a testa franzida, querendo alguma orientação sobre o que fazer.

"Mas qual motivo horroroso eles tiveram para cortar seus cabelos?", Jodi pergunta.

"*Eu* cortei", Ginny diz.

Jodi a interrompe.

"Mas, querida, eu..."

"Estou cansada de ser só cabelo. Isso era tudo o que eu era! Cabelo!"

Eu concordo com a cabeça.

"Acho que ficou bem legal", Ginny diz, sentindo a cabeça raspada que ela mesma cortou.

Eu passo a mão também. E faço uma cara de quem diz: *Ficou bem legal mesmo.*

Sinto que Jodi começa a ficar impaciente.

"Minha mãe surtou", Ginny diz. "Ela disse que minha carreira estava acabada, que meu futuro já era, que minha vida estava arruinada. Disse que ela e meu pai talvez fossem me mandar para algum colégio interno ou coisa do tipo."

Jodi olha novamente para o olho de Ginny.

"Mas então... quem?"

"Foi ela", Ginny diz. "Eu não sabia o que fazer. Minha mãe nunca fez isso antes."

Jodi assente.

"Ela ficou me batendo e batendo. Ela estava de olhos fechados. Minha mãe pensou que estava batendo no meu braço, acho. Ela também estava chorando." Ginny confere o braço e podemos ver que ele também está arroxeado.

"Por causa do seu cabelo?", minha mãe diz com o tom de voz mais indignado que ela tem.

Ginny assente e soluça um pouco. Ela faz um bico e leva as mãos para cobrir o rosto novamente.

Minha mãe enrola a toalha no corpo e senta no sofá à nossa frente.

"Se você não se importa que eu fale, bater nos filhos é contra a lei. Não me importa o quanto ela estava irritada. O que sua mãe fez foi errado. Foi completamente errado."

Ginny concorda chorando. Ela está em choque. Sei reconhecer os sintomas. (Eu mesmo quase vejo as formigas dançarinas dela.) Ela não consegue nem mesmo cogitar a possibilidade de encarar uma briga com alguém como sua própria mãe.

Nessa hora, Dave entra na sala. A porta bate sem querer por causa do vento, e todos nós paramos o que estávamos fazendo para olhar para ele.

"O que está acontecendo aqui?", ele pergunta.

Jodi e minha mãe se levantam e se posicionam na nossa frente, como escudos. Dave quer ver quem está no sofá comigo, mas Ginny esconde o rosto no meu peito, então tudo o que está à mostra é a cabeça raspada dela. Não sei o que minha mãe e Jodi fazem para mantê-lo parado lá na porta da garagem, mas o que quer que seja, foi o suficiente para distrair Dave pelo tempo necessário.

Quando me dou conta, Ginny está me puxando pela manga e nós estamos correndo feito loucos pelos túneis ninjas dela, passando direto pelas familiares muretas, cercas e cachorros guardando as casas, mas dessa vez em plena luz do dia. E, no entanto, estamos invisíveis. Ninguém grita: "Ei, seus pirralhos folgados! Saiam do meu gramado!" Nenhum cachorro corre atrás de nós – nem mesmo latem para nós. Estamos voando baixo.

Chegamos ao parquinho e Ginny me leva até o alpendre onde guardam os equipamentos de manutenção dali. Lá ela estica o braço até a calha e tira um maço de cigarros com uma caixinha de fósforos dentro do plástico. Ela acende um cigarro e senta no canto da base de concreto do alpendre. As mãos de Ginny estão tremendo. Eu me sento ao lado dela, em silêncio.

Tudo aconteceu tão rápido que é difícil processar. Eu nem mesmo sei que horas são. Só sei que sinto que minha situação é melhor do que a de Ginny. Assim, claro que a família dela tem uma casa grande e dinheiro, e ela faz todas essas coisas legais e tem o rosto estampando outdoors. *Outdoors.* Mas mesmo com suas amigas legais e seus *Monólogos da Vagina*, Ginny ainda precisa voltar para casa à noite e ser controlada por aquelas pessoas que querem que ela seja alguém que ela não é. Comparado a isso, ter um pai-tartaruga convenientemente ausente parece algo bem desejável agora. E me faz querer que ela também tivesse uma lula como mãe.

Não digo nada dessas coisas. Eu simplesmente fico arranhando o chão de terra com um pequeno galho. Ginny não diz nada também. Enquanto ela fuma, leva a mão até o olho e fica tateando ao redor. Fico com vontade de tatear também, então, quando ela tira a mão, eu a viro para mim e fico tateando as bordas de Nova Jersey. Eu beijo Hoboken e Atlantic City. Beijo Newark e Trenton. Beijo Camden, e então sigo a estrada para o oeste, passo pela ponte Walt Whitman e chego a Pensilvânia. E então eu beijo minha casa.

"Eu vou matar aquela desgraçada!", grita Karen, dirigindo feito uma louca no meio da faixa de ultrapassagem para passar por dois velhos em um Cadillac. Maya está chorando. Annie está em silêncio.

"Acho que você devia mandar prendê-la", Shannon diz. "Você devia dar uma lição nela!"

Estou segurando a mão de Ginny, acariciando o dedão dela com o meu. Não estou mais em choque e estou conseguindo pensar direito.

"Precisamos de gelo", eu digo. "E um analgésico. Temos tempo para parar em uma farmácia?"

Dez minutos depois, estou correndo pelo estacionamento da farmácia, e Ginny está com um saco de gelo do McDonald's no olho. E então vamos para a cidade ao lado. Aparentemente, é lá que fica o teatro. Nessa hora, percebo que minha mãe deve estar maluca de preocupação sem saber se estou bem e se vamos conseguir pegar nosso voo, então eu ligo para ela do celular de Karen.

"Que peça?", ela pergunta quando digo que estou indo a uma.

Meu cérebro gagueja até eu me lembrar de que minha mãe tem uma vagina, então ela não vai se importar de eu usar a palavra.

"*Os Monólogos da Vagina*", eu digo.

Após alguns segundos, ela pergunta:

"Onde vai ser?"

"Aonde estamos indo?", eu pergunto para Ginny.

"Sua mãe que perguntou?"

"Sim."

"Não posso dizer."

Cubro o telefone para dizer algo, mas não sei o quê. É a peça delas. Elas têm ensaiado há meses. E apesar de eu confiar na minha mãe, sei que não podemos confiar nos adultos neste momento. Eu só não posso fazer besteira e estragar tudo porque sou um filhinho da mamãe.

"Desculpe, não posso dizer."

Ela diz para eu estar de volta até as 9h da noite, e então desliga o telefone.

Quando as portas se abrem às 6h30, a Nova Jersey de Ginny está menos inchada. Karen chegou a tirar algumas fotos com o celular dela, "para guardar como prova", ela diz. Ginny está com seu fichário e vai revendo suas falas, destacadas com caneta marca-texto rosa-choque, e fazendo anotações nas margens. Jane conversa com a garota que cuida da iluminação e está se certificando de que as cadeiras no palco estão no seu devido lugar sobre as marcas de fita-crepe. As pessoas começam a entrar no teatro, e um leve murmúrio toma conta do lugar.

Vou até os camarotes para observar as pessoas. Algumas param para ver o varal de roupas que Jane colocou lá de manhã – uma coleção de peças de roupa com mensagens escritas nela por atrizes que estão participando ou já participaram dessa peça. Depois de uns 10 minutos, eu também desço para dar uma olhada nas roupas. Uma camiseta diz: PODER ÀS MULHERES! Outra diz: POR TRÁS DE TODO HOMEM HÁ UMA GRANDE MULHER QUE O EXPELIU DE SUA VAGINA. Um maiô de natação de criança diz, em marca-texto, EU QUERIA SER UMA NADADORA OLÍMPICA, MAS EM VEZ DISSO VIREI UMA VICIADA EM DROGAS. Na parte de baixo do maiô, ao longo da virilha, está escrito: ELE AINDA DÁ AULAS. TALVEZ SEJA O PROFESSOR DA SUA FILHA. Meu estômago se revira.

Eu me foco nas calcinhas, com mensagens menos depressivas. Há três delas. Uma diz: VOCÊ VAI ME SATISFAZER? Outra: EU NÃO PRECISO DE UM MOTIVO PARA USAR ISTO. E a última calcinha, larga e grande a ponto de servir em tia Jodi, diz: EU SOU PERFEITA.

A plateia em torno do varal aumenta, e agora fico me sentindo meio estranho por ser um homem, então saio de fininho e subo as escadas até os camarotes. No final da escada, vejo um último objeto pendurado no varal: uma escova de cabelos. Na parte de trás dela, está escrito EU MEREÇO MAIS.

O lugar está lotado. As luzes se apagam, e as garotas entram no palco. Não há figurino nem adereços nem nada do tipo. Apenas cadeiras. A iluminação e o palco escuro fazem todo o cenário parecer bastante profissional, e as garotas não erram nenhuma fala. Elas cantam os gritos de guerra engraçados e contam histórias sobre a dura realidade enfrentada pelas vaginas. Eu fico sentado no último degrau da escada, de joelhos encolhidos, enxugando às vezes as lágrimas na manga da minha camiseta POW/MIA. É mais ou menos como foi no Grand Canyon – não acho que conseguiria encontrar as palavras para descrever como foi a experiência.

Quando a peça acaba, me levanto e, junto com as pessoas em pé, aplaudo até minhas mãos ficarem doloridas. Todas as garotas agradecem dobrando um pouco o corpo. Karen faz um carinho na cabeça raspada de Ginny, enquanto ela leva a mão ao rosto para inspecionar seu olho machucado. As formigas arremessam minúsculas rosas aos pés das garotas.

Desço os degraus e o corredor, e estou prestes a entrar furtivamente nas coxias, quando sinto uma mão no meu ombro e ouço a voz da minha mãe atrás de mim.

"Está pronto para ir?"

Dou um pequeno pulo de susto.

"Sim", eu respondo. Antes que possa perguntar como ela sabia onde eu estava, as formigas aparecem, cada uma delas lendo pequeninos cadernos de cultura e entretenimento do jornal.

"Eu estacionei lá atrás", minha mãe diz, e aponta para a porta atrás do palco.

"Ah."

"Você tem tempo para se despedir, mas não demore." Ela aponta para o relógio. Eu me lembro de que vamos voar para casa agora e fico devastado com isso, apesar de tentar não me sentir assim.

Encontro Ginny e as garotas, e dou um abraço em todas e digo que adorei a peça. Também digo que vou sentir saudades delas.

Karen diz:
"Não seja um babaca, está bem?"
Maya:
"Continue casto, Lucky. Sua hora ainda vai chegar".
Shannon:
"Ame a sua vagina, cara".
Annie:
"Tchau, Lucky".

Ginny pega minha mão, o que faz minha mãe pedir licença e sair pela porta dos fundos.

"Vou sentir saudades de você, Lucky. Tipo, mesmo que eu não te conheça de verdade."

Como é que digo isso? Como se diz a uma pessoa que ela o mudou para sempre?

"Quero que você enfrente aquele babaca, está bem? Chame a polícia se precisar. Você merece ser tratado com respeito", ela diz. Por instinto, eu toco o machucado, o que faz Ginny tocar o olho. Na hora, me ocorre que, se nos beijássemos agora, seríamos como um mapa dobrado dos Estados Unidos. Minha casca de ferida com o formato da Pensilvânia ao lado do olho roxo dela, com o formato de Nova Jersey. Fico pensando, então, em quantas pessoas mais poderiam se unir a nós. Onde estão as Montanas e os Colorados? Onde está Vermont? E Flórida? Quantos mapas nós conseguiríamos formar?

Eu digo:
"Eu te amo. Assim, como se você fosse uma irmã mais velha."
Ela me abraça.
"Eu sei."
Eu a beijo em Cape May.
"Até mais."
"Lembre-se", Ginny diz. "Amigos agem como amigos."

Olho para as outras garotas e sei que elas vão tomar conta de Ginny. Então saio pela porta dos fundos e desço no estacionamento, onde minha mãe está esperando por mim no carro de Jodi.

Assim que entramos na estrada que nos leva de volta a Tempe, minha mãe diz:

"Estou orgulhosa de você."

Acho que ela nunca falou isso antes. Antes de hoje, ela teria dito isso como se eu fosse uma criança que fez algo bonitinho ou foi bem na prova da escola. Dessa vez ela disse como se estivesse falando com um homem.

Voltamos para casa em silêncio.

Era Dave quem iria nos levar até o aeroporto, mas ele precisou ir ao "trabalho" por causa de uma "emergência", então chamamos um táxi e nos despedimos da tia Jodi.

Ela dá um abraço demorado demais na minha mãe e fica dando muito tapinhas no ombro dela.

"Vocês dois cuidem-se bem. Se precisarem de nós, é só ligar, ok?"

Minha mãe concorda com a cabeça e Jodi se vira para mim:

"Fique longe dos problemas, Lucky."

Eu sorrio e digo:

"Agradeça ao Dave por ter me ensinado a puxar ferro."

"Pode deixar."

"Diga a ele que vocês precisam ir nos visitar em breve", minha mãe acrescenta.

"Digo sim", diz Jodi.

As formigas dizem: *Larga as drogas, cara.*

O táxi chega e, enquanto coloco nossas coisas no porta-malas, digo a Jodi que vou mandar para ela um e-mail toda semana com uma receita para testar, e será uma receita fácil. Já estou vendo nos olhos de Jodi que ela está planejando se entupir de porcarias assim que eu for embora e que todo esse plano de enviar receitas vai ser uma grande perda de tempo. Mas eu decido que vou fazer isso, mesmo assim.

Minha mãe e eu acenamos do banco de trás do táxi, e eu sinto um peso coletivo sair dos meus ombros em direção ao céu sem nuvens do Arizona. Três semanas atrás, essa viagem parecia ser uma ótima ideia. Duas semanas atrás, ela foi a pior ideia do mundo. Hoje eu sei que foi a melhor coisa que já me aconteceu. Provavelmente por algumas razões que nem consigo ver ainda.

Quando decolamos, observo as luzes do Arizona sumirem debaixo do avião. Antes que a luzinha do cinto de segurança se apague, minha mãe já está roncando de leve, com a cabeça levemente inclinada para a direita. Eu só consigo pensar em Nader. Uma gota de suor escorre no meio das minhas costas. Fico pensando em todas essas histórias que a gente escuta sobre pessoas que tiveram uma infância difícil e saem de casa assim que podem, para jamais voltar. Faço as contas na cabeça. Ainda tenho três anos até me formar. É muito tempo até eu poder ir para algum lugar.

Inspiro profundamente e me lembro de que sou uma pessoa diferente agora. Talvez, se me esforçar o bastante, eu não precise virar um desses fugitivos.

Levo a mão ao rosto e arranco alguns pedacinhos da casca do machucado. Meu rosto está refletido na janela redonda do avião, e vejo que meu machucado agora está com o formato de um pequeno Massachusetts, com Cape Cod apontando na direção do meu ouvido. Em mais alguns dias, a casca vai ter desaparecido. Eu sinto as partes novas e macias de pele e fico espantado com a suavidade delas. Pele nova é algo incrível. Pele nova é um milagre, é prova de que podemos nos curar.

Missão de resgate #112
Todo mundo vê formigas

Meu avô foi sequestrado por formigas usando chapéus de festa e estão todos jogando Twister. Meu avô está ditando as cores, mas ele não pode jogar, porque para jogar Twister é preciso ter todos os membros e ele está sem dois – um braço e uma perna, desta vez.

"Mão esquerda no verde!", ele avisa.

As formigas se contorcem para realizar a jogada.

"Vovô!", eu digo.

Ele acena para que eu entre e uma cadeira aparece à direita dele.

"Pé direito no vermelho!"

"Você conhece as formigas?"

"Como assim?"

"Quero dizer... essas formigas não estão na minha cabeça? Elas não significam que eu sou louco?"

"Não mesmo. As formigas estão na cabeça de todo mundo. Estão na minha desde que eu era um garoto", ele diz. Em seguida: "Mão direita no amarelo!"

Não consigo compreender isso.

"Todo mundo vê formigas?"

Meu avô olha para mim e diz:

"Bem, quantas pessoas você acha que vivem vidas perfeitas, filho? Todos nós somos vítimas de algo uma hora ou outra, não?"

"Não estou entendendo."

"Mão esquerda no vermelho!", ele diz. Duas formigas caem dessa vez, e a risada delas fica mais alta. "Bem, pense um pouco nisso. Quantas coisas ruins você acha que podem acontecer com uma pessoa? Temos assassinato, agressão, estupro e roubo só pra começar. Apenas com essas opções, já estamos falando de muita gente que vê formigas." Ele avisa: "Pé direito no azul!"

Eu só comento:

"Hmm", porque não sei ao certo quantas pessoas ele quer dizer com isso.

"Há também assédio, intriga, extorsão, calúnia, difamação, abuso infantil, perseguição... a lista é longa, não? E não se esqueça que todo crime tem centenas de vítimas: todo mundo que conhecia e amava a vítima e o criminoso. Essa coisa é um efeito dominó."

"Toda essa gente vê formigas?"

"Sim. Mão direita no verde!"

"Uau."

"É. Se há gente que *não vê* formigas, eu diria que é na proporção de uma a cada um milhão de pessoas."

PARTE TRÊS

A tragédia é uma ferramenta para os vivos ficarem mais sábios, não um guia de como viver.
– Robert F. Kennedy

30

LUCKY LINDERMAN PARECE MENOR AQUI

Meu pai nos pega no aeroporto da Filadélfia e vai dirigindo para casa. Ele e minha mãe falam de amenidades e eu fico olhando para fora, pela janela. Está bem úmido aqui e eu fico com frio. Estou com arrepios.

Depois de mais ou menos 10 minutos no carro, minha mãe diz: "E então, você foi lá?"

Meu pai não tira os olhos da estrada.

"Fui aonde?"

"Fazer aquilo que você disse que ia fazer?"

"Não me lembro de ter dito que ia fazer nada."

Minha mãe fica olhando para meu pai. As formigas entregam a ela uma broca para ela furar o crânio dele. Foi preciso cem delas para transportar a broca até o banco da frente.

"Você foi conversar com os McMillans?", ela diz.

"Não."

Minha mãe fecha a cara, completamente desapontada.

"O que eu poderia dizer a eles? Quero dizer, obviamente o garoto aprende a fazer essas coisas em algum outro lugar."

"Não era esse o objetivo."

"Então qual era o seu objetivo?", ele pergunta.

"Você devia fazer alguma coisa."

Minha mãe bufa e olha para a janela enquanto passamos pelas cidades-dormitórios na periferia da Filadélfia. Ela não abre mais a boca. Eu fico sentado no banco de trás observando meu pai enquanto ele dirige. As formigas dizem: *Você não é uma tartaruga, Lucky Linderman.*

Meu pai estaciona no nosso quintal e diz:

"Bem-vindos de volta!", como se fosse um guia turístico. Como se fôssemos só passageiros que vieram sentados sobre o casco dele.

Eu tiro a mala do porta-malas, a deixo na lavanderia e vou para meu quarto. Depois de ficar deitado lá por um tempo, percebo que meu pai jamais vai fazer nada além de estar lá para nos pegar no aeroporto e trazer para casa. E cozinhar. E se eu quiser que algo mais importante mude, a responsabilidade por isso é minha. Sim, estou morrendo de medo disso. Sim, estou inseguro. Mas estou com raiva. Estou com raiva por ter que fazer algo porque meu pai não consegue. Mas então eu sinto o cheiro do café da manhã, e sei que meu pai está fazendo o que pode.

Depois de colocar os pratos com panquecas quentinhas e fumegantes na nossa frente, ele senta à mesa, olha para cada um de nós por um bom tempo e sorri.

Eu quero contar a ele sobre Ginny e os beijos, e também que eu consigo fazer supino com 28kg. Quero contar a ele como o Arizona mudou minha vida, mas essas são as melhores panquecas que já comi na vida, então eu digo:

"Como você faz panquecas tão boas?"

"Segredo de *chef*", meu pai responde, e então me conta que o segredo são raspas de limão.

Minha mãe diz:

"Sabia que Lucky é um ótimo cozinheiro?"

Meu pai franze a testa.

"Ele até mesmo ensinou algumas coisas pra Jodi."

Meu pai dá risada.

"Sua tia Jodi é um caso perdido."

Eu me endireito na cadeira, orgulhoso.

"Eu a fiz comer queijo brie."

Meu pai sorri para mim. De repente, eu me sinto idiota por ter parado de comer quando tinha 13 anos. As formigas dizem: *Esquece isso. Todo mundo já teve essa fase quando éramos larvas.*

Ele diz:

"Bem, se você foi capaz de ensinar Jodi a cozinhar, então deve ter poderes mágicos".

"Acho que ele tem", minha mãe diz e pisca um olho para ele.

"E o que você achou do Dave?", meu pai pergunta.

"Ele é legal. Ele me ensinou a puxar ferro, o que foi muito bom. Mas Dave trabalha demais." Será que percebem meu sorriso cínico quando digo isso?

"É verdade", minha mãe comenta.

"E tia Jodi é legal, mas ela é maluca. Assim, ela é maluca no bom sentido. Mas é maluca."

"Sem dúvida", meu pai confirma. Minha mãe assente.

"Lucky fez algumas amizades bacanas lá, não fez?", minha mãe diz.

"Foi legal."

"Fico feliz de ouvir isso", meu pai diz. "É bom ver você sorrindo."

É bom me ver sorrindo? Mas que conversa bizarra é essa? Quero dar uma chance a meu pai, mas se meu sorriso for considerado o responsável pelas mudanças que estão para acontecer dentro dessa casa, vou ficar aborrecido. Então decido que é hora de dizer algo.

"Eu queria arranjar algumas anilhas e halteres para musculação. Eu gostei de treinar", eu digo. Eles não tiram o rosto dos pratos nem dizem nada. Então acrescento: "Malhar faz eu me sentir melhor sendo um Linderman".

"Mas que raios você quer dizer com isso?", meu pai pergunta. Ele para de comer as panquecas e fica olhando para mim.

"Significa que estou cansado de ser eu."

Eles continuam me encarando.

"Significa que estou assumindo o controle da minha vida", digo.

Eles olham para mim e depois olham um para o outro.

"Acho que sei onde posso conseguir um jogo de pesos de musculação", meu pai diz. "Acho que um cara no trabalho está vendendo um."

Minha mãe fica com os olhos marejados.

"Isso seria muito bom, Vic."

Meu pai se inclina na minha direção e franze a testa.

"E não há nada de errado em ser um Linderman", ele diz. "Nós devemos ter orgulho de ser Lindermans."

Eu quero enfatizar aqui que ele disse "nós" e não "você". Eu levo a mão ao rosto e toco meu machucado no formato de Massachusetts, e não consigo evitar de coçar um pouco. Apesar de tudo o que estou falando, ainda estou nervoso. Apesar de ter puxado ferro, ainda sou fraco. E neste momento, meu pai é a menor das minhas preocupações.

Quando olho no espelho depois do café da manhã, vejo que a casca da ferida se partiu em vários pedaços menores. Agora ela é o Havaí. A ferida na minha maçã do rosto é Mauna Kea, a montanha mais alta do Havaí. Kauai está a ponto de cair a qualquer minuto. Maui vai logo em seguida também. Prevejo que, até amanhã, todas as marcas físicas de Nader já terão sumido. Então vai sobrar para mim apagar as marcas dele no meu cérebro – meu machucado mental.

Missão de resgate #113
Chuva de bananas

Estou dentro de um fosso de 10 metros de profundidade, sozinho, vestindo um pijama preto todo esfarrapado. Meus pés estão machucados, eu perdi o braço direito e estou sem a maioria dos dentes. Eu tenho barba.

Alguém me chama. Eu escuto "Lucky?", várias e várias vezes vindo lá de cima, mas não consigo ver ninguém.

"Me encontre na árvore, filho. Está lembrado?"

Eu me sento na lama e medito. Inspirar. Expirar. Me vejo na árvore com vovô Harry, mas quando abro os olhos, ainda estou sozinho dentro do fosso.

"Tente de novo!", ele diz.

Eu tento novamente. Abro os olhos e ainda continuo no fosso. E tento mais uma vez. E mais uma. Até que começa a chover. Bananas.

"Tente de novo, Luck! Vamos lá!"

O fosso se enche de bananas. São bananas que compramos no supermercado. Elas têm adesivos com mensagens engraçadinhas. Em vez de meditar, pego alguns dos adesivos e grudo na minha pele machucada. Faço isso até perceber que vou acabar me afogando em bananas muito em breve, se não sair daqui. Tento ficar por cima das bananas, mas meu peso as esmaga e eu fico melecado. Os insetos se aproximam.

Eu leio os adesivos. COLOQUE O ADESIVO NA TESTA. SORRIA.

Não tenho problemas em colocar os adesivos na testa. Mas não consigo sorrir.

"Tente de novo, Lucky! Não desista! Venha pra árvore!"

Eu medito, respiro, visualizo, me *transformo* na porcaria da árvore, mas não consigo tirar minha bunda do fundo do buraco. Já estou coberto de bananas até o pescoço.

"Sorria, filho! É assim que você vai sair!" Olho para cima e vejo a silhueta do meu avô – nebulosa e iluminada por trás.

Meu rosto está paralisado. Não consigo sorrir. É mais ou menos como quando minha mãe falava para eu não ficar cruzando os olhos de propósito, senão eu ia acabar vesgo de verdade. Aconteceu assim com minha boca. A Operação Não Sorria Jamais me deixou de cara fechada. Para sempre.

"Meu Deus, filho! Vamos logo!"

Continuo tentando, mas meu rosto não me obedece. Penso em coisas bonitinhas – filhotes de cachorros e gatos e bebês –, coisas felizes, como Ginny me beijando, vovó Janice me abraçando e minha capacidade de fazer supino com 28kg. Penso também em coisas ruins que me deixariam feliz – Nader sofrendo, Nader perseguindo Danny, Nader na cadeia. Nada de conseguir sorrir.

Tenho poucos segundos restantes. Vou morrer sufocado por bananas. Tudo fica escuro. Mal consigo respirar. Ouço vozes abafadas, mas as ignoro. Aceito morrer em um fosso de bananas. Estou de bem com tudo agora. Estou em paz. Paz de verdade.

E então eu sorrio – sem querer.

Agora estou em uma árvore com vovô Harry. Somos irmãos gêmeos. Nós dois estamos sem o mesmo braço, temos machucados no mesmo pé e alisamos nossa barba da mesma forma.

"Você pensou na pergunta que te fiz?", ele quer saber.

"Qual delas?"

"Aquela sobre o motivo de você vir aqui. Lembra quando perguntei se você realmente achava que seria capaz de me levar de volta com você?"

Eu confirmo com a cabeça.

"Você sabe que não é possível, né?", meu avô pergunta.

"Olha, tenho *motivos* pra estar aqui. Fui enviado. É *importante*", digo.

Meu avô alisa a barba dele. Eu aliso minha. Somos como dois mímicos idênticos. Exceto por meu rosto ainda estar coberto com adesivos das bananas, e que meu avô é realmente ele, e eu já não sou de fato ninguém.

"Você não está vindo *aqui*", ele diz. "Você está fugindo de *lá*. É uma grande diferença."

Quando acordo, já é de madrugada e eu fico deitado por um minuto. Minha testa está estranha, então eu passo a mão nela e percebo que está coberta com os adesivos das bananas, nos quais está escrito: COLOQUE O ADESIVO NA TESTA. SORRIA. Preciso de vários minutos até tirar todos. Quando chego à ultima camada de adesivos, tenho que arrancá-los de uma vez e rapidamente – como se fossem band-aids. Guardo um adesivo e grudo dentro da minha caixa secreta que fica debaixo da cama.

Eu olho para a caixa – ela guarda segredos de uma vida inteira – e sei que a mudança que estou para fazer envolve muito mais que puxar ferro e sorrir e qualquer outra bobagem superficial. A mudança envolve algo maior, mas eu ainda não sei bem o quê.

31

OPERAÇÃO NÃO SORRIA JAMAIS – 1º ANO

Era meu último encontro mensal lá no departamento de orientação. Eu estava na sala de espera, em uma daquelas cadeiras forradas de lã que pinica e coça. Cerca de dois minutos depois que cheguei lá, Charlotte Dent apareceu, pegou dois catálogos da faculdade na estante e se sentou à grande mesa que havia lá. Ela tinha chorado, e isso estava óbvio pelo rímel encharcado sob os olhos dela. Estávamos sozinhos na sala, porque a secretária do departamento não estava lá, mas eu não tinha coragem de falar com ela.

Charlotte levantou o rosto e olhou para mim. Eu olhei para baixo. Em seguida, ela tirou os catálogos da frente e deitou sobre os braços, como se fosse tirar um cochilo. Mas eu a ouvi fungar.

"Você está bem?", eu finalmente perguntei.

"Sim."

"Não parece."

Ela levantou o rosto e forçou um grande sorriso de brincadeira. "Que tal agora?"

"Ainda não."

Fui até a mesa e me sentei diante dela.

"Quero ter certeza de que você está bem", eu disse.

"Por quê? Você acredita nesses boatos idiotas?"

"Não."

"Então por quê?"

"Porque Nader McMillan costumava me perseguir antes de começar a atormentar você. E seus questionários estão me deixando preocupado."

"Meus o quê?"

"Você sabe... os questionários..."

Charlotte deu de ombros e fez uma cara como se estivesse perdida de verdade.

"No meu armário?"

"Não faço ideia do que você está falando", ela disse, e então a orientadora chamou meu nome lá da sala dela, e a conversa acabou por aí. Durante a reunião, tudo que eu ficava pensando era "quem?". Quem colocou aqueles questionários no armário se não foi Charlotte? Eu sei que vi Charlotte colocando um no meu armário em fevereiro, mas talvez eu tenha me enganado. Talvez Nader ou Danny tivessem imitado a letra de uma garota com uma caneta rosa. Talvez eu tenha sido um idiota... mais uma vez.

Naquele dia recebi outro questionário no meu armário. Estava escrito com caneta rosa, com a mesma letra feminina. *Se você fosse cometer suicídio, qual método escolheria?* A resposta: *Eu estou bem. Obrigada por perguntar.*

32

LUCKY LINDERMAN ESTÁ DE VOLTA

A primeira pessoa que vejo na piscina é Danny, que sorri rapidamente e em seguida me mostra o dedo, de brincadeira. Ele está perto da porta do vestiário, esfregando os tapetes pretos de borracha antiderrapante. Sigo minha mãe até uma área de sombra debaixo de uma árvore. Nessa hora sinto qualquer coragem que já tive na vida fugir deste meu corpo magrelo e patético.

Enquanto minha mãe ajeita a cadeira e passa protetor solar, eu me sento de pernas cruzadas e fico olhando ao redor. Ainda é cedo, e a piscina está vazia, exceto por alguns membros da equipe de natação que ainda não tinham terminado o treino e alguns outros praticantes. Eu olho para Danny e penso naquilo que Ginny disse para mim: *Amigos agem como amigos.* Sinto um frio na barriga.

Minha mãe pega a touca de natação da sacola e a coloca na cabeça. Eu decido que quero nadar também, então é o que faço. Minha mãe fica na raia três, vou para a raia cinco e nós começamos a nadar.

No começo, meu cérebro fica focado só no que meus olhos enxergam. A linha preta, o fundo azul. O selador dos rejuntes de cor preta. As bolhas que saem da minha respiração, as ondas e as correntes que meus braços e pernas fazem na água ao bater nela. Consigo sentir o gosto do cloro e a pressão nos meus olhos. Sinto minha cabeça irrompendo a água e minha nova bochecha apreciando a sensação do líquido gelado e refrescante nela.

Depois de um tempo fico entediado de nadar, então me seco e vou me sentar em um banco no sol. Fecho os olhos e fico devaneando sobre o novo Lucky. A escola vai ser diferente. A vida vai ser diferente. Vou ser corajoso.

"Ei, cabaço!", Nader me chama lá da porta da administração. "O hospício ligou. Eles querem sua mãe de volta."

Meu estômago se embrulha e se revira enquanto revejo a última cena da piscina na minha cabeça – a cena em que Kim nos prometeu tomar "medidas disciplinares". Será que sou um idiota por ter acreditado que Nader seria demitido pelo que fez comigo? Ainda sou tão ingênuo assim? Depois de todos esses anos? Toco o meu rosto ruborizado, tiro Maui da minha bochecha e dou um peteleco nela. Danny coloca a cabeça para fora lá do quiosque de lanches. As formigas montam um pequeno canhão de artilharia e começam a calcular as coordenadas para mirar nele.

Vejo minha mãe dar mais uma volta devagar de nado peito, e fico pensando em maneiras de simplesmente parar de vir aqui. Antes que consiga pensar em uma desculpa infalível, Lara e a mãe dela aparecem no portão. Lara sorri para mim e me dá um aceno discreto enquanto a mãe dela entrega seus cartões para Petra. Elas andam até o lugar de costume, atrás das árvores perto da quadra de vôlei.

Isso só aumenta a sensação de que preciso fugir deste lugar. Ser humilhado publicamente é uma coisa. Mas ser humilhado na frente da Lara Jones é simplesmente uma droga. Caminho devagar na direção delas, apesar de não estar a fim de receber a piedade dela. Nós conversamos onde ela estendeu a toalha.

"Ei!", Lara diz. "Você voltou!" Ela está segurando o livro da biblioteca usando o dedo como marca-páginas, como se tivesse vindo o caminho todo até a piscina lendo o livro.

"Sim. Aqui estou."

"Você se divertiu?"

"Acho que sim, foi legal", eu respondo. "Estava calor, com certeza." Lara assente e sorri. "Aconteceu alguma coisa enquanto estive fora?", pergunto.

Ela pisca para mim, enquanto diz:

"Não. Não aconteceu nada importante." Isso significa que algo aconteceu sim, mas que ela não pode me falar na frente da mãe. Lara começa a se afastar da toalha e diz: "Você está bem? Estávamos preocupados com você".

"Estou sim, obrigado." Vamos andando na direção do poste de espirobol até ficarmos longe o bastante para ninguém nos ouvir. Lara continua marcando o livro com o dedo e o leva junto ao peito.

"Fiquei tão feliz de ver o seu carro no estacionamento de novo", ela diz, gesticulando para que eu me aproximasse dela. Lara começa a sussurrar. Ela me conta que Charlotte estava ali na sexta-feira, brincando de mergulhar com seu irmãozinho. "A parte de cima do biquíni saiu de novo", ela diz. "E como Nader era o salva-vidas encarregado, ele a obrigou a sair da piscina na frente de todo mundo. Foi horrível."

"Que merda", eu digo.

"Assim, ela se cobriu da melhor maneira que pôde com o braço, mas você sabe... ainda assim foi uma droga. Minha mãe reclamou com o conselho da diretoria. Mais algumas pessoas fizeram o mesmo. Todo mundo quer que ele seja demitido. Aquele cara é tão babaca..."

"Sim, um babaca completo", eu digo. Me sinto mal agora. Me sinto mal por não ter chamado a polícia quando ele me bateu três semanas atrás. Se tivesse feito algo, nada disso teria acontecido. Nós começamos a caminhar de volta até a mãe dela, que agora está nos olhando com aquela cara que as mães fazem quando acham que seus filhos estão vivendo uma paixão de verão.

"Você quer jogar um pouco de *gin* mais tarde?"

"Claro, com certeza. Adoraria", eu respondo. "Mas pode terminar seu livro primeiro. Dá pra ver que você está louca para chegar no final."

"O próximo já está esperando por mim na biblioteca", ela diz. Lara abre o livro e senta-se à sombra das árvores que estão ao nosso redor. Penso em Ginny e em como ela foi a primeira garota que eu quis beijar. As formigas fazem sons de beijos estalados quando percebo que Lara é a próxima garota que quero beijar.

Vejo minha mãe secando o corpo debaixo do sol, na cadeira de praia dela. Eu me sento ao seu lado e digo:

"Oi."

"Oi."

"Viu quem está trabalhando hoje?"

Minha mãe abre os olhos e vasculha ao redor da piscina.

"Não."

"Nader McMillan."

Ela bufa.

"Não parece que ele foi demitido, né?", eu digo, apontando para minha bochecha.

Minha mãe balança a cabeça e fala um palavrão baixinho.

"Isso é culpa minha, Lucky. Totalmente minha culpa. Eu só..." A voz dela estremece um pouco. "Eu só estava com um monte de coisa na cabeça ao mesmo tempo."

"Não é culpa sua", eu digo.

"Não. Quando você se torna pai, ganha certas responsabilidades. A culpa. É minha. Totalmente." Ela enfatiza cada palavra com um gesto da mão.

Lara chega à última página do livro. Quando termina de ler, ela olha para o infinito, suspira e então fecha o livro. Minha mãe me vê assistindo a isso.

"Falando sério, mãe. Não é culpa sua. Não é culpa sua que Nader não foi demitido e não é culpa sua o fato de ele ser um cretino", eu digo. Meu rosto está coçando e, quando coço a bochecha, a última ilha do Havaí – Mauna Kea, na minha maçã do rosto – descola e cai na perna.

Minha mãe fica olhando para o nada por um minuto.

"Já te contei o que minha mãe costumava dizer sobre os babacas?" O tom de voz dela é alegre, como se tivéssemos mudado de assunto.

Eu balanço a cabeça.

"Ela dizia: 'O mundo está cheio de babacas. O que você está fazendo para ter certeza de que não é um deles?'"

Eu só digo "Uau", porque essa provavelmente é a coisa mais legal que já ouvi.

"Sempre que um de nós passava dos limites, ela dizia isso pra gente." Minha mãe balança a cabeça. "Aquela mulher era uma santa."

Uma hora depois, encontro Lara debaixo do pórtico para jogar uma partida de *gin rummy* disputada em melhor de três. Ela me derrota na primeira. Dou muita sorte na segunda e recebo uma mão praticamente vencedora. Ficamos sentados ali entre os jogos, observando juntos a movimentação. A molecada de férias domina totalmente a parte funda da piscina. Minha mãe está lá onde deixamos nossa toalha, e eu vejo quando ela chama Kim, a gerente, e as duas ficam conversando por alguns minutos.

Dá para ver pela linguagem corporal de Kim que ela está se desculpando. Dá para ver pela linguagem corporal da minha mãe que ela está citando minha avó: *O que você está fazendo para ter certeza de que não é um deles?*

Para o jantar desta noite, meu pai faz uma costelinha de porco ao molho barbecue particularmente deliciosa, e ele deixa que eu asse o milho do meu jeito, sem ficar me dizendo como fazer melhor. Eu como feito um homem das cavernas. Meu pai conta algumas piadas sobre o dia dele no trabalho, e minha mãe ri. Ela reclama dos garotos de férias roubando sua preciosa raia três, e ele tira um sarro da cara dela, por achar que a raia era dela, para começo de conversa. Eu fico escutando e comendo, comendo e comendo.

"Acho que o garoto McMillan pode ser demitido amanhã", minha mãe diz.

"Não era sem tempo", diz meu pai.

Eles olham para mim, e tudo o que faço é sorrir. Não estou sorrindo por que Nader talvez seja demitido. Estou sorrindo porque sinto que faço parte de uma família normal. Claro, meu pai ainda é basicamente uma tartaruga. E minha mãe ainda vai continuar nadando para aplacar seu deus da piscina. Mas *eu* me sinto normal agora. Não sei bem por quê. Também não sei se eu deveria me importar com o motivo de eu estar me sentindo assim. Simplesmente estou. Estou tão satisfeito com isso, e com a porção maior-que-de-costume de costelinhas no jantar, que pego no sono mais cedo, antes do programa do meu pai no Food Channel, e vou em direção ao meu encontro com vovô Harry.

Missão de resgate #114
Consertando Vic

Nos vejo de longe, no começo. Meu avô e eu estamos na árvore, balançando as pernas. Contagem de membros: todos presentes. Ele está sorrindo com os poucos dentes que lhe restam, e eu estou sorrindo também. Não consigo ouvir sobre o que estamos conversando, mas sei que o papo está bom.

Então eu me aproximo e meu avô diz:

"Você é um bom pai para o meu filho". Eu levo um tempo para compreender isso. Ele quer dizer que eu estou sendo o pai do meu pai, algo que meu avô jamais pôde ser. "Obrigado", ele diz.

Ficamos em silêncio por cerca de 5 minutos enquanto observamos o sol marcar o chão da floresta com pontos brilhantes. A brisa balança a copa da árvore.

"Eu me sinto bastante grato por ter tido todos esses anos com você", vovô Harry diz.

"Eu também."

"Ver você crescer e se tornar um homem foi a melhor experiência da minha vida", ele diz.

Eu sinto pelos crescendo no meu peito na mesma hora. Minha contagem de esperma aumenta. Eu digo:

"Já sei o que fazer com relação a Nader McMillan."

"Ok."

"Vou falar com ele. Confrontá-lo, sabe?"

"Sua avó ficaria orgulhosa. Ela sempre foi a justiceira da nossa família."

Ao pensar nela, fico entristecido.

"Ela sentia tanto a sua falta..."

"Eu vou vê-la em breve", ele diz. "Ela vai ficar feliz por termos consertado Vic."

De repente, estou sozinho de novo, caminhando por uma trilha na floresta. Estou pensando: *Nós consertamos Vic? Como?* Eu olho para os galhos acima de mim e não encontro meu avô em lugar nenhum.

33

A ÚLTIMA COISA QUE VOCÊ
PRECISA SABER – MEMBROS PERDIDOS

Tomo um banho bem demorado e fico me olhando no espelho depois que o vapor se dissipa. Sinto como se o sonho da noite passada tivesse me envelhecido. Procuro por provas disso no meu rosto – tudo o que vejo é a mesma penugem sobre o lábio superior que tive o ano todo. A cicatriz no meu rosto me encara. Ela tenta me lembrar do quanto sou fraco. Mas eu a ignoro.

Depois de colocar uma roupa, encontro minha mãe na cozinha, cortando picles.

"Você quer ir ao McDonald's tomar café da manhã?", ela pergunta, e eu quase caio de costas. Os Lindermans não comem no McDonald's.

"Sério mesmo?"

"Ouvi dizer que o café está melhor agora. Antigamente aquilo parecia borracha queimada."

Ainda não estou habituado com isso. Não sei se vou conseguir ser normal. Meu pai costumava me contar sobre uns caras na associação de veteranos de guerra que conseguiam sentir seus membros amputados. Me sinto como um desses caras – balançando o meu antigo eu, aquele eu fraco, torturado e patético de um mês atrás, embora eu já o tenha decepado de mim. É como ser duas pessoas de uma vez. Uma hora eu me sinto como o velho Lucky, que não tinha nada, e em seguida eu percebo que tenho tudo o que preciso.

Enquanto estou no quintal, escuto os garotos da vizinhança brincando. Garotos normais fazendo coisas normais. Eles provavelmente nunca ouviram nada sobre a Guerra do Vietnã. Eles provavelmente não sabem que 1.700 homens desapareceram lá e nunca mais se teve notícias deles. Provavelmente não sabem que 8 mil soldados desapareceram na Guerra da Coreia, ou que nunca mais soubemos nada de aproximadamente 74 mil homens na Segunda Guerra Mundial. Eles não sabem que os amputados às vezes tentam mexer os membros que eles perderam.

Eu não os invejo. Eles têm muito o que aprender.

Minha mãe pede um McMuffin com ovos e salsicha, e eu peço o McMuffin normal de ovos com batata. Nós estacionamos debaixo da sombra e, enquanto comemos, discutimos quantas voltas na piscina precisaríamos dar para queimar do nosso corpo todas essas delícias que estamos ingerindo.

Quando chegamos à piscina municipal, minha mãe já enfia seus cabelos dentro da touca de natação e vai direto para a ponta funda da piscina. Ela me espera chegar e fica observando a raia três.

"Quantas voltas preciso nadar para compensar o McMuffin com salsicha?"

"Umas 100", eu digo. "E mais umas 20 por causa do café cheio de açúcar e por ter comido metade da minha batata."

"Quer ver quem nada mais rápido?"

Ela nunca tinha me perguntado isso antes. Eu sei que vou perder, mas mesmo assim tomo posição na raia quatro. Ela diz:

"No três. Um. Dois. *Três!*", e então mergulhamos.

O sol bate na água e cria um mosaico de luzes no fundo da piscina. Eu vejo minha própria sombra deslizando na água e tento me alcançar. Só respiro a cada oito braçadas. Imagino que estou sendo perseguido por um tubarão e respiro à direita, para que não possa ver minha mãe. Isto aqui não é uma disputa, é a maior diversão que tive desde Ginny me arrastando atrás dela à noite.

Paramos de nadar depois da décima volta. Sinto meus pulmões queimando. Minha mãe também está igualmente ofegante, e nós não falamos nada enquanto ficamos agachados na ponta mais rasa da piscina, recuperando o fôlego. Vejo Danny olhando para nós lá do quiosque e eu penso: se sou um filhinho da mamãe por me divertir nadando com minha mãe na piscina, então eu sou Lucky Linderman, o filhinho da mamãe. Se isso torna Lucky Linderman um viadinho ou um otário ou qualquer outro xingamento idiota que recebi a vida toda, então tudo bem. Eu sou um otário viadinho e um filhinho da mamãe perdedor e babaca.

Minha mãe e eu nadamos em seguida 20 voltas em um ritmo cadenciado, e quando paro para retomar o fôlego, vejo Lara e a mãe dela se instalando perto da mesa de piquenique e aceno. Lara acena de volta e sorri. Ela vem até a piscina e senta na beirada, com os pés na água.
"Você ficou sabendo?"
Eu faço a cara de *não, não estou sabendo.*
"Demitiram Nader McMillan ontem à noite."
Olho para Lara e inclino a cabeça. Se eu sou um viadinho por achar as maçãs do rosto dela a coisa mais incrível que eu já vi, então eu sou Lucky Linderman, o viadinho. Porque as maçãs do rosto da Lara são fenomenais.
"Que demais", eu digo, ainda pensando nas maçãs do rosto dela.
"Estou tão aliviada", ela diz. "Se ele foi capaz de fazer isso com Charlotte e sair ileso, então ele podia fazer isso com qualquer garota nessa piscina."
Concordo com a cabeça e fico olhando para os ombros dela, perfeitos e redondos. Eu mal consigo pensar direito. Lara volta para ler sob a sombra com a mãe, e as formigas dizem: *O que você tem a perder, Lucky Linderman?*
No almoço, minha mãe e eu comemos sanduíches feitos com salada de ovos, sentados sobre nossa toalha. As formigas ficam sentadas em um canto da toalha jogando pôquer. Elas usam as migalhas para apostar.
Depois, minha mãe tenta nadar mais um pouco, mas a piscina está tão lotada de crianças de férias que realmente não era possível. Ela sai de lá, seca o corpo e começa a juntar nossas coisas. São 15h30. Vamos para casa cedo jantar com meu pai, porque este é o novo plano: mais jantares em família. Com meu pai passando mais tempo longe do bistrô La-di-da, isso pode significar que todo mundo vai ficar mais feliz. Ou não, eu acho. Isso vai depender de como meu pai vai aceitar

o novo plano. De qualquer forma, estou transbordando de energia positiva, do *chi* da tia Jodi.

Me despeço de Lara, mas ela está tão concentrada em seu novo livro, que nem olha para mim quando diz:

"Tchau, até mais."

Quando minha mãe vai tirando o carro do estacionamento, eu vejo que Nader McMillan está na entrada da piscina, conversando com os outros salva-vidas. Minha vontade é ficar escondido no carro até a gente passar por ele. Realmente não acho que vou conseguir fazer isso. Meu estômago está se revirando. Quando estamos quase passando por ele, eu digo:

"Você pode parar por um minuto? Preciso resolver uma coisa."

Minha mãe para no acostamento, eu saio do carro e vou andando até a entrada principal da piscina.

Nader me vê chegando. Pela primeira vez, ele não diz nada engraçadinho, fica só observando eu me aproximar. Estou caminhando de peito aberto e olho para ele nos olhos. Nader se afasta de seus amigos salva-vidas e, quando me aproximo, ele está de braços cruzados, com um sorriso cínico no rosto.

Eu digo:

"A gente precisa conversar". Meu coração está batendo tão forte que parece estar para sair do meu peito. Aposto que ele percebe isso.

Nader assente.

"Que foi?"

Eu chego bem na cara dele – o máximo que consigo, considerando que sou uns quinze centímetros mais baixo.

"A parada é a seguinte", eu digo e dou um cutucão no peito dele. "Você vai parar de me perseguir e me atormentar."

"Vou parar, é?"

"Vai. E se você encostar o dedo em mim de novo, vou chamar a polícia e te botar na cadeia."

"É mesmo?"

"É. E se eu vir você fazendo merda com qualquer outro cara, vou chamar a polícia também."

Nader está olhando para mim igual a quando éramos pseudoamigos – ele está sorrindo um pouco, e diz:

"Desde quando você virou homem, bananinha?"

Dou um cutucão nele de novo – desta vez com dois dedos.

"Guarda essa para alguém que se importa com suas merdas."

"Está se achando o durão agora?"

"Não, é só que você não bota medo." Agora batendo quatro vezes mais acelerado do que há trinta segundos, meu coração discordaria disso, mas estou indo bem.

"Hmm", Nader diz. Então ele dá um passo à frente e fica bem na minha cara.

Em vez de me afastar, eu me inclino na direção dele, para que ele sinta minha respiração.

"Estou falando sério", digo. "Vou te colocar na cadeia. Não duvide disso." Encaro Nader com os olhos arregalados e uma cara de louco. "Vou contar tudo, se eu precisar."

Ele leva as mãos para o alto, brincando na defensiva.

"Tá bom, cara. Que seja."

Nader ainda está me olhando de perto daquele jeito cínico e convencido – como se estivesse prestes a rir. Mas não ligo. Agora que disse o que precisava, acabou. Já fiz a minha parte, a menos que eu seja obrigado a cumprir com minha palavra... e eu vou cumprir, se precisar.

Kim, a gerente, diz:

"McMillan, pegue logo suas coisas e saia daqui. Se algum membro do conselho vir você, é minha cabeça que vai rolar."

Fico parado ali – bem na cara dele – até Nader se virar e ir para o depósito pegar as coisas que ele veio buscar. Eu me sinto incrível. Eu me sinto tudo.

Quando estou saindo da entrada, Ronald passa caminhando rapidamente. Ele vai até Danny, que está parado fora do quiosque de lanches e o pega pela gola.

"Onde está o McMillan?"

Danny não diz nada. Ronald agarra o rosto dele e espreme.

"Onde está o merda do McMillan?"

"Calma, cara", Danny diz e aponta para o depósito. Eu paro e me viro. Charlotte vem caminhando lentamente pela calçada ao lado da cerca – e acabou de passar pelo carro da minha mãe. Ela está falando ao celular. Aposto que ligou para a polícia, porque o Ronald tatuado está completamente maluco de raiva.

Tento pensar em alguma forma de impedir Ronald de fazer o que ele está prestes a fazer. Quero dizer a ele que não vale a pena, que ele pode acabar preso por causa de um merdinha como Nader. Mas Ronald está indo rápido demais, e eu fico parado ali, vendo-o correr até o depósito.

Só fico torcendo para que ele não machuque demais o Nader. E realmente não posso acreditar que, depois de tudo o que Nader me fez passar, eu esteja pensando assim. Mas eu estou.

Charlotte desliga o telefone e fica parada olhando pela cerca. Ronald sumiu lá dentro do depósito. Então nós escutamos o som da violência.

É um barulho alto de pancadas e batidas. O depósito todo está chacoalhando. Logo em seguida, Ronald sai de lá, suado. Ele está com sangue no peito, espalhado sobre parte de sua tatuagem. Vou até o carro de minha mãe e, antes que eu abra a porta, digo para Charlotte:

"Você está bem?"

Ela assente, e eu entro no carro e aceno de volta com a cabeça.

Minha mãe e eu chegamos em casa às 3h40, e vemos que meu pai já amassou o alho e cortou as cebolas. Ele também já cortou o peito de frango em pedaços – cubos perfeitos de três centímetros, e agora está espremendo um limão em um espremedor de vidro de laranja, que vovó Janice usava para fazer meu suco de laranja.

"O dia na piscina foi bom?", ele pergunta.

"O moleque McMillan foi demitido", minha mãe diz. "Então isso foi bom." Ela não menciona que eu confrontei Nader, e fico feliz por isso.

Meu pai assente.

"E mamãe e eu fizemos uma competição."

"Quem ganhou?"

Nós damos risada. Minha mãe levanta a mão.

"E Lucky ficou jogando cartas com a namorada a tarde toda."

"Eu perdi nas cartas também." Minha mãe repara em silêncio que não a corrigi. E decido que vou tornar Lara minha namorada o mais rápido possível.

Meu pai diz:

"Mulheres, filho. É bom se acostumar a perder". Ele volta a espremer limões.

"Posso ajudar?", pergunto.

"Não, eu dou conta de tudo aqui."

Fico na cozinha por mais um minuto ou dois, mas ele não está conversando comigo, então vou para o meu quarto trocar de roupa e volto quando vejo que minha mãe saiu também.

"Você não precisa ajudar se não quiser, mas seria bom ter uma mãozinha com esse arroz", meu pai diz. Minha mãe olha para mim.

"Claro", eu digo.

"Não deixe a água transbordar quando ferver. Enquanto isso, vou levar os frangos para a grelha."

Quando ele sai, minha mãe olha para mim e dá um sorriso amarelo. Acho que nós dois sabemos que não vamos fazer nenhum milagre com meu pai.

"Sabe, isso aqui é divertido", ele diz na porta da cozinha quando retorna.

Minha mãe e meu pai trocam um olhar como se tivessem um segredo. Ela sai da cozinha dizendo que precisa fazer algo lá no quintal. Definitivamente uma das coisas mais estranhas que ela já "teve que fazer".

Meu pai não diz nada. Ele vê se tem mais alguma coisa que precisa fazer para o jantar, mas tudo já está meio encaminhado. Depois de vê-lo olhando para lá e para cá mais alguns segundos, eu inspiro profundamente e digo:

"Está tudo bem, pai?"

Ele toma um pequeno susto.

"Sim, o frango vai estar pronto para ser virado daqui a um minuto."

Eu fico olhando direto para ele, que fica desconfortável com isso. Meu pai começa a perambular pela cozinha, abrindo e fechando armários, sem olhar para mim. Ele passa os pratos do lado direito da pia para o lado esquerdo. Depois olha para o relógio. Estou prestes a perguntar de novo se está tudo bem com ele, quando ele diz:

"Sabe, este lugar aqui não era a mesma coisa sem vocês dois por perto". Eu fico animado. Mas aí ele corta minha empolgação um pouco. "Eu não tinha ninguém para cozinhar", ele acrescenta sorrindo.

"Melhor ir se acostumando com isso." Eu suspiro. "Já sei me virar na cozinha, sabia?"

Meu pai finalmente olha para mim e vejo que ele está todo emocionado – assim como no dia em que vovó Janice morreu. Ele diz:

"Você está bem, filho?"

Eu confirmo com a cabeça. Quando ele não diz mais nada, eu falo: "Sim, estou bem".

Meu pai olha nos meus olhos por um segundo e assente, sutilmente. Em seguida ele se levanta e volta a virar os kebabs. Meio que fico com pena dele por algum motivo, mas em seguida essa sensação passa e volto a ficar pensando se Ronald machucou muito Nader e o que acho disso. Acho que é mais fácil isso do que perceber como me sinto em relação ao meu pai.

Algum tempo depois estamos todos sentados na mesa de plástico na varanda dos fundos, comendo meu frango-com-iogurte-e-arroz-com-tomate-e-abacaxi favoritos e ouvindo os sons vindo da vizinhança. Os pais voltam do trabalho, as crianças voltam da escolinha de férias ou da creche ou de onde quer que elas estivessem. O aroma de uma centena de jantares flutua junto com a brisa pelo nosso quintal. Não falamos muita coisa. Nenhum de nós parece estar preocupado.

Depois do jantar, meu pai volta para o trabalho e promete à minha mãe que não vai chegar tarde em casa. Eu assisto a dois programas no Food Channel, depois vou para o meu quarto e fico deitado no edredom POW/MIA. Penso em tudo que aconteceu nesse último mês da minha vida – de ganhar meu machucado com o formato de Ohio a conhecer tia Jodi, amar Ginny, amar e odiar tio Dave, confrontar Nader, apreciar meu pai e minha mãe, e descobrir Lara – e me sinto um cara de sorte.

Antes que perceba, estou quase dormindo, completamente envolto em uma agradável sensação de satisfação. Sinto que estou com as mãos atrás da cabeça. Eu *fiquei relaxando* até dormir. Sinto o cheiro de cloro na pele e o calor nas partes onde tomei sol hoje. Meus músculos estão levemente doloridos por ter nadado com minha mãe. É uma dor agradável.

Missão de resgate #115

Estamos perto do campo de prisioneiros onde nos encontramos pela primeira vez, perto do córrego onde caí. Sou um adulto, não um adolescente. Já tenho um princípio de barba e meu cabelo não é muito longo. Estou sentado em uma grande pedra, e meu avô está sentado na pedra ao lado. Ele está com as mãos juntas e apoia os cotovelos no joelho.

"Oi, garoto", ele diz.

"Oi, Harry", eu respondo. Acho que nunca o chamei de Harry antes.

"Quer dar uma volta?"

Estou observando o córrego de águas límpidas e estou confortável onde estou. Eu digo:

"Aonde?"

"Para um lugar especial", ele responde.

Enfio a mão no bolso da camisa e tiro um maço de cigarros. Eu nunca tinha fumado nos sonhos antes. Ofereço um cigarro para meu avô, que aceita. Ele também nunca fumou nos meus sonhos antes. Nós fumamos e ficamos vendo a água correr por nós.

"Você é bom com seu pai", meu avô diz. "Tinha medo de que, sem mim, ele crescesse e se tornasse um cretino." Ele dá uma longa tragada. "Fiquei várias noites aqui imaginando se o lado bonzinho de Janice não iria estragá-lo."

"Não... ele é uma boa pessoa", eu digo.

"Você anda feliz, ultimamente?"

"Sim." Dou uma longa tragada e penso em Ginny. "Acho que estou começando a entender como funciona isso. Você sabe... como ser feliz."

Meu avô tira um biscoito da sorte da boca, como se a boca fosse seu bolso. A mensagem diz: A RESPOSTA MAIS SIMPLES É AGIR. Ele a entrega para mim. Eu aceno com a cabeça e coloco a mensagem no meu bolso da boca. Meu avô enfia a mão no seu bolso da boca novamente e tira um anel. É um anel de ouro – a aliança de casamento dele.

"Coloque no dedo", ele diz.

"Está bem", eu respondo, e coloco a aliança no meu dedo.

Meu avô apaga o cigarro na margem lamacenta do córrego e eu faço o mesmo. Ele se vira para mim e diz:

"Vamos lá. Quero te mostrar uma coisa."

Caminhamos pela trilha na selva, e percebo que ele não está com medo nenhum de Frankie nem dos outros guardas. Confiro rapidamente os membros – ele está com todos. Assim como eu.

"Onde está Frankie?", pergunto.

"Ele foi para casa ver a família", meu avô responde. "Me deixou aqui pra morrer."

"Ah", eu digo. Então paro de andar e acrescento: "Deixou você aqui pra morrer?"

Ele para na trilha e se vira para mim.

"Você achou que eu ia viver pra sempre?", pergunta.

Nós chegamos à prisão na selva improvisada. Meu avô tornou o lugar sua casa. Há uma bandeira norte-americana hasteada. Há uma cama de verdade, não um cesto de bambus. Sentada na cadeira onde Frankie costumava ficar, está vovó Janice. Ela acena para mim.

Apenas aceno de volta, apesar de querer correr até os braços dela e sentir seu cheiro de talco de bebê. Digo:

"Oi, vovó".

"Que bom que você conseguiu, Lucky", ela diz

Eu penso comigo: *Consegui o quê?*

Meu avô já está na entrada dos fundos – a que leva morro acima. Ele está me chamando para segui-lo. Caminhamos por cerca de 20 minutos em silêncio. Nós vamos de mãos dadas. No alto do morro – onde a vista é tão incrível que a gente fica pensando por que a Terra permite que continuemos aqui só para estragar tudo – há um buraco. Ao lado do buraco há um monte de terra e uma pá.

"Preciso que você conte pro seu pai que tudo está acabado agora. Preciso que você diga a ele que eu o amei mais do que já amei qualquer outra coisa na minha vida."

Estou chorando. Não consigo falar. Simplesmente concordo com a cabeça.

"Preciso que você conte pra ele. Você vai, né?"

"Sim. Vou contar pra ele." Eu fungo.

Meu avô pula dentro do buraco como um homem que não está morrendo.

"Se o governo algum dia quiser saber onde estou, diga a eles que morri onde a vista era espetacular."

Fecho os olhos e choro em silêncio por todos nós. Choro por ele, por vovó Janice e por meu pai. Choro por minha mãe e por como ela acabou se envolvendo nisso tudo ao se casar. Eu choro por mim. Quando abro os olhos, meu avô está deitado no fundo do buraco, imóvel. Ele está com os braços atrás da cabeça e um sorriso no rosto. Meu avô *relaxou* até morrer.

Cubro o buraco com terra. O tempo passa. Minha camisa está encharcada de suor, e minha barba está coçando. Depois que termino, enfio a pá no chão, pego um cigarro e o acendo. Fico maravilhado com a vista – uma paisagem de copas de árvores que se parecem com nuvens. A vista é, sem dúvida alguma, espetacular.

Quando acordo, está escuro. São 3h34 da madrugada. Estou coberto de terra e encharcado de suor. Meus pés estão marrons por causa da lama e eu estou chupando algo. Eu cuspo a coisa na minha mão e a desdobro. É uma mensagem do biscoito da sorte. Nela está escrito: A RESPOSTA MAIS SIMPLES É AGIR.

Levo o dedão até o meu dedo anelar e sinto o anel ali – a aliança de casamento. Então chegou a hora.

34
······

LUCKY LINDERMAN TEM ALGO A DIZER

O mundo parece ficar mais mágico à noite. Sentado à mesa da sala de jantar e bebericando chá gelado, compreendo totalmente por que meu pai levanta tão cedo. Os minutos parecem passar mais devagar quando o resto do mundo está dormindo. Acho que ele me ouviu vir para cá, porque o escuto dar a descarga no banheiro e vir caminhando pelo corredor.

Ele pega um copo d'água gelado e senta na minha frente.

Como é que vou fazer isso? Como vou contar para o meu pai que conheci meu avô, quando ele mesmo nunca o conheceu? Como vou contar que acabei de enterrá-lo? Como explicar algo tão inacreditável? Tão injusto?

Eu tiro a aliança e a coloco na mesa à nossa frente.

Meu pai olha para mim, cheio de terra vermelha espalhada pelo rosto, os cabelos ressecados na cabeça. Ele pega a aliança e lê a gravação dentro em voz alta.

"Harry e Janice, 23 de setembro, 1970." Ele olha para mim. "Essa é a aliança do meu pai." Ele pisca os olhos. "Onde você conseguiu isso?".

"Você tem alguns minutos?" Estico o braço sobre a mesa e pego a mão dele. "Eu preciso te contar algo realmente importante."

**Resultados para os homens sujeitos à convocação em 1971
Números da loteria, por data de nascimento, alistamento –
Loteria ocorrida em 1º de julho, 1970.**

A tabela abaixo determinava a ordem em que os homens nascidos em 1951 foram convocados para o alistamento obrigatório no exército.

	Jan	Fev	Mar	Abr	Maio	Jun	Jul	Ago	Set	Out	Nov	Dez
1	133	335	014	224	179	065	104	326	283	306	243	347
2	195	354	077	216	096	304	322	102	161	191	205	321
3	336	186	207	297	171	135	030	279	183	134	294	110
4	099	094	117	037	240	042	059	300	231	266	039	305
5	033	097	299	124	301	233	287	064	295	166	286	027
6	285	016	296	312	268	153	164	251	021	078	245	198
7	159	025	141	142	029	169	365	263	265	131	072	162
8	116	127	079	267	105	007	106	049	108	045	119	323
9	053	187	278	223	357	352	001	125	313	302	176	114
10	101	046	150	165	146	076	158	359	130	160	063	204
11	144	227	317	178	293	355	174	230	288	084	123	073
12	152	262	024	089	210	051	257	320	314	070	255	019
13	330	013	241	143	353	342	349	058	238	092	272	151
14	071	260	012	202	040	363	156	103	247	115	011	348
15	075	201	157	182	344	276	273	270	291	310	362	087
16	136	334	258	031	175	229	284	329	139	034	197	041
17	054	345	220	264	212	289	341	343	200	290	006	315
18	185	337	319	138	180	214	090	109	333	340	280	208
19	188	331	189	062	155	163	316	083	228	074	252	249
20	211	020	170	118	242	043	120	069	261	196	098	218
21	129	213	246	008	225	113	356	050	068	005	035	181
22	132	271	269	256	199	307	282	250	088	036	253	194
23	048	351	281	292	222	044	172	010	206	339	193	219
24	177	226	203	244	022	236	360	274	237	149	081	002
25	057	325	298	328	026	327	003	364	107	017	023	361
26	140	086	121	137	148	308	047	091	093	184	052	080
27	173	066	254	235	122	055	085	232	338	318	168	239
28	346	234	095	082	009	215	190	248	309	028	324	128
29	277	—	147	111	061	154	004	032	303	259	100	145
30	112	—	056	358	209	217	015	167	018	332	067	192
31	060	—	038	—	350	—	221	275	—	311	—	126

Fonte: Selective Service System

AGRADECIMENTOS

Primeiro:

Este livro foi escrito em memória de Ed Daniels – um bom homem que se preocupava com as mulheres e não tinha medo de demonstrar isso.

Segundo:

Este livro é dedicado a todo soldado desaparecido e às suas famílias. Eu quero agradecer especialmente à Jo Anne Shirley, vice-presidente do conselho da Liga Nacional de Famílias POW/MIA. Jo Anne, você foi incrivelmente prestativa e tocante com sua franqueza sobre como é ter um ente querido desaparecido na guerra. Agradeço também às várias pessoas que conversaram comigo sobre suas experiências pessoais com soldados desaparecidos, Guerra do Vietnã e a loteria do alistamento obrigatório.

Terceiro:

Eu devo um agradecimento do tamanho do mundo para meu agente, Michael Bourret, que é tão espetacular que deveriam fazer um boneco de super-herói para ele. Para toda a equipe da Little, Brown, que realiza um trabalho tão incrível, incluindo minha editora Andrea Spooner, que *compreende*; Deirdre Sprague-Rice, que deveria ser clonada; e Victoria Stapleton, que me mandou um tuíte quando eu estava sentada em um banco sozinha, e isso significou muito mais do que ela acha que significou.

Devo agradecer também aos suspeitos de sempre. Minha família – mamãe, papai, Robyn, Lisa e toda a turma, obrigada pelo apoio. E Topher, amor – como agradecer você? Deixe-me contar as formas de fazer isso. Minhas amigas – muita gratidão à Krista, minha super-heroína, e à Christine e Maria, que me apresentaram ao movimento V-Day. Sem vocês (e Ed) este livro não existiria. Todos os meus outros amigos sabem quem são e devem presumir que este agradecimento é para eles. Meus fãs – a cada um de vocês que escreveu para mim, veio me ver nos lançamentos ou divulgou meu livro. E aos incríveis educadores, livreiros, bibliotecários, professores e blogueiros que apoiaram meu trabalho, muito obrigada.

E finalmente:

A todos os meus colegas ninjas da bondade, que ajudam os outros sem dizer uma palavra – muito obrigada. Eu vejo vocês. Vocês estão me vendo?

Leia também

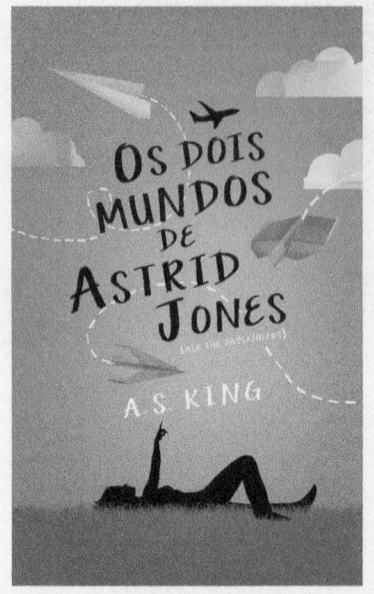

Astrid Jones quer desesperadamente desabafar com alguém, mas a agressividade de sua mãe e a falta de interesse de seu pai indicam que eles são as últimas pessoas em quem ela pode confiar. Por isso, a garota de 17 anos passa horas deitada em seu jardim, vendo os aviões cruzarem o céu. Ela não conhece os passageiros, mas pensa que são as únicas pessoas que não irão julgá-la se ela lhes contar seus segredos mais íntimos.

Quando seu relacionamento secreto torna-se mais intenso e seus amigos começam a exigir respostas, Astrid não tem para onde correr. Ela não pode compartilhar a verdade com ninguém, exceto com as pessoas dos aviões, que nem sequer sabem que ela existe. Em seu conflito solitário, ela se vê dividida entre dois mundos: um em que é livre para ser quem é de verdade e dar vazão ao que vai em seu íntimo, e outro em que precisa se enquadrar desconfortavelmente em convenções sociais. Mas mal sabe Astrid que até a mais ínfima conexão que faz com os estranhos afetará a vida de todos – inclusive a sua – para melhor.

Este livro foi composto com tipografia Electra Std e impresso em papel Off-White 70 g/m² na Assahi.